〔美〕叶子南 ——著

蒙特雷随笔

商务印书馆
The Commercial Press

图书在版编目（CIP）数据

蒙特雷随笔 /（美）叶子南著. —北京：商务印书馆，2021（2022.6 重印）
ISBN 978-7-100-19466-2

Ⅰ.①蒙…　Ⅱ.①叶…　Ⅲ.①随笔—作品集—美国—现代　Ⅳ.①I712.65

中国版本图书馆 CIP 数据核字（2021）第 034897 号

权利保留，侵权必究。

蒙特雷随笔

〔美〕叶子南　著

商 务 印 书 馆 出 版
（北京王府井大街36号　邮政编码100710）
商 务 印 书 馆 发 行
北京艺辉伊航图文有限公司印刷
ISBN 978 - 7 - 100 - 19466 - 2

2021 年 3 月第 1 版　　　开本 880×1230　1/32
2022 年 6 月北京第 3 次印刷　印张 10¼
定价：58.00 元

海外异域，红尘依旧，在初到的惊异与逐渐的泰然间，流逝了多少年光岁月。一路上有感，有悟，有思，有念，有能成却放弃的梦想，有无望竟实现的奇缘，时时都珍藏于方寸，偶尔也流露在笔端。舟已停泊在遥远的天边，心却安顿于平静的港湾。哪儿是江南？在山阴道上，在西子湖畔，更在舟子的心底，那儿仍是青山一片，绿水粼粼。祝大家如青山绿水，似同学少年。

蒙特雷，美国加州中部海滨小镇，是位于洛杉矶和旧金山之间的著名旅游城市，那里没有都市的喧嚣，但到过的人都会离时感又生，别来爱小城。

序　言

　　收入本书的数十篇随笔内容纷杂，很难归类。我勉强把与故乡有关的几篇归入"缘起江南"，把对社会文化思考的篇幅归入"文化波澜"，而与文字或文人学者相关的几篇纳入"文字情缘"，再把过去几十年游走各地的随笔放入"地北天南"一节。翻译是我的专业，是我文字生涯的主体，加之翻译也是一种创作，所以在"域外哲言"这节里也收入了几篇译文。文章虽内容各异，但都贯穿一条主线，捕捉流年碎影，讨论社会议题，对比东西文化。有些文字表达了我对消逝岁月的眷恋，反映了在传统和现代间的挣扎与无奈，有些也流露出向往与期盼。这些文章大都是我在明德大学蒙特雷国际研究学院任教期间完成，因此就把这座太平洋沿岸的秀丽小城引入书名了！

叶子南

2020年5月25日

明德大学蒙特雷国际研究学院

目 录

缘起江南

远从硅谷望江南 …………………………………… 3

邮差 …………………………………………………… 14

钱院长 ………………………………………………… 20

何翘森先生 …………………………………………… 25

杨源老师 ……………………………………………… 28

等待 …………………………………………………… 32

风雨杭大路 …………………………………………… 37

曾记否,灵格风! …………………………………… 42

解构乡愁 ……………………………………………… 44

母亲 …………………………………………………… 48

文化波澜

萧瑟与繁华 ································· 53
网页与故乡 ································· 59
江湖侠骨恐无多 ····························· 64
从乡音说起 ································· 69
体育精神的沦丧 ····························· 75
刀叉必胜客 ································· 81
秋叶未扫的孤亭 ····························· 88
专业与业余 ································· 93
美国梦的流变 ······························· 98
文化视角下的老人与孤独 ····················· 102
癌症与运气 ································· 109
心既能安处处家 ····························· 113
春妆儿女竞奢华 ····························· 116
最后一次学术假 ····························· 119

文字情缘

文字与性格 ································· 125
学者能否力挽狂澜？ ························· 136

夕阳无限好 ……………………………………… 139
从小城到小城 …………………………………… 152
机器翻译能取代人吗？…………………………… 162
翻译怎么学 ………………………………………… 169

地北天南

旧金山 ……………………………………………… 175
我与蒙特雷 ………………………………………… 179
芝城剪影 …………………………………………… 186
蒙希根岛掠影 ……………………………………… 191
红土奇峰游 ………………………………………… 195
坎昆杂记 …………………………………………… 208
阿拉斯加游记 ……………………………………… 217
意大利随感 ………………………………………… 228
希腊行 ……………………………………………… 244
台北印象拾零 ……………………………………… 264
也下扬州 …………………………………………… 269
秦皇岛外 …………………………………………… 273
广西速记 …………………………………………… 276

域外哲言

读讣告的彻悟 ·············· 287
我看威士忌 ·············· 289
为激情而活 ·············· 291
黄金国 ·············· 293
生活的道路 ·············· 297
赞秋 ·············· 302
启程 ·············· 305
论灾难 ·············· 309
谈出名 ·············· 311
谢挫败 ·············· 313

缘起江南

在风驰电掣的硅谷,又想起了小桥流水的故乡,想起了那位风雨无阻的邮差,那位提携过我的院长,那条通往大学的艰辛之路,还有那慈祥的父母。乡愁虽已淡薄,但抹不掉的是江南留下的印记,写不完的是小城给我的源泉。

远从硅谷望江南

案头放着一本主题是江南的台历，是一位朋友来家中做客时送的。这位朋友原在硅谷的一家高科技公司任职，现在杭州附近自办了一家研制先进灯具的工厂，为此不得不来往于硅谷和江南之间。那天夜里，这位古道热肠的企业家带来了一些江南的特产，有远从杭州买的小核桃，有他太太亲手包的肉粽子，加上我自备的女儿红，菜肴算不上丰盛，但把酒举杯之间，还是想起了"莫笑农家腊酒浑，丰年留客足鸡豚"的句子。一夜风雨，几位故人，一壶浊酒，便把我从硅谷带回了遥远的江南……

一

我是在冰天雪地的北国长大的南方人。60年代中期，我随同父母从东北回到老家绍兴。第一天从乡下坐船进城，便领略了童年时母亲常常提到的江南水乡。天还没有亮，客船便已经出发。一路上，摇摇摆摆的埠船或行在两岸的青山间，或走在宽阔的河道上，长空上几颗孤星，江河中几艘孤舟，船舱内几个孤客，如诗般的江南就这么如画般呈现在我的面前。同行的船客都被柔和的橹声带入了梦乡。我坐在小船中，轻轻推开舱棚，注视着船外朦胧的景致。客船驶入中途的小镇，依稀可见早起的农家姑娘已在河边汲水，没多久小舟驶出村落，回首但见村庄内两三农舍上已飘出缕缕炊烟。橹不停地摇，水不停地流，船不停地行，小船已经离古城绍兴不远了。河中的船只越来越多，岸上的人群越来越密。天已经蒙蒙亮，隐约可以听到不远处集市里的吆喝声。我突然意识到，原来自己已远离了那个度过童年岁月的工业城市，来到了生活步调缓慢的江南水乡。小镇的一天此刻即将开始，而我的人生也马上要重新启程了。

　　这以后，我身临其境，对江南的风土人情有了更深的体验。我登府山，同学对我说，山上有宋代的楼台；我游鉴湖，亲戚告诉我，湖水是名酒的源头。对古城略微熟悉后，我常一人在城内漫游，我找到了陆游的故居，拜访了秋瑾的庭院，攀登过城中的应天塔，远望过城外的秦皇山，古城内外似乎每一处都有一个历史故事。但最令我印象深刻的却是城中默默无闻的小巷和弯弯曲曲的河道。在我看来，这一条条的巷，一道道的水，要比那大名鼎鼎的名人遗址来得重要，因为它们是小镇风貌的点睛之处。我常常在小巷深处徘徊，在石板桥上独立。这些对当地人来说并不引人注意的景观，对我却十分重要，成为我性格形成过程中的块块基石。

二

江南的与众不同不只因为它景观独特。山水草木固然是江南的永恒依附，但令江南灵气满溢的毕竟是那块土地上的人，以及由这些人创造出来的文化。说起文化，江南人都会自豪地数落曾在这片土地上留下足迹的文人雅士。白居易一声《江南好》，寥寥数笔，把最能代表江南的两个地方刻画得惟妙惟肖；余光中笔下那酒旗招展的、乾隆皇帝的江南，也令人魂牵梦绕。我们有说不完的鲁迅的故事，吟不断的陆游的诗行，唱不绝的秋瑾的悲歌。但在我看来，江南文化的灵魂却并不全在这些掷地有声的诗文中。诗文固然伟丽，但那毕竟只是一部分人兴致到位时拿来吟唱的阳春白雪之作，不能每时每刻渗透到芸芸众生的灵魂深处。文人雅士编织江南的高雅文化，而普通的江南人却创造出江南的大众文化。在左邻右舍的人群里江南的灵魂呼之欲出。

不信，你去看清晨江南小镇中的菜场。青翠碧绿的蔬菜，活蹦乱跳的鱼虾，固然让你确信身在鱼米之乡，但更能体现江南的是菜场里的人。我最喜欢看集市中买卖双方讨价还价的场面。今日商场如战场的谈判桌上是见不到这种充满人间气息的协商，进退得如此意外，成交得如此大方。为了几毛钱，买主和卖方据理力争，买主声言集市中鱼摊不少，并非只此一家，卖方则宣称菜场中摊位无数，可论质量，无人可以与他相比。一个坚决不买，一个硬是不让。买主无奈转头离去，看样子这笔交易已经告吹，却不料在买主快要消失在熙熙攘攘的人群中时，卖鱼的小贩突然追上前去，一把抓住买主，口中念念有词地说："算我今天倒霉，拿去吧！就照你的价拿去！我老婆还等我这几个钱去买双布鞋呢。"随后，他竟不厌其烦地向买主传授烹调鲜鱼的诀窍。买主也不含糊，几分钱的找头也不要了，还不停地保证下次一定再来他的摊位买鱼。

有一首写江南的歌儿，记不得是谁写的。歌词大意是：江南人留客不说话，只听小雨细细下。在南方水乡做客确实别有韵味。其实留客的不是江南的雨，而是江南的人。有一次到一户农家转告一件事，本打算马上就走，却被主人挽留，挽留得让人无法不从。在我几番推辞后，这位主人居然说，如果这次不在他家吃饭，那么他以后就再也不和我来往了。他一面说着，一面用手紧紧地抓住我的衣服，他的几个孩子竟抱住了我的腿，不让我离去。你听了这样的话，见了这样的场景，难道还能挣脱那双温暖的手独自离去？顷刻间，一桌热腾腾的饭菜，一壶香喷喷的米酒，已摆在你的面前。主人不停地往你的碗中夹菜，平平的一碗米饭上堆出了鱼虾的小山丘，主人在一旁微笑了。

正是这一个个普普通通的江南人酿造了市井文化的醇酒。春江水暖时岸边洗衣的姑娘闲话各自的情郎，春雨蒙蒙中屋内养蚕的少妇诉说心中的惆怅，农人丰收后的欢笑，店主年关前的苦恼，旧岸残桥边缓缓而行的老翁，闲庭旧院中纺纱织布的老妇……这些都是江南文化的风景线，它们是越调绍剧的源泉，评弹说唱的依靠，离开了这些并不起眼的景点，江南这幅画也就黯然失色了。

江南文化以秀丽的山水为依托，加上文人雅士用诗文推波助澜，在下支撑的是普普通通的民众。正是这三者紧密的结合构成了独特的江南风貌。华夏大地，秀丽山川并非江南所独有，文人雅士也不是江浙的专利，古道热肠的民众更是比比皆是，但这三者在江南结合得恰到好处，使得江南文化无法仿效，殊难临摹。

三

那么江南到底独在何处，特在哪里呢？在我看来，江南的特色是小和慢。江南文化从不以大和快为衡量的规矩。以雄伟做标准，江南的山只能敬陪末座，望之压顶的泰山，横断南北的秦岭，都不会把江南的山放在眼里。用浩瀚为尺度，江南的水只能屈居后位，奔腾千里的黄河，浩瀚无涯的长江，也不会把江南的水当成对手。可是江南的青山绿水从不妄自菲薄，江南的山不与绝顶争风吃醋，却扬长避短，在蒙蒙细雨中酿造翠绿与生机。江南的水不把奔腾作为己任，却悠闲自得，在舟楫小桥间流出韵味与生活。这种温和的自然环境最容易孕育一种缓慢的生活节奏。正是在这种环境的熏陶中，江南人才能吟出"却借乌篷舟一叶，飘然卧听水流声"的句子；也正是因为自然环境并不恶劣，因此江南人即便是在争吵打斗时，也显得那么温文尔雅，让东北大汉见了都觉得太窝囊。不要希望在江南找到几个"路见不平一声吼，该出手时就出手"的英雄豪杰，他们大都在大漠孤烟之处，白山黑水之间。江南文化以小慢阴柔为特征，比较适合在细处品尝，却不宜从大处观赏。这样的文化从根本上看，是一种阴性文化，任何具有大快阳刚特质的人与物在江南文化里都会显得格格不入，可能惊扰江南的意境。

四

但是，江南文化目前正面临一种前不见先例的阳性文化的冲击，这就是现代化和全球化。现代化以快为节奏，全球化以大为楷模，人们用商业作为媒介，乘因特网的"小舟"，在电子"高速公路"上畅通无阻。这幅21世纪的时代缩影和传统的江南意境显得极不协调。不错，江南的山依旧翠绿，但高耸的建筑却遮断了江南人的视线；江南的水照样柔和，但机器的噪声却驱散了河上的宁静。青石板的小街被柏油造的马路取代，慢悠悠的埠船让位给了急匆匆的汽车，街头熙熙攘攘的集市不得不与楼内秩序井然的超市争夺顾客。记得鱼摊上那位与顾客讨价还价的小贩吗？他正苦苦地等着当年的顾客。此刻，那位旧买主也许正在超市中挑选鱼虾瓜果，免除了讨价还价的麻烦。一种更认同速度、更注重方便、更器重实用、更讲究表面的文化，正与传统厚实的江南文化争夺地盘，掠获人心。江南人因此怎能不变？你和江南的老乡交谈，言谈间听不到"哪里，哪里"的寒暄之语，取而代之的是一声声"谢谢，谢谢"。从"哪里"转到"谢谢"，语言的功能依旧，语言使用者的视角却变了。你与朋友的千金聊天，豆蔻年华的少女，竟侃侃而谈未来致富的梦想，甚至毫不掩饰地告诉你，希望嫁个有钱的郎君，惹得朋友哈哈大笑。你知道那是孩子的戏言，于是也跟着笑起来，但心中总感到若有所失。还记得那位拉拉扯扯硬要留客吃饭的江南人吗？此刻他正忙着一笔生意，见到你的拜访，他仍然热情如旧，但却无暇请你品尝自家酿造的米酒。不过好客的本性难改，他要请你去豪华的酒店，用"人头马"让你一醉方休。见到人家那么忙碌，你怎么忍心占据别人宝贵的时间？有幸的是，这次你略加推辞，便获恩准了。除了这些市井文化的改观，高雅文化也难逃现代化的挑战。土生土长的江南人，现在还有多少热衷于前辈们写下的诗文？西方和港台的通俗文化牢固地占据了新一代江南人的审美剧场。

由现代化带来的所有这些变化，虽然潜移默化，但都在人心的要害之处使江南人的性格改道偏航。江南文化的核心其实已不复存在。为了确保文化的传承，江南人也真是煞费苦心。人们修复残旧的古迹、名人的故居，企图让江南的文物能在全球化的强风中依然不倒。繁忙的江南人偶尔来到巧夺天工的人造江南中歇歇脚，也许确能消除疲劳，但心中惦记的仍是与世贸如何接轨，和世界怎样沟通。在人造的小江南中，偶然饮一杯薄酒，毕竟浇不出满腔的水乡情怀。传统意义上的江南只是梦中画里的仙境，与红尘决然隔世。

五

正是在这个文化语境中，西方现代社会学有关"怀乡"情结的研究便可以拿来当作他山之石。nostalgia（怀乡）这个词是西方学者用来描写现代化环境中人们的怀旧情结的。正如哈佛大学教授斯韦特拉娜·博伊姆在她《怀旧的未来》一书中所说："怀乡是对已不存在，或者说根本没有存在过的家园的一种怀念。怀乡是一种若有所失、流落他乡的情感，但它也是充满遐想的浪漫情怀。"我曾百思不解，为什么家园从来就没有存在过？我明明经历过那个小桥流水的江南，为什么说它并没有存在过？当年我初识江南时，正是中国历史上动荡的年代。

一般人称为"十年动乱"的日子里,我恰好身在江南的水乡。那场运动对国家的破坏当然很大,但它对传统江南文化的破坏,我看远不及现代化或全球化来得大。庙宇是被捣毁了,遗址也被拆掉,诗文古董被付之一炬。但青山依旧,绿水如常,市民仍旧在集市讨价还价,船夫还在水上摇橹推桨,不少人反倒是在那个时期读了大量的古代诗文。江南文化的核心价值体系,其阴性文化的特征并未从根底上动摇,因为那场运动的本质仍然是非常中国式的。那么怎么理解江南并未存在过这种说法呢?我在《怀旧的未来》中似乎找到了答案。作者说:"初一看,怀乡是对一个地方的向往,但实际上,它是对不同时代的怀念,对童年,对梦中更为缓慢的节奏的怀念。"怀乡思旧情怀其实是对现代的反抗,是对进步的示威,因此怀乡者不必锁定某一特定的空间作为怀念的对象,因为真正的故乡其实并不存在。我60年代经历的江南是我怀念的故乡,但它也许正是我的父辈感到昨是今非的地方,因为在他们梦中看到的是一个更纯正的江南。

说到这里,读者也许会问,你连篇累牍诉说江南的存在,怎么一下要将自己全盘否定?其实这并不是此是彼非式的否定,因为旧江南和新江南之间的吊诡正是怀乡思旧和进步前瞻之间的矛盾。用博伊姆的话说"怀乡与进步就像《化身博士》中的杰克尔与海德一样"。把怀乡与进步看成势不两立的对垒,还不如把它们当作是阴阳共存的互补。由于怀乡不仅是若有所失的悠悠情思，它更是充满遐想的浪漫情怀，所以人们不妨从怀乡思旧中汲取生命的能量，让它成为繁忙工作后供精神休闲的"凉亭"，把它当作日夜兼程中时时歇脚的"驿站"。

六

不妨再听听博伊姆的看法。博伊姆认为怀乡可以大致分为两类：返归性怀乡（restorative nostalgia）和反思性怀乡（reflective nostalgia）。返归性怀乡强调过往家园的重建。返归者要把过去的价值当成现时的圭臬。在他们眼里，过去不是一段可以解构的时间，而是定格在照片中的完美画面，画中的一切都不会褪色，永远鲜艳。返归者生活在并不存在的完美之中，热衷于宏观的象征，却不顾微观的细节，在返归的途中高高举起反现代的大旗。可是，反思的怀乡者却缓和得多。他们能灵活地诠释过去，不耿耿于机械地恢复过往。反思者认识到，过去并非绝对正确，反思意在沉思，沉思则应注重个人的回忆，因而不主张象征性的总体返归。反思者在怀乡道上居然能与现代化相敬如宾。

在辨析返归和反思的过程中，人们无可奈何地承认了一个现实，传统的"乐园"是不可能失而复得的。在全球化的今天，原封不动地返归传统的江南文化只能是缘木求鱼。这当然不是说，现代人只能在现代化的潮流中随波逐流。在力所能及的范围内，尽量保护江南文化的遗产当然应该提倡，但不必对这类杯水车薪式的努力寄予过大的希望。力挽狂澜式的返归从来就没有在人类的历史上真正发生过，因为那样做的代价是牺牲所有进步的成果，而人类是不愿意放弃这些成果的。不过，人们毕竟能在反思的过程中，在若有所失的淡淡忧思中，汲取向前走的力量，因为现代化必将途经无尽的沙漠，而现代人行囊中那一壶传统的水也许能够解救他们，带他们走出不毛之地。从这个意义上说，怀乡的目的不是着眼过去，而是意在未来。也是从这个意义上说，江南文化实际并不一定在江浙那块土地上。假如怀乡是对过往的眷恋，那么身在江南的人也能感到远离故乡；假如怀乡是对未来的憧憬，那么远在他乡的人也不会觉得流落异乡。因为在每一次回忆中，在每一次阅读中，在每一次交谈中，人们都能神游那个梦中的故乡；因为在他们胸中装着一个"袖珍的江南"，江南人走到哪里，都和它形影不离。

既然已经远离了江南，那么不妨就在千万里外，沏上一壶江南的龙井，打开一本江南的画册，读几句江南的诗吧：

> 休对故人思故国，
> 且将新火试新茶，
> 诗酒趁年华。

（曾发表于《博览群书》2003年第8期，略有修改）

邮　差

网络时代邮差的作用越来越小，他们送的大都是垃圾邮件、账单之类的文件。人际间的交流都已转到手机和网络上了，绵绵的情话、谆谆的教诲用不着写信传递。真要想送花赠物，会找快递公司，每天固定时间到达的邮差已被冷落一旁。于是，我想起了邮差举足轻重的年代。

今天男女朋友分手的一个原因是异地恋，相恋的两人住不同的城市，很难维系稳固的关系，于是就提出分手，这是常听到的。可他们的长辈，却有过千里婵娟的佳话。上世纪80年代前的中国，夫妻长年分居并非罕见。新婚后，丈夫回自己的工作单位，这一去就是一年半载，这一走就是数千里外，于是江南的新娘就期盼着北国新郎的来信，新疆伊犁的丈夫便苦等那湖南长沙妻子的邮件。信的内容先是卿卿我我，慢慢地只剩下油盐酱醋，小两口的颜容也从红润变成苍老。在漫长孤寂的分居生活中，是邮差给他们带来一点希望，些许安慰。

邮　差

等邮差的人都有所盼。新婚的情侣也许想和对方回忆那次简陋的婚礼，或是等待刚洗出的结婚照。但双方期盼的焦点却会随着时间而变换。江南小镇的妻子等邮差，盼他带来丈夫的汇款，远在北国的丈夫却急切地想知道孩子的近况。如何使用这汇款常要斟酌再三，给孩子买瓶麦乳精，为公婆添些营养品，还有柴米油盐的开销，原本想为自己扯块布料的打算最后还是落空。就这样，他们分别过着没有激情的简朴生活，年复一年地过，除掉探亲带来的欣喜，邮差捎来的信便是生活中的浪花。虽然远方魁梧的丈夫不能给妻子一个坚实的肩膀，但精神的肩膀让妻子感到有所倚仗；虽然信里的温馨无法取代软玉温香，但想象中妻子的拥抱总能抚慰丈夫寂寞的心。每当这穿越千山万水的情爱随时间流逝渐渐模糊，邮差的到来会又一次激活已渐麻木的思念，让妻子在无奈的叹息里生出新的希望。

邮差给人的生活带来的慰藉当然不止于情侣。《傅雷家书》便是很好的例证。孩子慢慢长大，母亲料理衣食住行当然在行，但是孩子的教育，特别是男孩的成长，也少不了父亲的作用。可偏偏父亲远在千里之外，调工作的报告一个又一个，却仍无下文。于是远方的父亲便用家书教子，叫孩子听妈妈的话，听老师的教导，要用功读书，和同学友好。一般的父亲写不出傅雷那么有水平的教诲，但爱子之心是不分水平高低的，谆谆的教导通过一封八分钱寄出的信飞向一年里见不上几天的孩子。

远行在外的人一定牵挂年迈的父母，于是寄信汇款，也是远游者少不了的事项。知道父母回信的细节有时真叫人心酸。一位年迈的父亲，用一只颤抖的手，把想到的所有关切担忧都写在信上，刚要封信口，老伴却急急叫停，说又想到一件事，仿佛这张薄薄的信纸是一匹负重的马，还要在它背上添些重量。

友情也需信件寄托。和朋友写信是当时很多年轻人缺不了的事。与家书不同，朋友间的信，写得更字斟句酌，他们要把自己的理想传递给朋友，而那在物质匮乏环境中营造的理想，似乎比现在物质充裕时更纯真，甚至更高尚。尽管思想都被禁锢在意识形态的牢笼里，但求自由的天性仍然跃然纸上。

所有这些情感的传递，无论是情侣间、父子间，还是朋友间，都离不开邮差。在他那绿色的邮袋中，装着父母的叮咛，丈夫的惦念，妻子的温存，友人的鼓励。万分焦虑的母亲因邮件到来放下了半悬着的心，衣裳破旧的妻子因汇款到位穿上了不奢华的新装，百无聊赖的年轻人因朋友的信又重新燃起了生活的热望。所有这一切都少不了那位不起眼的邮差。无论是酷暑，还是严冬，他把亲情友爱送给期盼温暖的人。在城镇里，邮差也许能骑车送信，但是乡村中的邮差几乎都是步行。他每天不停地走，从上午走到傍晚，从春天走到严冬，脚走出了泡，泡变成了茧，茧未能让他停步。他工资微薄，但心理上的回报却相当丰厚。大热天，老人家从缸里舀出一瓢井水，为他

邮 差

止渴；风雪日，热心的农人邀他进屋取暖。在高科技的通信工具霸占我们的生活前，邮差就是这样温存地维系着我们的友爱与亲情。

我自己曾深深地依赖邮差。60年代从北国回到江南后，我就开始和父母分开生活，相互间的交流全靠信件，至今我还保留着父亲写给我的几封信。回看这些信，大多是对生活小事的叮咛嘱咐。这种延续多年的交流方式成为浓缩亲情的关键。和远在东北的姐姐通信也是我生活中的一道风景，信中的话没有什么特别，无非是问寒问暖，但细心的姐姐有时会在信中放一块钱。今天的孩子花一百块钱都不放在眼里，可在当时，对一个只赚工分没有工资的人来说，一块钱已是雪中送炭。"文革"时的社会虽然激烈动荡，但这种由书信维系浓缩的亲情却没有随社会的风潮波动，它低回于家常小事，使我们躲避了大叙事的喧嚣，让生活充满了小叙事的温暖。

但是邮差对我却有更深一层意义。1969年秋季，我去绍兴皇甫公社插队落户，因为长者的提携，我有幸在农村的生活中开启自己的翻译事业。在八年多的时间里，我不停地翻译发表医学文献，因此与书店、杂志有着紧密的联系，信件的来往是我生活中的要事。每寄出一封给杂志的信，就焦急地等待编辑的回函，稿子是用还是退？这么重大的悬念，都靠邮差送达的信函揭晓。我还不停地收到购买的新书或借来的杂志，因此常为等一本新读物望眼欲穿。常常是我倚在门框上，望着远处延伸过来的一条石板小路，一个看不清的人影便会激起我的希望，可走近后发现并非邮差，却又万分失落。有时江南的雪封住了那条小路，在白茫茫一片的背景上一个人影顶着寒风缓缓移动。就是他，那个期盼的邮差，或带着新书，或带着喜讯，或让你失望。我已记不起他的名字，但他的容貌却仍旧深深地留在我的脑海里。我等邮差的痴情，是当时人人皆知的，包括张安，村子里那位智障的傻子。他没有了父母，据说是和奶奶一起生活。张安不会说整句的话，只能哼哼几个简单的音节。他也知道我在等邮差，所以会在邮差还没到来前，就先跑过来为我报信，指手画脚地要告诉我邮差即将到来的消息。几年前，我回到离别三十多年的那个村庄，没有忘记询问张安的下落，听人说，张安后来不知去向。这就是邮差和我的因缘。

前几天的一个傍晚我出门散步，看到邮差正在发送邮件。我想问他从台北海运到加州的包裹需要多长时间。打了声招呼却没有反应，原来他正在聚精会神地听着音乐。不知道他用的是苹果产品，还是其他品牌，反正他听得专心，音乐已将他和外部世界隔离开了。我若有所失，那个会向老奶奶讨水喝，会坐下来与你攀谈的邮差，到哪里去了？于是我想起了米兰·昆德拉的感叹：

啊，古时候闲荡的人到哪儿去啦？民歌小调中游手好

邮　差

闲的英雄，那些漫游各地磨坊，在露天过夜的流浪汉，都到哪儿去啦？难道他们也随着乡间小道、草原、林间空地和大自然一起消失了？

——米兰·昆德拉《慢》

（2013年12月17日）

钱院长

现在年轻人学外语的条件比我们那时不知要好多少。不用说一般的录放设备几乎人人都有，就是笔记本电脑有的人也不少。加上网络这么便利，新时代的佼佼者真是万事俱备，只欠东风了。

这个东风就是师长，就是能在你学习过程中略加点拨、指点迷津的过来人。现在的年轻人不太容易得到师长认真的关爱，因为师长都太忙。为了职称，为了外快，新时代的师长们实在抽不出时间为一位素不相识的晚辈仔细回一封信，更何况指点提携了。回想上世纪60年代末、70年代初我学外语、练翻译的那段日子，硬件设备可以说一无所有，曾有一段时间手头唯一的工具书就是郑易里的《英华大词典》。不过我也有富足的地方，令当今的年轻人羡慕。在我最需要人指点、提携的时候，几位长者做了些微不足道的小事，对我却产生了举足轻重的影响，使我终身受益。其中一位就是钱康龄院长。

钱院长

钱院长是绍兴地区医院的院长,那大概是他"文革"前的头衔。我认识他时"文革"还没结束,旧的行政架构已被打碎,院长这一职务还没有恢复。不过老先生人缘好,大家因此都仍然叫他钱院长,只是他不再是主管,仅负责一些无足轻重的工作,比如医院的科技情报交流。

当时的科技情报就是现在说的科技信息,这方面的工作"文革"中其实没中断过几年。我从1970年开始就常常看到国外的医学杂志,不过是影印件。当时有一个专门出版这类书刊的机构,记得是在西安。地区医院就有一些世界著名医学杂志的影印本,用现在的话说就是盗版。当时没有盗版的概念,因为没有稿酬的概念。发表文字不仅没有钱,一开始连署名也没有。写作可以署名是后来的进步,出书应该给钱则是更后来的突破,在当时纯属天方夜谭。70年代初开始,各地都有医学情报机构,还出版参考资料:全国性的有中国医学科学院的《医学参考资料》;省市级的也很多,如广州的《国外医学参考资料:内科学分册》,浙江的《国外医学参考资料:流行病学传染病学分册》等;条件好的地县也不落后,如绍兴地区医院就有一个医学情报站,不定期发表国内外医学科学的进展。钱院长曾经留学美国,英文不错,负责这项工作自然得心应手。

钱院长对我的帮助更多的是提携,算不上指点。1969年秋,我和成千上万的年轻人去了农村,那时叫"上山下乡"。当时不去不行,但去哪里倒可以选择。我和父母商量后,决定去鲁迅的故乡皇甫公社。一到乡下就傻眼了。虽然是鱼米之乡，但和城市相比差别不言而喻。我于是马上意识到，如果不主动设计新的生活，就可能会浪费掉人生中最宝贵的一段时间。于是我决定在下地劳动之余，学习外语，并在父亲的鼓励下，重温已经自学了近两年的医学知识，最终的目的是翻译医学文献。我先在家中找些旧的英文书籍练习翻译，但旧书没有信息价值，于是就想找新的国外医学杂志。一位朋友告诉我，地区医院有我要的书刊。我于是托人认识了钱院长。

插队的地方离绍兴城大约30多里，进城的唯一交通工具是轮船。三毛多钱的船票对我来说也不便宜，加上时间不够，经常进城查阅是不可能的。我对钱院长说了我的困难，问他可否让我借阅杂志。他马上就答应了，而且还亲自陪我走到阅览室，吩咐工作人员为我提供方便。从此绍兴地区医院的图书阅览室就为一个普通的农民常开绿灯。

有人会说，这有什么值得挂齿的，不就是借了你几本书刊吗？这样说的人往往看轻了生活中的小事，好像只有美国大学的奖学金才值得一提。在我人生的计量器上，一种帮助的意义，不在于其本身价值的轻重，而在于对你影响的大小。一个微不足道的决定可以为你打开一扇通向未来的大门，从此事业有成，也可以关闭那扇门，让你改道偏航，从此默默无闻。很多人的生命不是被大事件所铸造，而是因小插曲而决定，恰如莫泊桑所说，一件极细微的事便可以成就你，也可以败坏你。

钱院长

钱院长做了一件在他来说可能只是举手之劳的小事，但却为我提供了开启事业的基石。

我于是便穿梭于城乡之间。常常是过几个月进一次城，换一批杂志，在繁忙的劳动后，如饥似渴地阅读来之不易的书刊。回想当时的生活，总感到那是我一生中最充实的一段时光。窗外仍然是萧瑟的政治气氛，但窗内却已春意盎然。我沉浸在外语的迷宫中，探索着人体与疾病的世界。炎热的夏夜，我借助昏暗的油灯查找资料；寒冷的冬日，我在猪圈旁的案头翻译文章。冬季的某一天，因为不出工，我一人拿着字典和杂志，爬到高高的草堆上，晒着暖烘烘的太阳，翻译一篇肺心病的文章。太阳快下山时我略有寒意，才恋恋不舍地抱着书稿，爬下草堆，此时村子里已炊烟四起，心中的快意令我永生难忘。

我将翻译好的文章送给钱院长看，希望他能多有指点。可钱院长没有和我谈具体的译文，而是讲述加强医学情报介绍的重要。他说，医学情报的交流中断了几年，必须加快介绍的步伐。他希望医院的一份杂志能出一个国外医学介绍专辑，让我为他提供译文，而且从他的口气中我似乎感到，这个专辑的很多文章都将由我来提供。这就是后来地区医学情报站出版的一本国外医学专辑。不出我所料，那本杂志中大约有一半的内容都是我提供的。当时常为这本杂志撰稿的医界人士还包括绍兴第二医院的内科医师张晓康、绍兴卫校的外科医师周家良、地区医院的沙振球医师，资历更高些的裘怿钊医生偶尔也会翻译些东西。我曾用这期杂志和后来发表的其他文章作为进大学的敲门砖。我考得不错，但为了更加保险，便把发表过的译文都送上去了。这些对我本人很有意义的材料后来再也找不到了。我的朋友刚果说，管它呢，反正大学进去了就行。可我还是感到若有所失，其中最令我惋惜的就是那本专辑，因其中有我的辛劳，更有钱院长的信任。

我不知道为什么钱院长能如此信任我。也许他通过别人已经对我有所了解。在当时的小镇绍兴，学习外语的人屈指可数，我更是圈内人熟悉的一位。我和钱院长的交情平淡如水，甚至谈不上是友谊。在几年的时间里，他不停地为我提供资料的来源、发表的园地。我进城的话，有时会去看他，有时不去，主要是不想打扰他。见了面我们谈得也并不深，我至今不知道他留美的生活。但只要谈话与医学翻译有关，他总是毫无保留地给我帮助。在那个文化古城中，地区医院可说是当地医学界的巅峰，钱院长又是著名的医学家，而我则仅仅是一名普通的知识青年。在实际生活中，处在他那样地位的人仅仅是出于怕麻烦，就可能草草地将我打发走。可他没有那么做，也正因此，对我的生活产生了影响，让我难忘。

可惜我无法将我对他的感激告诉他，因为钱院长早已离开了人世。

（2005年5月29日）

何翘森先生

何翘森先生是绍兴一中的外语老师，在当地外语界很有名气。一次我和杨源老师提起何先生，他马上竖起大拇指。何先生原来是之江大学毕业的，1950年前后好像在之江大学担任过教务长。也有人说，他曾在山西的一所大学当过教授。按照那样的资历，他本该在高校任教，但却在省城外的一个县城当中学老师，这其中的原委我不清楚。了解那段中国历史的人也许会想到那个让知识分子倒霉的事件，何老师是否也因政治因素而被赶出大学？我不得而知。后来还听说，"文革"结束后，有人想到何翘森，觉得应该让他回大学任教，但他却一直待在绍兴一中。我猜想，回大学不成可能还是与文人相轻、门户之见有关吧？

忘了是怎么联系上何先生的，可能是通过写信，因当时个人并没有电话。我们约好在绍兴一中他的宿舍见面。我已经记不清是哪年哪月去见他的，只觉得天气阴寒，但记不起那是早春的寒气，还是晚秋的阴冷。走进学校后，一经打听，便找到了他的宿舍。我在他的房门前伫立片刻，心中有一种程门立雪的感觉。

房门慢慢打开，温文尔雅的翘森先生已站在我面前。他看上去五十多岁，个子不高，戴一副眼镜，举止不急不缓，已记不清我们是用方言还是普通话寒暄的。宿舍堪称寒舍，没什么家具，室内阴冷，房间虽不算小，但呈狭长状，无开阔感，没有想到一位大教授级的人物竟住在这样简陋的地方！他邀我坐下，马上便侃侃而谈，话题自然是英语学习。也许是因为我当时年龄还小（十八岁左右），他并没和我闲谈学习外的事。其实就算我是个十足的成年人，他也未必会和我谈自己身世的沉浮。"文革"已经把人弄得惊恐万状，一般人都相互提防，更何况是一位阅尽政治风波的人。我和他谈到人生的机遇，觉得可惜，无缘去大学深造，因为当时学校都关闭了，也不知何时能恢复正常。他看出了我的迷茫，语重心长地说，英语中有个成语"not the only pebble on the beach"，表示不管是人还是事，眼前失去的未必是唯一的机会，仍会有其他选择，并鼓励我不要放弃。那次拜访基本是泛泛而谈，没有涉及具体的英语学习。那之后，我自己的生活历经波折，也就没有心境再去拜访他了。

"文革"结束后，我到杭州大学外语系读书，此时何翘森先生已经退休。我依稀记得在上大学时，曾到杭州市公安局旁边他的寓所拜访过他一次，好像还见到过他的孙辈，相互讲了些什么就一点印象都没有了。但是后来我的同学加州州立大学的潘大安教授说，那次是他陪我去的，而且是在涌金门直紫城巷，离公安局尚有些路。老潘还说，何先生说学习外语要读出来，面朝钱塘江，高声朗读。

说实话，我和何先生仅有一两次短暂的接触，并未从他那里得到具体的指教，称他为我的老师未免过分。但是，在那个社会动荡、个人迷茫的时代，他拨冗见我，为我指点方向，唤起我对语言的热情，鼓起我对未来的信心，仅这些已让我受益匪浅。一路走来，有不少提携帮助过我的人，翘森先生不会怪罪我把他也算在其中吧？

（2017年1月11日）

杨源老师

杨源名副其实是我的老师，他不仅是我在绍兴第二初级中学时英语课的任课教师，也是后来对我帮助最大的一位中学老师。他好像是上海人，我说好像，因为我对他上海话的纯正度稍有怀疑，听起来更像上海周边哪个地方的人。那一地带都操吴侬软语，我刚从北方到江南，分辨方言差异的能力仍不过硬。但是在英语课上，他的发音还是深深地吸引了我。在沈阳念书时我有过一位不错的英语老师，听说是外交部下来的，但相比之下，我还是更喜欢这位江南老师的发音。后来，我到农村插队落户，意外认识了杭州大学的语言学家任绍曾先生，才知道杨源是任老师大学时的同学，在校时就学得很好。

杨源老师个子矮小，很注重仪表。我印象中的他常穿淡色的衣服，特别喜欢米色。分头总是梳得整齐挺括，你永远看不到他衣冠不整的样子。和目前女士挎 LV 包，男士用古龙香水的时尚相比，他当时那点打扮根本算不了什么，但是在社会把

杨源老师

化妆都当成资产阶级生活方式的60年代,杨源老师在装束上已经极度超前了。

  他教我没多久,"文革"就开始了。学校里乱七八糟,已经完全停课,但老师和学生都在,只是没正事儿干,校领导均被打倒,群龙无首,无限自由。有一次校图书馆被砸开,书籍满地都是,大部分的文学书都被称为是资产阶级的东西,可以烧掉。不过我没记得有烧书的事儿,反倒是不少学生偷偷把一些自己喜欢的书拿回了家,我自己就拿过几本,好像有莎士比亚的戏剧和屠格涅夫的小说,其他的就记不清了。也就是从那时开始,我和杨源老师的接触多了起来,我当时仅有两年学外语的经历,掌握的英语非常有限,但即便在那时我内心深处已经有了一粒种子,要把学外语当作一项主要目标。因此我常找机会和杨老师聊天。他住二楼最靠边的一间小房间,我有时就去向他请教英语的问题,他都一一耐心解答。后来我到农村插队务农,但和杨源老师的接触没有中断。

  有一次我从乡下进城,他说就住他那里吧!我就在他那小房间的地铺上过了一夜,那天我们聊了很多。他喜欢文学,不停地谈他喜欢的作品,而我却只想了解更多有关语言的基本知识,那些大文豪的作品,我所知甚少。他知道我需要加强基本功,竟忍痛割爱,把他在大学念书时的精读课本都给了我,那几本黄封面大开本的课本是我后来一段时期自学英语的主要材料。另外还记得有一本油印的翻译教程,非常实用,后来才知道那是陆殿扬编的。模糊记得书中有这么一句：翻译家的债务是要偿还同样的数额，而不一定要用同样的钱币。至今我都觉得那话概括得很到位。

我比较偏向语言的实际运用，因此我建议杨源老师把他那出色的英文派些用场，因而将他介绍给了我认识不久的张晓康医生。张医生是绍兴第二医院的内科主治医生，正雄心勃勃，要翻译一部有关老年病的教科书。后来杨源老师也受我们影响，翻译发表过一些有关临床医学的文章。

在农村期间，若有时间，我主要还是回家看父母，所以进城的次数越来越少。我有时也从晓康医生的信中听到些杨源老师的消息，但还是渐行渐远，失去了联系。这责任应该在我，所以我到美国后也曾数次打听过他的消息，但至今不知道他的现状。

我觉得，在青少年时期，当我们的性格正在被我们根本不熟悉的社会磨塑时，若能遇上一两个好老师，实在是幸事。这些老师不必是完人，他们可有这样那样的弱点，但他们若能为迷茫的你点亮一盏灯，为你匮乏的精神注入些养料，为你消沉的意志鼓起风帆，那么很有可能，就是那一点点的帮助，会改变你的人生。此时此刻，我想起了杨源老师送给我的一本书，其中有一篇是莫泊桑的《项链》。依稀记得，在书页的边缘上是他工整的字迹："生活是多么奇妙，又是多么善变。一件极细微的事就能成就你或败坏你。"(How strange life is and how changeful! How little a thing is needed for us to be lost or saved!)《项链》中的女主人公就是因一件小事而经历了生活的巨变,那个结局败坏了她。但杨源老师那一夜的长谈,那几本赠书,那些经常给我的答案,以及不时的鼓励,却是注入我生活的正能量,在一定程度上成就了我。

（2017年1月11日）

等　待

（听韩磊《等待》有感）

一次，我在网上意外搜到韩磊《等待》的视频。听后颇有共鸣：

> 我为什么还在等待
> 我不知道为何仍这样痴情
> 明知辉煌过后是黯淡
> 仍期待着把一切从头来过

《等待》之所以引起我的共鸣，因为我们每个人都在等待。在暴风雨般的人生中，我们每个人都经历过无数次的等待。等待是人生舞台上不可缺少的一道风景线。成功者、失败者，富豪、穷汉，英雄、罪犯，男人、女人，老者、少年，没有一个会缺少等待的经历。在花轿中等待新郎揭去盖头，在铁窗后等

等　待

待重获自由，在官场上等待新任命揭晓，在医院里等待化验报告，乃至于在连日的秋阴后等待阳光，在持续的大旱中等待暴雨……等待与我们形影不离。

等待的目标可大可小。有些人有宏图大志，把民族的振兴作为等待的目标，但是芸芸众生等待的目标都是小而具体，比如说在高考后等待录取的通知，在剧院门口等待女友的到来，在法庭内等待法官的判决。就算是有大等待目标的人，也免不了生活中的小等待。人总不能不食人间烟火。

等待可长可短。在4G网络上浏览惯的人忍受不了3G的网速，他们不愿意等待，即便那个等待也仅是十几秒的滞后。但是有的等待会是漫长的。比如当年人们两地分居，夫妻俩都等待能调到一起，等上三五年是常事，从青年等到头发灰白也并不罕见。介于这两种极端之间的，是一些不长不短的等待，比如当年买肉要票的年代，人们等待数月才能端上一次餐桌的红烧肉，离过年还有几个月就开始等待的新棉袄。

等待是以时间来衡量的，但等待的目标不同，等待时的心境也不一样。病人等待治疗结果的心情和富商等待中标的心情就肯定不同。我认识的孩子中有的不缺钱，他们想要一台近千美元的手机，只需打个电话给老爸，第二天就能把用新手机拍的照片传到网上，他们不用等待。但是我也知道另一些孩子，要想买一双球鞋都得等待很久很久。富家子弟富得流油，却穷得没有热切的等待；寒舍的娃娃穷得可怜，却富得满是期盼和等待。玩手机倒并不一定就丧志，但是一份热切的等待却常能砥砺人生。年轻人学会等待是臻于成熟的必修课。

尽管等待的目标不同，心情各异，但是那种想有却没有的境遇给等待者带来极大的希望。有些人在逆境中，等待成功概率极低的目标，他们等待的"筹码"很高，成败如天壤之别，成功于是就给他们带来极大的喜悦，即使那种喜悦也许仅留片刻。可有些等待目标的实现只是锦上添花，期盼就算落空也对人生无甚影响。然而不管是何种等待，没有白白等待是大家都希望的结果。

我于是想起自己人生中的等待。在那数也数不清的等待中，有一次等待是刻骨铭心的。上世纪60年代末，我们在政府的安排下，到农村插队落户。一去就是好多年。我和几百位同龄人去了绍兴县的皇甫公社——鲁迅的外婆家。刚一到，我们就丢弃了仍残留在心中的理想主义。几乎所有的下乡青年都想要尽快上调回城。于是大家就开始了漫长的集体等待。有人有门路，等待的时间短；有人没门路，等待的时间就长。我认识一位年龄比我大的男知青，我们都叫他老马，是老三届高中生。他人长得清瘦，文质彬彬，在我们中间知识水平最高，不时口中能蹦出几句诗文，但由于略显迂腐，也常被人当成笑柄。我们问他有没有结婚，他说"老马没有老婆"，可是绍兴话中的老马和老婆发音近似，于是引得大家一阵欢笑。一次我们在围垦中见到，大家又聊起上调回城。每个人都相互鼓励，

等　待

慢慢等待，总会有机会的！但是并不是每个人都有机会。那次会面后不久就传来消息，老马心脏病发作，在家里突然去世了。我仍然记得他的音容笑貌，一个有点迂腐但却非常憨厚的年轻人，他没有等到回城的日子。有些人等不下去了，就转换了等待的目标，比如有的姑娘嫁进了家境尚可的农家，从此，她们等待的目标就变了。

我由于没有什么人际关系，在农村的等待时光极度漫长。开始等待时的心情如一条缓流的小河，因我并不焦虑，渐渐这河水湍急起来，心情也开始焦虑了。但是回想当时那八九年的等待，还是收获颇丰的。正是在等待中，我拉近了与亲人的距离，也磨炼了困境中所需的意志，更学会了百折不挠后的放弃。《圣经》中说"你们要像蛇一样机警，像鸽子一样纯洁"。人在没有闯荡"江湖"时是不会对这句话有深刻体会的。正是在这八年多的等待中，我将《马太福音》中的这句话体会得淋漓尽致。有幸的是，我的等待虽然漫长，但达到的目标恰是我之所望。

这些都是陈年旧事。在夕阳中，我们今天是否仍有等待？在人已经走完主要路程的尾声余音里，我们是否仍需等待？韩磊的歌似乎给出了答案："明知辉煌过后是黯淡，仍期待着把一切从头来过。"重来一遍也许过于诗情画意，但就此停步也不是大部分人的选择，因为假如你没有了尘世间的等待，唯一剩下的等待就是死亡，而那是大家不想要的。丁尼生在《尤利西斯》一诗中为退出主场的人送上一句忠告:"最单调最沉闷的是停留,是终止,是蒙尘生锈而不在使用中发亮!"还是按照诗人弗罗斯特的建议去做吧:我有重诺千金,安睡前仍有迢迢行程。只要你有行程就不会没有等待。那就让我们继续等待下去!

(2019年10月15日)

风雨杭大路

上世纪70年代,我有一次从绍兴到杭州,去见外文书店的徐淮先生。我们因购书常有书信往来,却未曾谋面。忘了那天走的是哪条路,也忘了是前往书店的途中,还是返回绍兴的路上,只记得公共汽车途经天目山路,我看到路旁一排灰砖楼房,车上的人说,那是杭州大学的宿舍。我看到沿街的楼房窗户有的开着,窗外挂着衣服,还隐约看到有人站在窗口晒太阳。我心想,我为什么就不能到这所大学念书?心中充满了羡慕,也有一丝不平。但当时我怎么也想不到,七八年后,从其中一幢楼房的窗户探出身来晒衣服的人可能正是我。不过当时,我的心情是沉重的,因为尽管我十分努力,前途却依旧渺茫。那次杭州之行大概发生在1974或1975年的冬季。

我自"文革"初十七八岁起就迷恋英语,四处寻找自学的材料,还获赠了几本"文革"前杭大外语系的英语教材。自学过程中我发现,很多内容,特别是文学课文,难度比较大,在农村又没有可请教的人，也不能频繁进城问老师，所以后来就没能全面提高英语水平，而是把有限的英语用到翻译实践中去了。于是自1970年起，我就开始翻译医学文献，一直到1978年春进杭大停止。有人也许会问，自学那么点儿英语能够用吗？其实翻译医学文献专业要求高，对英语要求反倒不算苛刻。如果对所译内容较熟悉，文句的理解相对还算容易。当时不少医大毕业的医生也在翻译医学文献，他们中除个别佼佼者，大部分人的英语水平有限，但靠着专业知识，大多数句子都能理解，个别难理解的，也能蒙对不少。我那次去杭州就是想购买些和医学翻译相关的材料，同时结识一下徐淮。

从杭州回到绍兴后，我继续在公社中学教书。当时已恢复了英语课程。我教高中英语，教学之余，还翻译些医学文献。天目山路旁一闪而过的杭州大学，搅动了我心中的一湖静水。本来我在翻译中寻求满足，每有一篇译文发表，就能让我的出版欲得到一次满足。虽然当时没有稿费，但每发一次稿，我仅存的希望就像瓶中的水，再次回到原来的水平，尽管水已接近瓶底。就这样，在希望渺茫的年代里，那一篇篇的译文不停地在添柴加薪，我的希望之火也就没有熄灭。就像有人借杯酒长精神一样，我靠翻译支撑着那个海市蜃楼般的希望。但自那次路过杭州大学，我开始反思医学翻译的不足，意识到必须提高英语基础知识，不能满足于译文的发表。于是业余时间又捡起了那几本已搁置多时的杭大英语教材。

但重拾这些书本,并不是为任何具体的目标做准备,甚至不是为一个模糊的目标磨一剑,那是一种茫无目标的摩拳擦掌,是没有演出排期却仍不敢松懈的练功吊嗓,因为在那段岁月里,没有人知道我们这批人的未来。上调回城的人当然有,甚至还有去读大学的,但对于为数众多的青年人,这些出路仍然是遥不可及的梦想。正是在这样的境遇里,大多数人都选择了一条更务实的路,而我却远离了一起下乡的伙伴,朝一个在当时看来"最不接地气"目标驶去,在学外语和做翻译的航道上摸索前行。只是现在心中多了一个"干扰",天目山路边的杭州大学。

我带着没有期盼却也不无热情的心境,又在皇甫公社度过了几个春秋,终于在1976年迎来了政治舞台上的戏剧性变化。在这颠覆性的转变中,直接影响我生活的就是次年恢复高考的大事件。记得这个消息是在1977年9月份传开的,10月份就有了具体的部署,目标是新生在第二年3月入学。如此大规模的考试,要在这么短的时间内筹备完成,足见主政者的决心和执行者的能力。同时也说明,中国人只要给他机会,做起教育来是从不含糊的,因为这是民族文化使然。

我觉得这回机会来了,就和公社以及学校的领导讲了我的愿望,得到了他们的支持。校长杨乃浚老师也非常激动,觉得这回可能真是我咸鱼翻身的时候了。"文革"前我只读过两年初中,很多功课都没修过,于是我的同事金烈侯老师就帮我复习数学。高考大约是在那年的12月,很多细节都忘记了。只记得皇甫公社考生必须到区所在地马山去考试。我的考试座位是在马山中学大礼堂的舞台上,因为考的人多,台下座位不够,只好把一些考试用的桌椅放到台上。全部科目考完后我心情大好,下午居然没有乘船回皇甫,而是沿着田间石板小路哼着小调走回去的,应该有二十多里路呢!

我安心等待结果,但其实并不安心。仅从考试看,我不担心会落榜。数学是差了点,但我自信文科成绩定会把平均分拉上来,加上我发表的大量译文也肯定会加分。但是当时的政治气候仍未完全摆脱"文革",思想开放的程度甚至还停留在"文革"前,录取时还不能彻底排除家庭出身这个因素,而我的家庭出身显然是会拖后腿的。在焦急中,我不动声色,照旧改作业、备课、讲课、唱歌、打乒乓球,装出一副若无其事的样子。突然有一天,有人说公社党委的文书谢和兴在四处找我。我知道他带来的应该就是我焦急等待的消息。皇甫公社九年的艰难生活,就在我拆开录取通知书的那一刻结束了。

成功者因自己的努力而成功,却也常靠机缘巧合。比如一个66年毕业的高中生,十多年后成了77级大学生,这迟到十年的成功里面,当然有他自己的汗水,但他一定也记得,十多年前一种强大的政治力量把刚到他嘴边的果实给夺走了。那时他肯定也为考大学努力过,但个人的努力在强大的命运面前是多么的苍白无力。人的一生,无可奈何的地方太多,常被时

风雨杭大路

代的潮流冲来冲去,就算你运气不错,在潮流中躲过了急流险滩,混得风生水起,但也不用往自己脸上涂抹太多的金粉。比如拿我来说,自己曾努力拼搏不假,但在这顶风冒雨的杭大路上,在日后求职糊口的过程中,机缘起到的作用不可低估。也许可以说,自己的一点努力,再加上风云际会,甚至鬼使神差,才让我有幸坐在杭大的课堂上,听老师们谈文学、讲语法、说翻译,还有幸被外教捷斯基的朗诵感动,才让我日后在大洋彼岸,把在风雨杭大路上的所学所得讲给我的学生听,而这些学生大概也是因自己的努力,加上风云际会或是鬼使神差,坐在了大洋彼岸蒙特雷小城的教室里。

时过境迁,那所屹立在天目山路旁,曾搅动我平静的心湖,激起我无限向往的杭州大学,已经早就消失在历史的烟波之中了。有人对促成杭大消失的"四校合并"耿耿于怀,一直想着要恢复老杭大,但那毕竟是覆水难收。学校的命运难道不像我们个人的命运?过去的事还是就让它过去吧。对于曾在杭大学习过的人来说,在记忆中存下当年生活的点滴,在脑海里留住老师的背影、同学的笑容,还有那牵引我们步月前行的校园小径,就已经相当不错了。

(2018年5月4日)

曾记否，灵格风！

1978年春我刚进杭大时，市面上国外英语资料已很多。但当时的环境仍不宜把外国读本当主要教材，比如我们系就选用了许国璋系列。不过作为参考读物，外国教材很受青睐。记得有次朋友托我买一套"沃尔特和康妮"（Walter and Connie），那书当时很流行。另一套是Essential English，汉语叫什么始终不清楚，但估计不少人都有，比如我们有位上海同学就把该书掌握得烂熟于胸，到了朗朗上口的水平。美式教材首推《英语900句》。但不少人最爱的还是"灵格风英语教程"（Linguaphone English Course）。这套书共三册，第一册橘黄色，第二册粉色，第三册则是绿色，另配有彩色薄膜唱片，纯正的伦敦音拨动着当时资源匮乏环境里学子们的心弦。

在杭州的人说起外文图书，大家会想到当时仍在延安路上的外文书店，这类书几乎都由那家垄断。我常从这家书店购书，可追溯到70年代初，当时"文革"仍如火如荼。一般曾记否，灵格风！

我是邮购，邮件往返一多，便认识了书店的徐淮先生，估计有些杭州同学也知道他。徐先生是律师出身，"文革"时蛰伏在书店，等待施展才华的日子。果然我们进杭大后，他也回归老本行，当了律师。可惜由于学业繁忙，后来便与他疏远了。

那套"灵格风教程"就是徐先生推荐的。灵格风前两册不难，但那册绿色的却不易，因为语言牵涉到社会文化，如足球赛那篇难点就不仅是词汇和语法，当时常配着唱片看读本，进球那一刻英文解说员情绪激昂，至今如在眼前。不过灵格风第三册中最令我难忘的还是那篇《布道文》。最近为一本教材选短文，想到这篇《布道文》。选它非关宗教，主要是觉得那短短的五百多字提点出人失意时应持的态度，恰似灌顶的醍醐。可是怎么都找不到版权机构，台北的书林出版社又坚持不用无授权文字，于是我只好再查找，结果发现，现在握有该篇版权的是一家英国公司。他们欣然同意我用那篇《布道文》，但条件是将公司的名称写上。灵格风书虽在，但版权已易主，真有一种物是人非的感觉。我常重读这篇短文，它总能勾起我对灵格风和江南旧事的回忆。江南的旧事恰似天街的小雨，总酥润着我的心田。

（约写于2017年）

解构乡愁

我在蒙特雷海湾遥望太平洋,大海的那边是亚洲,我遐想着奔腾的钱塘潮,让心中涌出一股怀乡的情绪,但这刻意的撩拨带不出那水到才能渠成的心境,乡愁没有应景而来。

什么是乡愁?那是因为思念故乡而起的悠悠愁绪。说起乡愁,人们有时会引用"孤灯然客梦,寒杵捣乡愁"这句诗,你看孤灯、寒杵、客梦、乡愁都是不能激起强烈情绪的阴性词,只能用来营造小叙事的温柔意境,与大海、怒潮这种阳性景观格格不入,奔腾的大海未能诱发我的乡愁是再合理不过的。

在中国传统文化里,勾起愁绪的那个乡其实并不遥远。一位书生为生计背井离乡,从浙江的绍兴来到湖南某地,一日有件再普通不过的事毫无预兆地勾起了他对家乡的怀念,也许是家乡带来的梅干菜,或是突然听到的绍兴方言,乡愁竟如流水汨汨涌来。写那首《乡愁》的余光中也仅被"一湾浅浅的海峡"所隔,论距离故乡就在他隔壁。尽管从字典上看,汉语

解构乡愁

"乡愁"一词主要依托于"乡"这个地域空间,可单从地域说乡愁是不完整的,空间若没有时间与之碰撞便激不起怀乡的情思。我们怀念的其实是一段时光,更确切地说,是我们在某一地点所经历的时光。那是一个无忧无虑的时空:那时你觉得父母是不会离去的,每天你只要读书玩耍就够了;那时你会为一只死去的蛐蛐伤心,总希望那只蛐蛐能在梦中再现;那时和女孩在一起玩儿,你从不会心跳,她也不会脸红。我们每个人都有过那个无忧无虑的天地,正是那个时空为我们酿造了乡愁这坛酒,只是我们要等上几十年才会启封开坛。

近代乡愁的感受者会生活在更遥远的空间。哈佛大学比较文学教授博伊姆在她的《怀旧的未来》一书中专辟一章,讨论全球大移民语境中的怀旧心结。阻隔当代怀乡者的已不是"一湾浅浅的海峡",而是一望无际的海洋。故乡也不再是炊烟缭绕的乡,而变成了高楼林立的城。当年心怀乡愁的人清晨曾被鸡叫声唤醒,拿着锄头走在乡间的小路上,可是今天生活在纽约的留学生哪还有过那样的经历,他们小时候被手机的闹钟声叫醒,拿着苹果电脑坐着北京的地铁去上学,他们的心中兴许也揣着乡愁,但勾起今日愁绪的已不再是当年的小桥流水。所以英文的nostalgia似乎要比汉语的乡愁更适合描述现代社会,因为英文词依托的不只是特定的空间,而更是一个过往的时段。当然"乡愁"一词倒未必因为没有了小桥流水就得换掉,"乡"字在现代语境里伸展柔软的身段,模糊了词的表面含义,加大了字的隐喻力度，照样能在读者心灵的湖上荡起涟漪。

其实不管怎么界定文字，谁都不会没有那种称为乡愁的心绪。但人的经历不同，乡愁的浓淡也不一样。人喜欢回顾幸福，逃避感伤，无论汉语的乡愁还是英语的nostalgia，都暗指一种对愉快时光的回忆，乡愁里的"愁"字和揭不开锅时的"愁"字是不一样的。也因如此，一个人若在成长过程中有过不堪回首的经历，当年就不是他乐于回顾的历程。但任何人要想完全排除乡愁却又不可能，因为在儿童和少年阶段，总会有些令你愉快的经历；生活的大环境也许残酷，但在人的小圈子里，父母亲朋总会在你心灵上留下些值得回顾的东西，供你日后品尝。

但是品味乡愁不应该是大张旗鼓的活动，它只适合个体在独处时感受，不宜在大庭广众面前作秀。每一段乡愁都是一个独特的意境，也只能从个体的角度欣赏品味，无法扎堆体验。一位久别故乡的老华侨回到家乡，跪在地上捧起一抔黄土，他的心情是真挚的，所以我们最好不要惊扰他眷恋故乡的小天地，更不要拿这个做文章，乡愁的体验不属于大叙事。因此我对于用乡愁煽情的做法很不以为然。也许民族主义可以被煽动起来，但乡愁不能，它最多也只能在个人心中激起涟漪，你无法将一个个孤立的涟漪汇成巨浪。乡愁这种情绪也很容易被诗化，有些倾述乡愁的诗文写得如梦如幻，能把一位浣纱的村姑描绘成艳丽的美女。我们有时确实需要艺术来美化生活，但艺

解构乡愁

术化的乡愁不完全真实,实际生活中的乡愁没有那么流畅,未必那么诱人。半个世纪未见的同学欢聚一堂,曲终人散后,延续友情的是每天早上点击的微信问候,手机就在身上,但已提不起聊天的激情。为什么?因为人非旧人,再无当年,实在没有那么多的话可讲,只能靠数字化的握手来维系那悠悠远去的乡愁。博伊姆在提到人类海外大移民背景下依恋故乡的情结时说:"那种情绪可被国家保护、操纵、围剿,也可被艺术装潢,被记忆美化,或被评论家打入冷宫。"我们最好还是把这种珍贵的情感保留在自己的心中,作为隐私的一部分加以珍藏,而未必要为了任何其他目的与人分享。

假如你问我,你有没有乡愁?我当然不能说没有,谁会没有乡愁?可是随着父母的离去,时间的推移,记忆的衰退,对故乡的眷恋还是逐渐淡漠了。况且当距离人的大结局越来越近时,乡愁离我已越来越遥远,它在我生活中的分量也越来越轻盈了。但再淡的乡愁,也不会消失得无影无踪。

(2017年6月30日)

母 亲

关于母亲，可说的太多，无法在一篇短文中讲完，就算集成一册，也难表达我对她深情之万一。那就说几件小事吧！

"文革"结束，我进大学读书，父亲接着去世，母亲一人住在绍兴乡下。有一年春节回家，母亲和我两人吃年夜饭，面对一桌的饭菜，她感到非常满足，语重心长地对我说："要知足啊！"她没有什么大期望，我能按时毕业，找到工作，成个家，就这些愿望吧！自那以后，我牢记着母亲的话，要知足！尽管几十年来，从国内来到海外，从学生变成教师，从默默无闻到事业有成，红尘中人少不了利锁名缰的束缚，但我意识深处的主旋律仍然是母亲教导的那句话：要知足！

我留校后住杭州，无论是暑期还是过年，都回绍兴老家，忆平很理解，从来没叫我跟她去湖州。有一年夏天，浙江沿海台风袭击，我们的小房子在风雨中颤动，我觉得墙快倒了，所以就和母亲躲到灶台后面烧火的地方。没几分钟，轰隆一声，

母　亲

主墙坍塌，房顶全无，但暴雨没有停下来的迹象。我觉得不能坚持到雨停，所以就拖着母亲，在暴风雨中爬到隔壁邻居家中。事后想来都后怕，掉在水里的电线是能使人触电的。

那晚我决定把母亲接到杭州。第二天我安排了一辆小面包车，母亲就这样离开了马鞍，来到了我们杭州大学的住处。有些事似乎冥冥中有安排。房子倒了，倒得真是时候，母亲本没想马上跟我们来住，这下她没有退路了，只能来杭州。这就给了我们和母亲在一起的机会，虽然只有一年多，但她毕竟看到了我们一家三口朝夕相处的温馨，感受到了母子、婆媳、祖孙间的生活乐趣。这对一个传统的中国女人来说该是何等的重要啊！

后来我出国，姐姐和姐夫从沈阳过来照顾母亲，她在我们杭大的房子里一直住到离开人世。她去世那年夏天，我们一家三口回到杭州，和母亲见了最后一面，母亲很高兴。但我们回到美国后，就知道母亲病了。一次打电话，她似乎知道这回她过不了这一关，就对我说，万一她去世，不要难过，不要多想她。那是我们的最后一次电话。她去世后，我急忙返回杭州，在亲戚朋友的帮助下料理了后事，把她的骨灰送到绍兴老家，安葬在父亲的墓旁。这已经是17年前的事了。

在姐姐的精心护理下母亲活到88岁，算是高龄。但我总很愧疚，最后这十年我不在她身边。在杭州时，我曾想把她带出去看看杭州的风景，逛逛百货商店。我甚至想到，母亲很难在自动扶梯上站稳。我还想到，我先上去，等她从自动扶梯上出来时，我一把把她接住；但又想到，她可能很沉，我不一定抱得住。我甚至还想到，让她沉重的身躯倒在我怀里，但心想不行，我还是接不住她，我们可能两个人都会倒在地下。但这些都没有发生过，我始终没有带她出去，因为她觉得年纪大了，不想出去。假想如同梦境，其中感受到的重量是假的，但我每次想到这假想的场景，都觉得像是真实发生的。多么希望扶梯前那一幕是真的啊！

回忆母亲永远是沉重的，也因此，我尽量不去想与她相关的往事。当年追悼会回来时有一幅母亲的肖像，本打算挂在房间里。但是17年来，我房间的墙上仍然没有她的照片，因为看到后心情仍会沉重。我还是听她的话，不去多想那些刻骨铭心的往事吧！

（2017年1月13日）

文化波澜

　　我们在萧瑟与繁华的交替间阅尽文化的波澜。不管是一种奇特的乡音，一种饮食的习惯，一个对体育的观点，乃至对老人的态度，对浮华的取舍，对梦想的期盼，都渗透着文化。因此要熔炼那枚文化的定海神针。有了它，不管面对怎样的波澜，精神的罗盘都会把我们导向温馨的港湾。

萧瑟与繁华

在我理解"萧瑟"这两个字的含义前，已有过萧瑟的体验。60年代初的某日，在北国的一个城市里，已是落叶纷纷，我站在楼外的空坪处，望远处的天空。一阵不冷微寒的风，带着几片残叶，吹在我的脸上，唤起了我心中一种莫名的感觉。它不像夏季那么热烈，不如冬天那么冰凉，它不激起你的热望，却也不扼杀你的企盼，在经历了北方夏天短暂的炎热后，在冰天雪地仍未到来前，这种感觉在我幼小的心灵里找到了栖身之地，从此便没有离开我，只是当时我不知道用什么词语去描述这种感觉。

记不清第一次遇到"萧瑟"这个词的语境，大概我并没有查字典寻找它的定义。汉语的优点是，你有时只要认识字，就能靠上下文揣出词的大概含义。不知从何时起，"萧瑟"一词已由我生活的经历得以诠释，紧紧地与当年的落叶与秋风连在一起。那年秋天以后的生活，有严冬，也有酷暑，但萧瑟作为人生的一种意境却永驻我的心中。

萧瑟常与秋天形影不离，因为它需要秋风与落叶的陪衬，而落叶秋风在传统文化中传递的信息是衰败与悲哀，因此萧瑟不是一般人向往的意境。然而，在我心中，萧瑟激起的并非悲哀的情调，它反而使我头脑清醒，心境平和，甘心寂寞，有时甚至能促使我突然调转船头，朝相反的方向驶去，把热热闹闹的场面抛在后头。因此我喜欢萧瑟，因为它是滚滚红尘中的一服清凉剂，浮躁喧嚣里的一帖镇静药。

比如仕途的诱惑就可由眷恋萧瑟的心态来抗拒。80年代中期，我被推荐去做行政工作。朋友说，这是一次难得的机会，借此可以进入仕途，学术也会连带受益。可不是，有一个主任、处长的头衔，评起职称来肯定是照顾多于苛求。本该和同时晋升的人弹冠相庆，然后回到宽敞的办公室，主持好一方的工作，管理好手下的人马，联络好上下的关系，在仕途上平稳地前行，运气好的话，也许现在已上层楼。可是我心中的失落感却挥之不去。走马灯似的会议，毫无结果的讨论，言不由衷的寒暄，加上明知做不到却偏说会去研究一下的官场技巧，使我感到厌倦至极。

确实，与"长"们周旋在一起，繁华的场面见得不少。比如有一次，因为求我们办事，一家高级日本饭店的总经理请我和几位相关人士吃饭。我的助手说，日本人要摆出店内最佳的餐具，让最漂亮的服务员为我们斟酒，据说招待一般的客人这位服务员是不出场的。我们到时,总经理先生已在恭候。果然气派不凡,在饭店的顶层摆下的酒席,让你饱览湖光山色。于是,寒暄握手,交换名片,然后是并无笑意时挤出来的欢笑,没有问题时想出来的问题。早忘了想验证最佳餐具好在哪里的计划,杯盘狼藉之后,唯一留下的好印象倒是那位身材苗条的女服务员,她的自然之美让人无法抗拒,可这唯一的美丽却和晚餐格格不入。于是,在灯红酒绿的繁华世界里,我又想起了秋风落叶中的萧瑟,想起了陆游的诗句:"世味年来薄似纱,谁令骑马客京华。"那晚我想到的,便是要尽早离开这个作客的"京华"。

回到学术界,原期望会是净土一片,但天下哪还有不被污染的角落?无论是国内,还是国外,私欲常能跨越文化的差异,使普天下的知识分子都耿耿于职称的高低,名声的好坏。于是,不易察觉的剽窃成了看家的手段,疏通关系成了晋升职称的基本功。若感到未被公平对待,还可以找领导谈话,顺便再一次让人家知道你向往晋升的强烈欲望。我的一位朋友不善此道,听说教书二十多年后还是个副教授,又听说以后也没有升迁的机会了。还好我目前至少没有一把鼻涕一把眼泪去哭诉的必要。然而是非曲直、公正与否的问题是哪儿都存在的。我的处境要是换一下空间,也许早就有人算尽了机关,想尽了办法。但我唯一去做的就是告诉主事者,我并非清心寡欲,其他可据理力争的事,我懒于着手。也许主事者有主事者的难处,也许目前这种安排不无"天意"。更何况，挺好的一个加州的艳阳天，心中却揣着一个欲望，让不满蛀食你的大脑，让怨恨占据你的心胸，值得吗？虽非清心寡欲，却能听其自然，这怎么做得到？答案还是我那心中的财宝，眷恋萧瑟的心态。

那么金钱呢？《红楼梦》中说"世人都晓神仙好，只有金银忘不了"，大体道尽了钱的诱惑力。我承认，在名誉和金钱之间，我更看重后者。曾开玩笑地和朋友说，尽管我名声的资本并不丰厚，可要是能用虚无缥缈的名声换取实实在在的金钱，我全换成钱。这话听起来有些低俗，一般人可能不愿说出口，但这戏言中透露的却不是唯我独有的真情。有些人为了权力、职称、名誉愿意出钱，不过很少有人会为了钱财放弃权力，因为谁都知道权钱之间灵活转换的定律。说实话，在这些东西面前，我谈不上"坐怀不乱"，说我凡人一个，毫不过分。但我却从不愿为了这些东西放弃过多的自由，即便是钱也不能令我心动。正是这种心态，使我能坚持目前的生活方式，除了原定的上课任务外，不接受过多的项目。每当我遇到一个可以带来丰厚收入，却挤不出时间做的项目时，心中眷恋萧瑟的心态常会轻声细语地提醒我："放弃吧！"这也常使我想起《印第安纳·琼斯》（*Indiana Jones*，又译《夺宝奇兵》）这部电影。影片中由哈里森·福特扮演的印第安纳，在山崩地裂时，还想伸手去拿一只价值非凡的金杯。一面是生命垂危的险境，一面却仍不能放弃金钱，导演在这个镜头中把生命与金钱的矛

萧瑟与繁华

盾推到高潮。你看金杯离他的手仅有数厘米，几乎唾手可得，但他若不退步抽身，顷刻间也许会坠入深渊。就在这时，身旁的父亲轻轻地说了一声"放弃吧"。这一声长者的提醒是望尽天涯路后的智慧之言，它醍醐灌顶，让人们看到繁华背后的萧瑟与苍凉，那一片白茫茫干净的大地。

有人也许会说，眷恋萧瑟的心态不健康，它会阻碍人进取向上，羁绊人前进的步伐，消磨人的斗志。其实，进取并非人生的终极目标，进步也不是衡量事物的唯一标准。伟大的哲学都不把进步的结果作为评估人的尺度，而将努力的过程看得更重要。你到底为别人创造了多少财富并非关键，关键的是你创造过程中呈现的真诚与努力。《圣经》中这类隐喻几乎俯拾皆是。在上帝眼里，一个残疾人艰辛编制的花篮和一个科学家精心撰写的程序意义是一样的。进步并不一定只用物质来界定。所以我冥冥中感到，宇宙的原始设置抗拒疯狂的进步，就像它要鞭挞懒惰一样。你看今天的全球暖化不就是一个启示吗？冰川融化，狂风肆虐，追其根源都和人类过度消耗能源有关，而能源的消耗还不是为了进步？所以无论是民族，是国家，还是个人，都需要在进步这个主流前设置一个缓冲装置，减少主流横行霸道时的破坏。既然民族和国家不是我可以说三道四的，那么就说说个人。

每一个人都能在自己的心态内安装一个缓冲装置，在心灵的图谱上点缀一些萧瑟与苍凉。你不必害怕胸中这一点缓冲剂会浇灭你激情的马达，它至多也只能是头脑发热时泼来的一盆冷水，在强大的主流面前，还不足以让你对繁华的追求心灰意懒。你若有宏图大志，想创造繁华，那么萧瑟的心态能让你看到人力的有限，你并不会因此松懈了谋事在人的斗志，但却能靠它记起成事在天的教训。你若是政治家，萧瑟的心态会让你预见下台后的凄凉，那么主政时也许会多一份对弱者的关怀，加一点对强者的傲慢。你若是文化人，萧瑟的心态会清醒你的头脑，于是身外的穷通、人间的毁誉便不那么计较。你若是经商者，萧瑟的心态会让你在计算金钱的损益外，也打一下道德的算盘，智慧地看到，原来损失有时也是一种必要。让心中留一点萧瑟与苍凉吧！也好借助它们来校正你过热的心态，调整你太快的步伐。

以繁华为准绳，我这几十年不算成功；用萧瑟做尺度，我活得相当潇洒。

（2006年8月16日）

网页与故乡

1991年夏季的某日,朋友陪我去商场买电脑,回家的路上狂风大作,暴雨倾盆,我们用身体护着新买来的电脑,情愿让自己着凉,也不能让电脑淋湿。这台风雨中请来的高科技产品开启了我使用因特网的新生活。但当时我们谁都没有想到,在不远的将来,网络上也将掀起一场狂风暴雨,彻底改变人的生活方式。那天买的是一台即将被淘汰的手提式电脑,没有视窗,没有硬盘,但却有插装网络解调器的插口。我于是靠着校友的身份,在一所大学申请了一个电子邮件信箱,数字网络的人生就这么开始了。

起先网络的作用主要是传递个人信息,能收到一封网上传来的信件已相当让人激动。那时我常将电邮比作电报,感到自己俨然成了电报局。传统的电报得到邮局去拍,很不方便,所以不是急事一般不会拍电报,我一生中收到电报只有一次,传递了父亲去世的噩耗。现在好了,电报局可以做的事我在家里都能做，无疑是巨大的进步。这以后，我逐渐扩大了网络的使用范围，不仅用它传递邮件，也收集信息，目前我做的这份工作就是靠网络找到的。不过当时网络呈现给我的仍然是无色彩的画面，加上一切指令都得用手敲入键盘，效率并不高。

后来听人说，有视窗的电脑能看彩色的网页，还不必敲打指令，只要按一下超链接就能访问、浏览。记得第一次见到网页是在一个社区大学的图书馆里。一张网页足足用了一分多钟才慢慢由上到下"挤"出来。我当时和朋友说，网页出得慢没关系，我有的是时间。但万万没有想到，几年以后，我居然不愿在电子高速公路上多等几秒钟。

五颜六色的网页果然不凡，新界面改变了观看世界的方式，小视窗提供了了解社会的渠道，网络似乎拉近了人之间的距离。弹指间你可以遨游地球的另一端，看到久别却未重逢的旧交。我仍然记得初用视窗浏览网页时的兴奋。这以后的发展更令我震撼，多媒体的广泛应用，拓宽了网络的用武之地，听相声，看电影，与朋友聊天，向亲人倾诉胸中的郁闷，与同仁探讨学术的奥妙，真没有几件网络做不成的事。于是我们离不开网络了，整日徘徊于网页之间，流连在聊天室里。年轻人在网上谈情说爱，中年人在网上寻找快乐，老年人也试图从网页中重拾逝去的时光，虚拟的网络给我们的似乎比真实的世界还多。网络成了新的家园，我们似乎深信今日浏览的网页将会是未来频频回顾的家乡，怪不得网页也称作"家页"

网页与故乡

（homepage）。乍一看，隐喻的天地与真实的世界好像并无二致，你不必身临其境，就能体验生活，重拾经历，打造未来。

这就提出了一个很严肃的问题，科技是否真能减少面对面交流的必要，浏览网页是否真能引发情怀，重返浏览过的网页是否真能让你医治乡愁？简单地说，网页是否真能取代故乡？

其实，人们一直希望用科技的进步来安抚内心的彷徨。19世纪时，人们就普遍认为，火车的发明使得返回家乡的坎坷路途变得通达顺畅，乡愁定会随之消散，但这并没有发生。相反，乡愁随着现代化的进程反而与日俱增。尽管今日的高科技在效率上远超出了轮船火车那种低科技，但它抚慰人心的作用却仍然微乎其微。

网页很难引发情怀，重返网页也不能消解乡愁，因为乡愁的酿造需要漫长的岁月，网页却只能把两个相距千山万水、远隔悠悠岁月的事件同时呈现给你，省略了时空两点间繁复细腻的过程。在网页上你只消轻轻地一按鼠标，就能从今天的硅谷飞越时空的深渊，来到五十年前小桥流水的江南，五十年的喜怒哀乐，辛苦遭逢都消失在两个网页之间。频繁不断地点击链接，周而复始地浏览网页，都不能在你的脑海中沉淀出记忆，酿造出乡愁。魂牵梦绕的记忆是酿造乡愁的"酒曲"，而记忆却奠基在所有感官同时参与的基础上。父亲的背影，母亲的教导，门前的流水，邻里的欢笑，街市的喧闹，都借助感官神奇地复活了，在大脑神秘的协调下，故乡又出现在眼前，哪怕已经远离家乡千万里,纵使早已离开故园数十年。你不必回家,家却能进入你的脑海,跃入你的眼帘,因为你曾经在真实的故乡"访问""浏览"过。

这是由超链接带来的"家页"所做不到的。超链接的致命伤是它只有共时性,但缺乏历史感。网页与你的关系可以在一刻之间建立,故乡和你的情缘却需要日日夜夜的编织,朝朝暮暮的熔炼。在这里,网络技术在速度上的优势恰是它在构筑人文情怀上的弱点。"速度与忘却共进退,缓慢和记忆齐消长。"[1]进步得越飞快,忘却得也越彻底,而缓慢的步伐才留得住深沉的记忆。高速发展的社会容易失去连续性,而缓慢前进的文化才容得下历史感。速度与历史,经济和人文,这之间的悖论正是社会人文学的大课题。

网络当红的日子里,像我这样的"唱衰之音"不是主流,不过也并非仅有。前些日子,香港中文大学的童元方教授寄来了她的近作《为彼此的乡愁》。牛津大学出版的这本小小的散文集收集了元方的几十篇短文,写故乡,谈父子,更叹人生何似。其中一篇写麻省理工学院教授的短文引起了我的兴趣。莱特曼是该校物理系的教授,居然拒绝用电邮,也不用网络。他

---

[1] 原文如下:The degree of slowness is directly proportional to the intensity of memory; the degree of speed is directly proportional to the intensity of forgetting. (Milan Kundera, *Slowness*, Linda Asher, trans. New York: HarperCollins, 1995, p. 39)

网页与故乡

认为电邮的致命处是它的"实时性",电邮太快,不给人斟酌的余地,一切都在仓促中决定。这种极端的态度也许很难让人接受,但正如元方所说,这可能是莱特曼的偏见或成见,也可能是他的洞见与睿智。

因此,我刻意涉"网"不深,不想让网络过多地侵入我的生活。我大部分的网上活动都带有实用目的,如信息的传播与收集。聊天室之类的虚拟空间偶尔也光顾,但多是传达信息,很少借它来培养情感。网上培养出来的情感不会牢靠,用符号表达出来的"握手",借键盘敲击出来的"拥抱",毕竟没有坚实的基础,离开了聊天室,大多是人一走茶就凉,和真实世界里的举手投足不能相提并论。正如王宗仁的诗所说,"关机后我总是一无所有"。

在我看来,网页与故乡属于两个不同的范畴,它们各司其职,不能混为一谈。确实,科技还会进步,网络也会发展得能以假乱真,但它终究取代不了那个并不完美的故乡。网络上忙碌的现代人是否也应在电子高速公路上偶尔停一次车,离开一下网页,到人群中去,到闹市中去,去看看那已被你冷落多时的故乡?

(2007年1月20日)

江湖侠骨恐无多

早就想写江湖与侠客，却不知怎么下笔。江湖浩大，侠客众多，从何说起呢？然而有一天，我看电视连续剧《倚天屠龙记》，突然找到了说侠的切入点。

剧中的游侠张翠山面临一个左右为难的选择，江湖上各路英雄逼他说出金毛狮王的下落。一边是武林各路人马，要翠山交出一个恶魔，可以说求之有理，加上人数众多，是武林中的"主流"。另一边是罪行累累的恶魔，已失去了道义，惩处这样的人理所应当，张的选择本来并不困难。可偏偏张翠山和金毛狮王是义结金兰的兄弟。交出金毛狮王在江湖上是顺应主流的"民意"，可那样做却是背叛金兰之义。张翠山选择了金兰，背叛了"民意"，为之付出的代价却是生命。在翠山拔剑自刎，夫人随即自杀后，一个壮烈的场面展示在我们面前，顷刻间我在壮士的血泊中悟出了侠客的定义，也看到了现代人最缺少的精神气概。

江湖侠骨恐无多

人们也许会说，张翠山死得不值，因为他保护的是个反面人物。如果被保护者是身处困途的英雄，壮士才死得其所。这种对价值的权衡，对是非的掂量，对被保护者的评价，当然不无道理，但理性的冰河却会消释本会涌起的激情，一次次震撼天地的义举，便在人们的瞻前顾后中消失了。

在我看来，侠之所以为侠，主要在于他损己利人，重交轻命，为了一个承诺，为了一个朋友，愿意牺牲自己的利益。侠不用我们的衡量准则，侠不做世俗的价值判断。因此解读侠的举止，也不能用常人的标准。一位失势的政治家重病在身，他当年的一个下属顶着政治压力，执意前去探望，在我看来就是侠义之举，因为在主流中乘风直上的人是不愿意干这种不划算的事的。其实，这无关那位政治家立场的对错，原本也只是流露一下仁心而已，可雷霆万钧的压力，反倒使风雨中的来访者显出铮铮侠骨。只有当个人利益可能受到损害时，侠的光芒才会放射，顺境中多的是"静默三分钟，各自念拳经"一类的惺惺作态。

有人会说我的观点太狭窄，认为侠应该走在更为广阔的"阳关大道"上。他们要为侠的头上戴一些光环，让侠以天下为己任，牵挂苍生的福祉，心系社会的安危，甚至为众多的侠客分等级、排座次，有较为低级的江湖豪客，有济人困厄的普通侠客，有为国为民的上等侠客。我不反对侠承担天下的责任，但"国家兴亡，匹夫有责"这类象征符号，已成主流话语，口号一出，应者如云，簇拥的队伍相当拥挤，加之它们往往是政治家经营的概念，常被玩弄于股掌之上，将之引入侠的精神世界，把它作为侠的行为准则，终将会扼杀侠的灵魂。不错，金庸笔下的侠确实担起过保卫家国的责任，但那不是侠义精神的核心所在，侠的行为往往在做出复杂的社会价值判断前，已由一种更为朴实的道德选择所决定。侠义行为的驱动力不是这种崇高的目标。侠有自己的标准。当侠的是非观与主流并行不悖时，侠便愿意与主流携手共进，侠的头上也会有一顶皇冠。但侠却并不在意这种荣誉，更不"恋栈"，因为他知道，侠的行为大体上是和主流相悖的，他所代表的精神也总是和社会的风气背道而驰，因此侠和那些只有依附主流才能得志的儒便格格不入。儒的理性使他更注重结果，因此就很难在必须损己利人的关头挺身而出。儒会在掂量轻重的理性抉择中，心安理得地吟一句"留得青山在"，而侠却会为了某种精神的追求，义无反顾地舍生取义。常在主流中周旋的儒和总在江湖上游走的侠在中国文化中代表的是两种截然不同的文化传统，如果说儒是现实主义者，那么侠就是理想主义者。

江湖与侠客产生于特定的历史环境，机械地在科技发达的现代社会中寻找侠的足迹定会令人失望。侠的消失与现代社会的兴起有关。当西方现代的强风吹进东方古老的社会时，江湖便开始干涸。于是，横刀立马的豪客终于敌不过飞来的一颗子弹，应声倒在理性、法律、科学、技术主宰的世界里。我们已

江湖侠骨恐无多

不能在匆忙的现代人群中找到那个手持长剑的游侠。古代的侠在现代的法制社会中也早该因扰乱社会治安等罪名被关进拘留所。可以说，真正的侠已经不复存在，但隐喻的侠却依然会在现代社会中游荡。

侠在今天更以道德与精神的面貌出现，他能为沉闷的理性社会提供一泓令人振奋的清泉。现代人仍然需要侠客。既然在现实的生活中找不到侠，那么就从虚拟的世界里去找吧！于是我们在看电视时为侠的举动拍案叫绝，在读小说时为侠的失败潸然泪下。可见始于战国前后，历经王朝变迁的侠，在网络时代的中国仍然具有现实意义。侠肝义胆不一定体现在刀光剑影之中，它可以是一声怒吼，一行热泪，一双温暖的手。当然这不是宣泄私愤的怒吼，也不是风花雪月的眼泪，更不是那种意在回报的助人为乐，因为现代的侠客仍要冒着失去个人利益的风险去表达那种朴实的情感，而利益的诱惑仍很难抗拒。假若心中存有侠义，人们就不会为了私利在"文革"中去揭发父兄，就不会为了升官在情场上与女友分手，也不会为了钱财在商场里去诋毁朋友。这又令我从《倚天屠龙记》联想到电视剧《玉观音》。剧中身为公安的女主角在经过思想斗争后，决定告发她曾在婚外交往过的男友，因为男友是一名毒品走私犯。可是女主角原本没有可将他定罪的证据。这个证据恰恰是那位男友在为了保护她的利益时暴露的。我没有勇气来否定女主角的决定，她毕竟是忠于职守，出于保护社会的利益才这么做的。

但我也同样没有勇气向人推荐这种行为。我不敢做出价值判断，却只能自问，如果游侠张翠山在的话，是否也会做出同样的决定？假如我周围的人都是女主角一类的人，我会愿意生活在那样的环境中吗？好在韩国电视连续剧《大长今》中的女主角做出了不同的选择。她没有在皇上面前出卖皇后，尽管皇后的所为显然是不义的。

我故意回避是非判断，不去分辨被揭发者的对错，因为个人的行为常会随着社会的变化而得到不同的裁决。这样回避当然不是上策，但人们是不会希望身边有太多揭发者的。

现代社会是被科技、法律、经贸这三驾马车牵着走的社会，数字化的管理不宜情感参与。这样的社会与道德为本的传统社会有本质的差别。要在现代社会中弘扬侠的精神不容易。但侠就像沙漠中的植物，会倔强地生存下去，因为在物欲横流的环境中人们更渴望厚义薄利的典范。我们多么希望仍能看到一两个张翠山，不只是在屏幕上，更是在生活中。

（2005年5月24日）

从乡音说起

一

几年前回老家探亲,与亲友交谈时,我那口浓重的绍兴话,让一些人很觉意外。一位晚辈说,有些回乡的人常喜欢在说家乡话时夹杂几句普通话,要不就索性说既不像绍兴话,更不是普通话的"官话",让人觉得好别扭,像我这样长期住在外面的人,能一个洋音不发,一句官话不说,真不容易。我听了心中一笑。要让我在过去的熟人面前说"官话",听者不难受,我自己就先别扭了。

对于背井离乡的人,返乡本是为了重温旧梦,再续前缘。听惯了"大码头"的官腔洋调,能在江南的庭院中,"品尝"乡音的抑扬顿挫,真是一种享受。此时,乡音便是编织亲情的媒介,它拉近返乡者与故乡的距离,让人物与环境融为一体。亲朋口中吐出的乡音,让你想起当年的父老、农家的腊酒;而返乡者居然还能把家乡话说得字正腔圆，也让故乡的人倍感亲切。在乡音的带领下，我们故地重游，网罗犹存的记忆。你遂想起，这位西装笔挺的访客正是伸长脖子偷看你试卷的同桌好友；这位手拿名牌提包的女经理原是你少年时暗恋过的姑娘；而那位满脸皱纹的老婆婆还为你补过破旧的衣裳。此时此刻，你若蹦出一句半生不熟的普通话，岂不大煞风景。"四不像"的语言会惊扰你已沉入的梦乡，在主客间筑起一道高墙。

二

我当然不是反对说普通话，只是觉得乡音与普通话原本应是井水不犯河水。语言有双重功能，普通话更多是交流的工具，方言则还是团结的载体。不错，在全球化的大背景下，普通话也是民族团结的黏合剂，但作为一个普通的老百姓，我们并非每时每刻都生活在全球化的氛围里。生命的意义并不落实在航班穿梭的国际机场上，而更多地体现在孙儿绕膝、亲朋叙谈的炉火旁。从实用交流的角度看，普通话的作用十分大，但作为人际团结的媒介，普通话的分量却相当轻。它是没有底蕴的庞然大物，具体把握时几近虚无。你说不出那位中央电视台播音员的籍贯，他不属于任何省份，纯正的普通话已经抹掉了他的特征，抹得相当彻底，毫无痕迹，抹得让你感到真没劲儿。所以你更喜欢听赵本山的小品、侯宝林的相声，浓重的乡

从乡音说起

音里才有情有义,才韵味无穷。没有乡音的人,从某种意义上说,和没有故乡无异。我曾经有过一个同学,他是东北人。我问他会不会说东北方言,他说自己在军队大院中长大,能说一口标准的普通话,却不会地道的东北方言。我很为他感到惋惜。人生中缺少了有根可寻的乡音,生活的浓度就淡了不少。他的精神也许能常徘徊在军队大院的围墙内,追忆当年"火红的年代",但墙外东北方言传达的苦辣酸甜他却无缘参与,未能品尝。

我们当然必须说普通话,因为我们必须走出故乡,到更大的范围里寻求生活的资源和养料。所以学习普通话便是中国人不可缺少的一课。但我奉劝说普通话的人,无论走到哪里,都不要忘掉自己的方言,特别不要将方言与普通话混在一起,讲出一种既非方言,也非普通话的话语来。绍兴人有一种自嘲的说法:"天不怕,地不怕,就怕绍兴人说官话。"所谓"官话",就是在方言里夹杂几个普通话的词和音。我劝学习普通话的人,说普通话时彻底忘掉方言,讲方言时完全抛弃普通话。做起来不容易,但至少是努力的方向。把两样糅合在一起最令人感到别扭。

也就是说,普通话和方言之间应该泾渭分明。两种不同的话语,承担的任务各有侧重。生活中必须讲这两种话语的人,在完成实用任务时,得使用普通话,可传达细腻的感情时,便要使用方言。启用普通话的动力是物质,而启动方言的则是精神。人必须既仰赖物质,也依靠精神,因此在不同场合,方言与普通话交替使用的模式,便给了我们一个重要的启示,其意义已经超出语言,涉及社会与文化。

三

今天,无论是语言,还是文化,都面临竞争的局面。本土和世界的位置如何安排,一直是文化人苦心思索的问题。一百多年前,面对强大的西化浪潮,中国人提出了"中学为体,西学为用"的对策。可今日,在查看了自己的"体"后,我们很难理直气壮地说,中国的"体"仍是纯正的本土货。西学岂止"为用",它也同样"为体"。我们面对西化、全球化潮流的势态,实际就如同方言面对普通话的情形相似,想抗拒是行不通的。本土与全球化的格局,恰如方言与普通话的关系,都是以小对大、以弱对强,只是层次不同。因此方言与普通话互动的方法,也是本土应对全球化的策略。全球化环境中的人不停地轮番启动不同的机制,以便完成不同的任务,这种不停地"换行头,变角色"的能力将是本土文化在国际交流环境中求得长存的法宝。这里不必计较谁是"体",谁是"用",最应刻意避免的倒是文化的融合,尽管某种程度,某些领域的融合在所难免。该穿旗袍时穿旗袍,该着西装时着西装;该用儒学时儒学入座,该用西学时西学登场。两者之间泾渭分明,不混为一体。就像电脑关机启动不同的操作系统一样，中西文化之间在同一时期内、在不同场合下，"你方唱罢我登场"的模式最能保护一个正在与外界交流的本土文化。

初一看，这种"切换"的模式耗能费时，对人提出额外的要求，实在没有什么长处可言。我们本来是可以在单一的系统中"躲进小楼成一统"的。我们原本只用说一种方言，持一种文化心态，奉行一种社会准则，在单一系统中我们曾游刃有余，过得也不错。现在却杀出一个新世界，冒出一个全球化，使我们观赏时眼花缭乱，决策时顾后瞻前，心中保存已久的准则已不灵验。在参照外来系统的过程中，我们怀疑自己的文化，于是便希望融入外来的文化，使自己更强大。这本无可非议。

但融合是以单系统为基点，切换却承认多元，它向我们提示繁复系统同时存在的优势。以单系统为背景的社会常能给人一种表面的和谐，但这种和谐是在缺少参照系数的前提下保持的，不存在太多的差异来挑战沿用已久的准则。以多系统为背景的社会却提供人不同的参照系数，使我们更困难，更忙碌，更麻烦。但正是这些困难、忙碌、麻烦刺激了我们的思维，新的想法、新的创造便在"穷于应付"的过程中被激发出来。

这是一种必须看到长远利益才能看出其优势的模式，因为从短期直接经济利益来看，切换模式显然是弊多利少。单就语言来说，一种语言要比多种语言省事方便得多，语言间的翻译就会耗去大量资源。但多语言、多文化对人的激励却是同质社会无法提供的。

从乡音聊到社会，说到文化，又谈到世界，好像扯得远了些。那么就此打住，免得在锣鼓喧天的全球化气氛中扫了大家的兴。

（2005年岁尾之际）

体育精神的沦丧

少年时代也曾喜欢过体育运动。每次跟家人提及这些当年的爱好时,他们总会用怀疑的目光看着我,仿佛我是在和他们开玩笑。这也难怪,我目前这副书生相,确实很难让人相信几十年前也在球场跑道上生龙活虎过。不过我确实非常热爱过乒乓球、篮球、跳高,还有体操。我虽然没有在大的比赛场合获得任何奖杯,甚至没有进入过任何比赛的半决赛,可是毕竟参加过一次大城市的少年乒乓球比赛。中学时代,见到别人在体操器具上翻来翻去,也决心要凑凑热闹,后来居然被体育老师选中成了学校体操队的后备队员。当然,在所有这些活动中,我最终一无所成。于是对体育的兴趣也就逐渐从参加者过渡到旁观者了。

后来我们这些人都离开了学校,社会也发生了极大的变化。在"上山下乡"的日子里,正规的体育活动没有了,正式的体育比赛更少见到。不过,在农村的那几年里,我却常常见到毫不正规的体力较劲场面。我们白日里在水田中忙碌,社员们有时会忙里偷闲,或进行一场拔河比赛,或组织一次划船竞赛,甚或与劳动结合起来,在水田里来一次插秧比赛。这些即兴的竞赛活动常常为我枯燥的农村生活带来短暂的兴奋,只不过我几乎从来都不是活动的参加者。旁观这些完全毫无组织的对垒和较量,总给我一种轻松的感觉,因为在所有这些非正式的较量中,成败根本不重要。有趣的是,对于这些并非认真发起的活动,参加者居然参与得十分认真,但事过后一切又完全抛在脑后,反正是一个"玩"字。

再后来,我们又回到了城市。于是参与或观看正规的体育比赛又成为我们生活中的一部分了。记得离开农村后第一次观看大型体育比赛是在杭州大学的黑白电视上观看中国女排的比赛。当时我们每个人都屏住呼吸,因为胜败非同小可,我们看得非常紧张。后来看到的比赛中,"玩"的成分就越来越少了。在电视上常看到输球一方的外国观众将汽车推翻,把商店砸烂,或者是胜利一方的民众拿着彩旗,热泪盈眶。再以后比赛场上又有了新景观,球场旁边竖起了五颜六色的广告招牌,有兜售饮料的,有宣传香烟的,真不知道应该看球赛,还是看广告。一次体育竞赛与这么多毫不相关的东西联系在一起,不管是运动的参加者,还是旁观者,大概都无法专心地"玩"了。

已故美国著名社会学家克里斯托弗·拉什曾说:"玩的

体育精神的沦丧

成分在社会生活的各个领域中悄悄隐退是现代社会的一大特征。"[①]这话说得一语中的。不说别的,就谈我们人类从事起来最认真的劳动吧,当年也带有玩的成分。一边采茶一边唱歌,一边打谷一边谈笑,原本是常见的劳动场面。可是慢慢地,工业文明便扰乱了这种自然祥和的场面。隆隆的机器声要求劳动的参加者步调一致,要求他们专心致志。现代的工作环境是容不下"玩"这个不守规矩的"顽童"的,于是玩的成分便越来越远离现代人日常的生活。

体育当然也逃不掉失去玩兴的命运。对体育进行鞭辟入里的分析要首推伯克莱加州大学的著名社会学家哈里·爱德兹。他在《体育社会学》[②]一书中,精辟地为几个与体育有关的词下定义,以便廓清词语的定义,说明社会的演变。他将 play(玩耍)、recreation(娱乐)、contest(竞赛)、game(博弈)和 sport(体育)这几个词的语义仔细分辨,发现不仅玩的成分依次递减,而且参与者自己控制活动的能力也依次削弱,比如玩耍和娱乐,你想开始就开始,想停止就停止,可如果是一次体育比赛,时间的安排就完全由不得参赛者自己了。另外,关注的圈子也是前者小,后者大。玩耍、娱乐甚或是一般的非正式竞赛,大体上只有参赛者自己关注,最多也只有少数的旁

---

① 见 *The Culture of Narcissism*, by Christopher Lasch (pp. 100-124)。
② 见 *Sociology of Sport*, by Harry Edwards (pp. 43-61)。

观者，但正规的比赛就完全不同了，比如目前正在盐湖城召开的冬季奥运会可说是万人瞩目。另外，在普通的玩耍和娱乐中人们不会花很大的体力，但正式的体育比赛常常把参与者的体力推向极限。最后，玩耍和娱乐可以没有规则，普通的竞争虽然会有些临时订立的规则，但这些非正式的约法三章常常是漏洞百出；可是正式的体育比赛却会把规则推向极端。于是，体育排除了前现代的模糊性，引进了现代的精确性，精确得将一秒钟切分成几十份，在0.01秒之间决出胜负，结果便挤掉了所有玩耍的空间，排除了一切娱乐的可能。

但是体育原本应该是提供休闲的一种方式，因此，玩自然就理应寓于其中。我在青少年时参加的所有体育活动都少不了玩的成分，即便是在那些正规的比赛中，也很少担心胜负。但随着年龄的增长，自己的童心没有了，随着社会的进步，社会的童心也消失了，于是玩的成分不论是在个人心里，还是在社会"心"中都越来越少。

现在的体育比赛，由于筹码过高，参赛者无法等闲视之。运动员过于认真，为求金牌只好拼命训练，不惜危害健康，有的甚至去服用兴奋剂。由于筹码过高，裁判员的压力也越来越大。结果为了避免裁判不公，规则就只好越来越细，但丑闻却仍然接连不断。当今体育与商业紧密结合，金钱以不同的形式影响体育。竞技场上的胜利现在已不只是摸不着、看不见的声名，它可以为凯旋的运动员带来万贯家财。奥运冠军走出

体育精神的沦丧

赛场，便可步入商业洽谈室，签下兜售球鞋的广告，迈入摄影棚，拍摄宣传食品的短片。天价的奖励与赞助，如强力的马达，驱动着运动员，鞭策着教练员，也鼓动着旁观者。就这样，体育渐渐背负起与它初衷毫不相关的重担。这担子越来越沉重，发展到21世纪的今天，人类已经不堪负荷。体育的附加目的慢慢腐蚀着体育的肌体，使它无法健康发展。读者诸君，在如此紧张的竞争气氛中，请问我们还玩得起来吗？

体育除了有玩的显性作用外，还有一个很少为人注意的隐性功能。这项具有争斗特性的活动确实也隐藏一层象征意义。体育具有战争的主要特性，但它却没有战争的可怕结果。人类如选择战争为宣泄野性的渠道，一定会伤亡惨重；人类如选择体育为释放野性的途径，则可能有意外的收获。以体育作为争斗的战场，人类避免了真枪实弹。但体育场上的你争我斗，却仍能为人提供锤炼意志、铸造性格的机会。人类不用付出血的代价，便可以仿效机智勇敢的战士，体会冲锋陷阵的滋味。人类有时需要这种模拟的对峙，让自己从百无聊赖中振作起来。既然成为真正的将军付出的代价是无定河边的白骨，那么就让那位想当将军的人在比赛场上一显身手，站在领奖台上独领片刻风骚的奥运冠军又何异于征服敌国的拿破仑。比赛当然免不了失败，但当尘埃落定、胜负分明后，体育竞赛的参与者仿佛是渡尽劫波的兄弟，相逢一笑，握手言和。这种以最低代价营造出来的模拟战争，结束时却呈现出一派江湖侠义。这种侠客精神就像是沙漠中的一汪清泉，虽然面对茫茫的沙漠仍是寡不敌众，但毕竟能为忙碌在机械呆板的现代"沙漠"里的人带来些许清新，一点振奋。

玩耍与侠义本应是人不可缺少的生命要素。但令人失望的是，现代的体育进行曲已经变音走调。体育中玩耍成分越来越少，比赛里侠义精神几乎全无，模拟的战争现在已越来越像真正的战争。在现代社会狂奔向前的21世纪，在商业无孔不入地腐蚀体育肌体的时候，我们难道不应该反思一下体育的真正作用吗？

我多么怀念当年打谷场上的拔河比赛！

（2002年2月20日于山景城，

曾发表于《博览群书》2002年第5期，略有修改）

刀叉必胜客

前几天在网上看到一个帖子,是留学加拿大的一位中国学生写的,他假期回国探亲,针对国内见到的一些事略抒己见。这位学生文字写得并不傲慢,但看得出,字里行间有那种穿草鞋的山里娃看不起故乡的味道。比如,他一天去必胜客吃比萨饼,见了国人用刀叉吃比萨,就觉得十分怪异,言语中流露出看不起的神情。于是,网上便出现了很多谴责这位学生的帖子,大家说,他用的是父母辛苦挣来的钱,却忘了生他养他的那片土地。

其实,他感到怪异,并不令我意外,要是我见了有人用刀叉吃比萨饼,也会觉得很不寻常。比萨属快餐食物,经济条件不错的美国人很少光顾必胜客这类快餐店,偶尔吃一次,也是为了换个口味,或是贪个方便。比萨饼脂肪和淀粉含量较高,所以也被归类为"垃圾"食物。美国也有比较上档次的比萨店,比如我们这里就有一个叫Amechi的比萨店,是从美国东岸过来的。那里的比萨，面饼部分薄，浇头种类多，比如有咸鱼的、河蚌的、素菜的，这些都是必胜客没有的。来这家店的客人不仅坐下来品尝，而且也像吃正餐一样，刀叉餐巾样样俱全，服务员上来为你服务，结账时千万不能忘了小费，而小费在麦当劳、必胜客那样的店是不付的。可是即便是这样较上档次的比萨店，用刀叉吃比萨的人仍然相当少，刀叉主要是用来吃其他食物的，比如我们除了吃比萨外，也会要一个色拉，或其他用得上刀叉的食物。最近，纽约市市长白思豪手持刀叉吃比萨就引发市民嘲弄。当然，在比萨的故乡意大利，普通人也会站着用刀叉吃比萨。在芝加哥，你若坐下来吃深盘比萨，也是刀叉都上的。

　　无独有偶，最近我也有过一个类似的经历。去年到北京讲课，邀请单位很客气，要陪我到北京市内各处看看。我看开车的老李忙得团团转，不忍心让他陪我周游北京，于是便说，想自己一个人走走，他们也欣然接受了我的提议。去哪儿呢？老实说，北京的东西南北我是一点概念都没有。想来想去，还是选中了王府井，一来看看那里的新气象，二来也选购几件衣物。

　　王府井果然不错。我这个生活在硅谷的人，在王府井逛街还真有点儿刘姥姥进大观园的感觉，什么都挺新鲜。逛了几个钟头，觉得腹中空空，又热得要命，便想找个凉快的地方，收收汗，降降温，也吃点东西。看见不远处有个哈根达斯冰淇淋店，便走了进去。哈根达斯在美国时偶尔也会尝尝，但大多是从自家的冰箱里盛一小碗，坐在沙发上，边看电视，边吃冰淇淋。我一进店就觉得冷气扑面而来，店内店外真是冷热世界，天壤之别。我站在柜台前要了一份冰淇淋，看到有一张铺着白布的小桌子在我身旁，便坐下吃了起来。吃着吃着，发现不对劲儿，别人都是先坐下，然后由服务员来问你点什么，桌子上还有白的餐巾，杯盘刀叉。旁边坐着的几对年轻人都穿得亮丽潇洒，他们似乎在看我，是否在说我没有品位，显得粗俗？我心想，不就是吃个冰淇淋吗？这么看我干什么？在我们那儿，都这么随随便便地吃，没人吃得像你们那么正经。

我这个经历和那位留加学生很相似。在这种场合，双方如何看待对方，会直接影响到他们间的关系。若把对方看得怪异，进而流露出蔑视的神情，那么本可以和和睦睦的场合也会变得关系紧张；可要是能站在对方的立场上，尽量去理解、去欣赏对方的行为举止，本来是互不相识的人，也可以成为朋友。这种在跨文化交流中不坚持自己是唯一正确，尽量去理解对方、欣赏对方的态度，一般常称之为"文化相对论"。持这种观点的人相信，很多文化现象只有在它们产生的环境中才有意义，离开了这种环境，同一现象就未必有同样的意义。比如在中国，热恋中的男孩子约女友到哈根达斯店吃冰淇淋，就是一件很有脸面的事。第二天，他也许会和别人说，我昨天带女朋友去了哈根达斯，略带炫耀的口气。本来嘛，两人去哈根达斯吃一次冰淇淋，少不了还得点些其他东西，加起来的账单最少也是一百多元，对国内年轻人的收入来说，是一笔不小的数字。你怎么能用在美国吃哈根达斯的经历来与之比对？环境不同，意义也不一样。若持相对论的观点，就不会把太平洋两岸两个相同的饮食经历做机械的对比，而会在各自的环境中衡量这种经历的价值。相对论的观点让我们看到，中国人与美国人吃哈根达斯的花费在各自的工资总收入中占的比例是不同的，而这种不同又衍生出饮食行为的差异，意义也就随之不同了。

文化相对论的观点当然不仅与吃冰淇淋有关，它可以涉及社会文化的很多方面。比如对国外政治体系的评价，便很有必要持相对论的观点。美国的总统选举和其他国家的领导人选举就不能单从选举得票的比例上做对比。在美国，一位政治家如在总统选举中得到百分之六十的选票，就可令人刮目相看。但这个数字在一个领导人几乎能以百分之百选票当选的社会里，会显得太低，居然有四成的人没选你，怎么执政？但只要了解对方的政治体制，从这个背景理解这个数字，便会懂得为什么如此低的支持率仍然是竞选人相当了不起的成就。在那样的体制里，几乎不可能出现百分之九十当选总统的事。同样，美国人见了一个国家的领导人获得了百分之九十九的选票，也不应该以看美国选举结果的眼光，来看这个数字。在一些国家，领导人不可能仅得百分之六十的选票。所以，就像应弄清楚买冰淇淋的花费到底占各自工资总收入的百分之几一样，我们也应该将选票的多少放到各自的政治体系中去衡量，去评估。

对于很多异域的文化景观，我们若高傲地从自己的角度审视，定会误读异邦文化的真正含义，而这种误读也会是摩擦冲突的根源。比如伊斯兰社会的妇女从头到脚都包得严严实实，只露出两只眼睛。有些西方人总把这个看作是妇女受欺压的象征，进而认为她们是无可奈何地穿上这件长袍的。其实，这种穿着是当地文化的一部分，那里的男人也穿长袍，戴头饰，妇女穿袍更是传统使然，不是被迫的行为。反过来，伊斯兰国家的人，也不该把西方女性暴露较多的穿着看成是罪恶堕落的象征，女士穿短裙、穿背心都是当地的文化规则所允许的。西方文化也对罪恶堕落毫不容忍，但界定的标准并不在一般的穿短裙。至于短裙短到什么地步有伤风化，西方人见到了往往能心领神会，不必由言语来界定。总之，只要双方都从对方的文化角度去理解文化的奇观异景，和谐就多于摩擦，友善便多于敌视。

文化相对论常招致一些人的批评。批评者认为相对论放弃原则，迁就异邦文化。这种观点的背后其实是文化优越论的心态。有这种心态的人觉得自己的文化优于别人，应该被所有的人采纳。确实，有些价值观超越时空，应该被所有人接受，不能在跨文化交流中牺牲掉。比如不应杀人这一原则就是超越文化的，在任何时候都不能妥协。但这类原则为数不多，且多属于道德的范畴，不在文化的领域，谁都不该把是否用刀叉吃比萨饼纳入不可妥协的范畴，当成绝对的原则。

那些可以依照文化相对论"妥协"的事物，往往会随着时间的推移有变化。它们不像绝对真理那样不能改变。在与异邦文化接触中，我们都会吸收一些别人的东西，而这种吸收的前提就是向对方"妥协"，文化相对论正是这样做的理论基础，它主张以"君子之心度君子之腹"。

但问题并不这么简单。在文化互动的过程中，顺应自然的一方较易保持自己的行为，逆反自然的一方则更会失去自我。比如炎热的夏天，捂一件不透风的长袍总让人觉得难受，所以穆斯林妇女脱掉长袍的诱惑较大，而西方妇女穿起长袍的可能性较小。即便像子女与父母同住这种源远流长的文化传统，在住房条件改善后，选择与父母分开居住的新做法，也会取代四世同堂的老传统，成为新时代儒家文化圈中的生活常态，这大概都和自然与天性有关。但愿居住形式的改变不会撼动中国文化特有的亲情关系，可形式的变化真能丝毫不影响亲情的实质吗？我们拭目以待。至于说，以后到底会用刀叉吃比萨还是用手拿着吃，我不知道。不过我把宝押在用手上，因为这么吃较方便。然而人毕竟不是自然的奴隶，于是，到底要在多大程度上顺应自然天性的吸引，又要在多大程度上抗拒自然天性的诱惑，就成了学者们可以研究，百姓们应该思考的大问题。

回过头来说那位留学加拿大的年轻人。我看他有必要调整一下自己的态度。是的，你没错，用刀叉吃比萨在世界很多地

刀叉必胜客

方都会显得怪异,但那只是一种不同的吃法而已。如果别人请你一起去吃必胜客,建议你用刀叉,你先可借口不习惯,不予采纳。要是人家坚持让你用刀叉,那么不妨也来一次刀叉必胜客,别扫人家的兴。不就是用手还是用叉这点差别吗?不是什么原则问题,不妨入乡随俗。

(2006年8月20日于北加州)

秋叶未扫的孤亭[①]

住连体房既有优点,也有缺点。与独门独户的房屋比,连体房缺少"一统天下"的格局,常常是"肩并肩"地与左右邻里同享一个空间。但对一个不喜欢体力活动的人来说,它似乎也有好处,不必为门前和周围环境的整洁付出劳力,不必在本该放松休息的周末去修剪枝叶,铲除杂草。连体房户外的整洁与景观由物业公司负责,住户每月缴几百元钱,就可将上述一切杂事交给别人处理,自己不必操心。

和大多数住在连体房中的人不同,我不必每天上班。每天早上,当一辆辆汽车从车库中匆匆开出,急驶向各自的工作单位时,我常常是悠闲地坐在沙发上,看晨间新闻,读报刊文章,也顺便吃一顿简便的早餐。然后,我就该进入正式的工作

[①] 题目"秋叶未扫的孤亭"参照辜正坤《随想曲》中的一句:"啊,你听,听秋叶未扫的孤亭,博雅塔下,望,望不断,天际流霞似的飞星。"

状态,或改卷,或写作,或翻译,或阅读,忙是忙了些,可毕竟忙的是自己喜欢的事。正是在这时,住连体房的一个缺点便显露了出来。早上八九点钟,负责清洁的承包公司常为我们街区的整洁和美丽开始辛勤工作。用柴油驱动的扫地机发出震耳的噪声,不停地在住房附近扫除地上的落叶和路旁的杂草。噪声时而近,这是在你家的门前扫地,时而远,大概是去邻居的门口清扫。正庆幸噪声终于远去,却听见扫地机又"凯旋而归",心想也许是扫地的人发现我家门前仍有数片残叶未扫,一丝不苟的态度令人敬佩。此时,我总是安慰自己,反正十几分钟的时间,就先干些别的事儿吧。我于是开始翻阅一些不必过于投入的读物,报纸上的花边新闻,杂志上的小道消息,甚至女儿喜欢的时尚杂志也会不经意地翻翻,直到户外的噪音终于远去,不再归来,我才收起这些读和不读并没有什么大差别的文章,慢慢打开紧闭的前门,走出去想看一下清洁工人劳动的成果。

你看那门外的景观,多么整齐洁净。工人们将门前的树木修剪得整整齐齐,高出树群的枝叶都被修剪掉了,一切均纳入预先安排好的格局中。修剪下的败叶残枝也都被扫地机一扫而空。这种整齐划一的景观让人想起现代的审美标准。它给人一种简单、新颖、统一的感受。为了保持连体房的一致性,门窗的式样一律,车库的颜色相同,草木虽然很难规划安排,但"木秀于林风必摧之"这话在这里算是得到了很好的实践。这种由机器发出的强风吹出的一派整洁景观又何尝不带给人一种满足呢？不管你的文化背景如何，这种以现代性为根基、以整齐划一为特色的景观，在人类的审美心理结构中自然会占有一席之地。带着对这种现代性景观心满意足的心境，我回到房内，开始我已推延了数十分钟的工作。

为了能扩大视野，我扩大了阅读范围，已不再局限在专业之内。最近涉猎的大致是认知语言学、国际政治学、全球化等领域。每天都得看一些"不务正业"的东西。在这些逻辑和理性主宰的领域中，我受益良多，但也很容易疲惫。掩卷沉思，不觉感到一丝疲惫。于是，我走出前门，希望能再从整齐划一的景观中汲取新的精力。但是，这一回效果不佳。也许是因为我在现代性中浸润太久，内心本能地要求另一番景观。曾令我无限满足的景观现在看来过于单调，即便它整齐干净这一点，此刻都显得多余。为什么一定要那么整洁？整洁得激不起我的想象，唤不起我的揣测。零乱一些难道就不行？一切都清楚精确时，人反而无事可做，只能袖手旁观。这种缺乏装饰、少有歧义的景观并不能为我驱散源于知识现代性的疲惫和寂寞。我于是掉转方向，朝后院走去。

后院是我决定买这个连体房的关键因素。由于硅谷地皮贵，大多数连体房几乎都没有一个像样的后院，有的小得只能放下一套桌椅。而我的后院却相对较大，甚至要比有些新独立住房的后院还大。后院中有可供观赏的花朵，可摘果实的果

秋叶未扫的孤亭

树,有高高的夹竹桃,有挺立的常青树,墙角上还有一些不怕烈日暴晒的沙漠植物。这里不像前门的景观那样整齐划一。园中花草丛生,落叶满地,无法用一个统一的标准将后院纳入一个主题。但它错落仍有致,杂乱不无章。刚一踏入这个不大的院落,便觉得一股清新扑面而来。我在现代的学术迷宫中流连良久,本想去门前的空间恢复一下疲惫的身心;但学术的现代性,与门前景观的单一性,使我在现代性中越陷越深。相反,更接近自然的后院,虽然略显零乱,反倒为我提供了一种摆脱现代性的契机。我看到残叶散落在地,便拿起扫帚慢慢地将叶子扫成堆。用扫帚扫地虽然不如柴油驱动的扫地机来得有效,在实用的功能上输掉一分,但它提供给我一种文化氛围,因此在美学上比机器略胜一筹。这扫把,这落叶,这杂草,这小园,在我的心中编织成一幅美学意境,瞬息之间,我暂且忘掉了现代性的枯燥,从单一性中恢复了疲惫的身心。我借枯叶数片,残花几瓣,用一把廉价的扫帚,在人类科技之都的硅谷,扫出了一片颇似中国江南的精神天地。这独特的文化意境,在现代化隆隆的机器声中是永远唤不起来的。

扫地机与扫把作为两个象征,能向我们现代人提示什么呢?我想,扫地机象征现代与进步,扫把象征自然和传统。在我们居住的这个地球上,机器显身手的天地似乎越来越广阔,而扫把起作用的领域却好像越来越狭小。门前整齐划一的景观正慢慢蚕食面积小得可怜的后院。但人是十分复杂的。我们拼命地追求现代的整齐，但整洁得毫无瑕疵时，反而感到若有所失。在物质生活中，我们为了舒适，总是向现代招手。可是，赢得了现代生活的人，又常常会希望在整齐划一的物质环境中，布置一些并不整齐的景点。为了对抗现代性的单调，有些人在自己的园中尽力打破整齐划一的格调，他们在心理的后院中，放一块非洲的玉石，南美的木雕，日本的盆栽，中国的陶器。这种集各文化于一身的构思呈现出一派后现代的色彩，但它的多元让人目不暇接，令人心情焦躁。因此，我并不喜欢这种对抗现代性的"后现代"药方。

在我看来，现代化是生活中不可缺少的部分。我无意用任何东西取代它，但我也不能永远浸泡在现代的海洋里。有时我希望能回归自然，领略传统。我当然并不想回到传统的物质天地中去。那种夏天热得汗流浃背，冬天冷得直打哆嗦，吃饭时苍蝇跟你抢食物的经历，是谁都不想重温的。我喜欢可以调控温度的现代化居室，但我的精神却希望常常游荡出这现代的孤岛，到充满自然和传统的后院去消歇片刻。从那里起步，我也许能回到我精神的故乡。也许，当秋风渐起，落叶满地时，我只需借那园中的扫把，便可以慢慢地从硅谷家中的后院出发，一路扫去，回到我精神的江南，去看一眼那秋叶未扫的孤亭。

（2002年8月3日于圣塔克拉拉）

专业与业余

"业余"一词单独看，说不上是褒义词，但也非贬义，如航模业余爱好者啊，业余歌手啊，听起来并没有负面的含义。可是一旦和"专业"一词并排而立，业余就相形见绌，不再有独立存在时的"风采"了。我们经常这么说："那业余歌手唱得还可以，当然和专业的相比还差点儿。"也就是说，专业一般情况下是经过严格训练的，业余没有那种科班培训，很难和专业相比。

这个结论基本成立。特别是在以数学、逻辑为基础的领域里，如数理化、医农、工程技术，可以说专业和业余差别明显，非专业的人一般很难做得和专业人员同样出色。个别例外不是没有，如华罗庚就没有博士学位。但若没有清华大学熊庆来的慧眼，若没有后来在剑桥大学数学系的两年经历，他是否会有如此瞩目的成绩就很难说了。科学技术方面需要专业培训，需要精准，这些领域若稍有差错，后果会大相径庭，比如医生，专业和业余还是大不一样，你找医生时难免会看其背景：哪个学校毕业的？斯坦福医学院的。哪儿当住院医生的？麻省总医院的。这一下你就放心不少。虽然这些名校名医院出来的也会干出蠢事儿，但我们不该过度放大那些个别例子，总体来说好学校好医院出来的大部分优秀，因为他们入学时分数高，而高分数在科学技术领域毕竟说明一些问题。

但是在人文领域，特别是在以想象为活动特征的人文领域，专业和业余的判断就不能完全遵照上面的原则，因为这些领域的特征不是以严密的逻辑思维为主，更需要参与者的思想、观点，而这些离不开活跃的想象力，但想象力是放荡不羁、很难规范的。比如一个作家，特别是一个诗人，思维里当然不会没有逻辑，但逻辑毕竟不是诗人成功的要素。一句好的句子往往不是逻辑思维的结果，而是形象思维的结晶，靠逻辑思维恐怕写不出"卑鄙是卑鄙者的通行证，高尚是高尚者的墓志铭"这样的名句，尽管这话自有其逻辑。看看我们熟悉的大作家，有几个是文科科班出身的专业作家？鲁迅、沈从文、莫言都没有读过正规文学专业。有些人读了大学，受了不少教育，但也没有什么正规的文学写作训练。甚至像莎士比亚这样举世闻名的大剧作家，也不是科班教出来的，没进过什么剑桥或牛津的文学系，他是为生计写作，商业目的非常明显，按照目前的观点看，应该是个业余作家，根本没有什么专业认证，更没有享受什么国务院津贴了，评判他的标准就是读者和观众。

专业与业余

也许你会说,那么朱自清呢?朱自清从国立北京大学毕业,曾任国立清华大学中文系教授和系主任,当然是科班出身。不过我觉得当时中国大学文科的设置和当前完全不同,不像现在这样把一个个领域分得那么细。另外目前大学中文系似乎更注重以文学理论为基础的文学批评,比较轻视文学创作。衡量各大学的成绩主要看论文的数量,文学创作甚至不排在成果之列。民国时期的中文系显然不是这样的,有些教授同时也是作家。他们的专业是教文学课,但他们也业余创作,可谓专业和业余并存。这在目前的中国就不那么普遍了,大学的教授都在忙于写论文,业余创作的人并不多。其实我一直怀疑,一个人若能全身心投入一个说理严密的文学理论领域(这常是升等所需要的),是否还可能同时启动丰富的形象思维写出一个好作品来?写惯了引经据典、逻辑严密的学术文章,再转换跑道去写思维活跃的文艺作品,在大部分人来说是做不到的。

目前专业领域的专业化程度已非常高,和民国时期的专业概念已很不一样,而随着专业化程度的提高,学术圈的"山头"概念也逐渐加强。为了维护其专业性,或者说维护其利益,圈内人往往会把圈外人排挤在外。这让我想起金庸先生在浙大文学院当院长时学术界对他的看法。不少学界人士认为,金庸没有资格当文学院院长。其实他们说的并不错,因为现在的文学院和文学创作已经没有多大关系,而金庸是个作家,当时还不是现代意义上的学者。不过金庸若在三四十年代,到一个名牌大学当文学院院长的话，就未必会有那么多的非议，因为当时专业和业余并没有像今天这样"势不两立"。金庸先生特争气，你不是说我不够格吗？那我也去拿个博士学位给你看看。他后来在剑桥大学获得文学博士。又听说，他读书读上了瘾，最近在北大读远程教育，又拿了个文学博士学位，其学位的含金量已经大大超出批评者学位的含金量了。

　　思想的活跃、想象的丰富之于人文领域，恰如空气之于人，而专业并不能提供空气，反倒是业余有可能为人文领域注入活力。从三四十年代的文学系演变到目前的文学系，专业化程度提高了，这是一个进步。但如果我们再从更高处着眼，就看到严格遵守学术规范的专业活动有其致命的弱点，而不受专业规范的业余活动反倒有它独特的优势。在某种意义上说，反对极端的专业化是有道理的，而在人文领域，鼓励人们保留些业余精神也许会是这些领域不衰败的关键。

　　最近看了一部2016年的新电影《舞力重击》(*High Strung*)，剧中一位资深的舞蹈教练对舞蹈系的一位学生说，不要那么注重技巧，不要那么求完美，我们是在不完美中活下去的，不要把自己当成是舞蹈演员，当自己是吉卜赛人才对。这和艺术大师吴冠中的话不谋而合。吴说，愈到晚年，他就愈感到技术并不重要，重要的是内涵，是数千年千姿百态的坎坷生命。两位艺术家的话非常适用于人文艺术领域的人，因为如果没有吉卜赛人那样的放荡与自由，就很难创造出优秀的艺术。就像我们写格律诗一样,技巧上完美无缺并不能保证你写出一首好诗,偶尔的出律未必就毁了一首诗。真正毁掉一首诗的是意境全无,但意境不是在专业培训中练出来的,意境会在创作过程中突然闪进你的脑海,完全在你意料之外。而业余的环境似乎更容易引发灵感闪现,严密的专业规范反而适得其反。

(2017年1月17日)

美国梦的流变

人都有梦,但真的梦酸甜苦辣什么味儿都有,我们还常会在梦中惊醒。所以,当我们说一个国家、一个民族的梦时,我们说的不是一般意义上的梦,因为我们的这个民族之梦、国家之梦都是美好的梦,更确切地说,应该叫梦想,一个向往的境界。

大家都在说"美国梦",美国之外的人也说,美国人自己也说。那这个美国梦的内容到底是什么?追根溯源,美国梦的最核心成分是民主、人权、自由、机会、平等,而这些都不能和《独立宣言》分开,因为这些都导源于这份历史性的文件,也就是"人生而平等"的原则。这些听起来很"高大上",似乎有些不着边际,好像有点虚无缥缈,做得到吗?就那么说说而已吧?看我们今天诟病起美国的民主来,好像那就是虚伪的代名词,但民主在美国当时的语境中可不是虚无缥缈的,而是实实在在求自由的手段。美国人在新大陆刚立足不久,困难

美国梦的流变

重重,他们没有闲情逸致去玩弄虚无缥缈的概念。所以当我们去理解美国时,当我们不懂为什么美国人总要不停地吆喝民主时,不妨回顾那段历史,不管他们现在喊民主时民主的成分有多少,有多大程度是发自内心的,至少我们也应知道人家当年真是靠民主、自由起家的。

美国梦的高大上其实还有另外一个方面,就是全球视野。美国人有这么个特征,总觉得已经征服的地域虽不错,但再往前走就是新边疆,那里必定更美好,这就促使美国人不停地探索、征服,甚至还弄出侵略来,当然他们自己可能并不认为是侵略。记得80年代有一次杭州大学请来了一位哈佛毕业的文学教授。他说,美国的空间探索是美国梦的延续,因为当美国人从东海岸一路西行,终于到达加利福尼亚时,发现只剩海洋,没有征服的疆界了,于是他们呼啸直上,向太空挺进。约翰·米勒(John Miller)在《美国革命的起源》中曾引用过下面这句话:"如果他们抵达了天堂,但听说再向西行,有更美好的地方,那么他们就会放弃天堂而前行。"你看,说得真让人热血沸腾,十足的正能量!但还是有些不着边际,普通百姓恐怕并不痴迷于这些宏观的东西。

所以美国梦并没有仅停留在上面那几个宏观的概念上,从这些大概念中,美国人引申出了更为具体的内容。而美国梦更脚踏实地的一面是看得见摸得着的,如孩子能接受好的教育,个人可以根据自己的意愿做选择,不会因为阶级、种族、宗教等因素受到不公正的待遇等,都是美国梦比较具体的内容。劳伦斯·塞缪尔(Lawrence R. Samuel)在《美国梦:文化历史》中就指出:对于工人阶级和中产阶级来说,生活能节节上升正是美国梦的核心,可见这个梦是非常具体的。塞缪尔同时也指出达到这个梦想的手段是"努力工作、积蓄钱财"。

早期的美国梦只能缓慢促成。你想想,要靠努力工作、节约用钱的办法是不容易一下子致富的。后来1840年代加利福尼亚发现了金矿,于是穷人也可一夜间致富。淘金热成了加州梦,而加州梦也融入了美国梦。历史学家布兰兹(H. W. Brands)在讨论淘金热和新的美国梦时说:"旧的美国梦是清教徒的梦,他们满足于成年累月一点一点积累财富的小康愿景。新的美国梦是凭勇气和运气一夜致富的梦想。"看来新梦已不再是旧梦,至少不完全一样。

淘金热潮后美国马上进入了20世纪,物质极大丰富是社会的特征,这就不可避免地增加了美国梦的物质含量。最近几十年,消费主义又大行其道,已经把早期"努力工作、积蓄钱财"的小康美国梦给湮没了,人们变得迫不及待,总希望一夜致富。于是人们想入非非,没准儿我能中奖,那就不用这么辛苦地工作了,你看那卖彩票的生意多兴隆。省吃俭用积蓄钱财的路也太漫长,于是个人借款(信用卡),国家借债,结果债台高筑。因此批评家们一直在抨击这个变了味儿的美国梦。比如在菲茨杰拉德的《伟大的盖茨比》中,作者用盖茨比之死表

美国梦的流变

达美国梦的破灭。再如斯坦贝克的《人鼠之间》也是说实现美国梦是不可能的。但追求美国梦从来没有停顿过,马丁·路德·金的《我有一个梦》就是不懈追求美国梦的最佳例证,说明尽管对有些美国人,实现这个梦想的目标那么遥远,但人们还是在探索、在努力,在艰难地朝那个梦想迈进。

曾经吸引无数人从世界各地来到北美大陆的美国梦今天已经和建国早期的美国梦大不一样了,但对很多美国人来说,其核心内容仍然是"人生而平等"这个理念,仍然是以生活小叙事为基础的愿景,仍然是要让每个人都有均等机会的理想。有房有车也许仍然会是有些人衡量美国梦的一项指标,但随着电子科技时代的到来,这个衡量指标的清单难免会有变化,但这不重要。重要的是这个梦的核心理念不能变调。

可悲的是,对今天很多美国人来说,实现美国梦本身已变成了一场梦。美国人是否能走出美国梦目前所处的困境?不管怎么说,这片得天独厚的土地,仍然孕育着无限生机,目前缺少的就是当年那筚路蓝缕的精神了!

至于说美国梦和中国梦的区别,当然可以从数个方面来探讨,但最核心的一点也许是,美国梦偏重小叙事,更多落实在微观细节,而中国梦偏重大叙事,首先着眼于宏观架构。不同的价值观酝酿出不同的梦想。说到底,这仍然关乎文化的差异。

(2017年1月19日)

文化视角下的老人与孤独

前几天参加了一个聚会,主人是位律师,请了事务所的同事欢聚一下。吃饭时坐在我对面的是那位律师的秘书和她的丈夫,一对白人,丈夫是蓝领,开了一辈子卡车,刚退休。大律师所的法律秘书干到快退休时,年薪大多在10万以上;卡车司机虽然是蓝领,但待遇非常好,不会低于大学里的副教授,所以这对夫妇应该说经济上是中产阶级,文化上则属于不折不扣的美国主流社会。我于是就起了好奇心,问了一个憋在肚子里好久的问题:美国人是怎么对待老人的?美国老人是不是特别孤独?尽管在美国生活了二十多年,说实话,我和大多数中国移民并不真正熟悉工作中朝夕相处的美国同事,不了解他们家庭关系的细节。

多年来,我的印象是,中国人都认为美国的老人特别孤独,因为美国文化不像中国文化那样对老人呵护关照,甚至有"美国是老人的地狱"之说。但"地狱"说,并不能完全揭示

文化视角下的老人与孤独

文化内涵，因为人到老年，要是穷困潦倒，无论在什么国家估计离地狱都不会太远。我所关心的是两种文化在对待老人问题上的异同，特别是具体、实际的做法，而不是标签式的概括，比如上面的"美国是老人的地狱"，或者与之相反的"中国是老人的天堂"，这些都过于简单片面，不很靠谱。

这两位的回答出乎我意料。他们说，这个问题无法回答，因为美国太大，文化不同，地域不同，经济状况不同，很难给出一个统一的答案。那位秘书说，白人、黑人、亚洲人、墨西哥人，他们都是美国人，他们的文化不同，在对待老年父母问题上的做法就不一样。我说，那主流社会呢？她丈夫说，什么是主流社会？我于是说，那么传统基督教的美国家庭？他们说，这个不会一成不变，南方保守州的基督徒和加州的基督徒也不完全一样。我从宏观角度想得到一个提纲挈领的简单答案，他们却不停地把我的问题加以消融解构。于是，我灵机一动，变大为小，索性问他们自己，不问别人了，说说你们自己吧！

这位秘书的母亲还在，父亲已去世。母亲目前单独住，这位秘书和她妹妹会轮流去看望母亲。不住在同一个城市，自己年龄也大了，去一趟确实比较麻烦，但是她们姐妹俩还是觉得这个责任得负起来，并说，这也并不只是责任，毕竟还有亲情。她还说，只要体力允许，她和妹妹有时也会接母亲过来住一段时间，不过母亲其实并不喜欢长期"客居"。现在母亲还不用去养老院，接下去怎么办？他们的态度是到时候再说。她丈夫也说，他也在照顾90多岁的父亲，当然也就是不时和弟弟轮流开车过去看一看。老人那么大年纪，就是不愿去养老院，说自己行动还方便。

我于是以他们的例子为引子，又转到我一开始的那个更为宏观的问题。我问他们："你们这种情况在美国是不是比较典型？"他们这下没有抵御住我的问题，思考片刻后说："差不多吧。"那位秘书说："其实一个家庭里若有女儿，一般情况下，女儿总会比儿子更多照顾父母。"你看，和我们中国也差不多。大部分像他们那样的美国家庭，子女都会不同程度地负起照顾父母的责任，当然这个照顾也就是局限在不时去看看，解决些燃眉之急的问题，很少会有金钱上的帮助，因为大部分的父母经济上都没有问题。他们说，确实也有什么都不管的子女，也有子女间推来推去的现象，但是冷漠不是美国文化的主流态度。

那么老年人孤独吗？从交谈中，我们感到美国老人只要行动方便，生活起居自己还行，孤独就不是个大问题，老年人若原来不孤独，现在也不会孤独。一般70多岁的美国老人几乎都仍在开车，80岁出头开车的人也不在少数。这些人每天都忙自己的事儿，后院整整花草就是几个钟头，篱笆上换块木板也能消磨上半天。所以你常常会在"家得宝"看到退休老人在店里逛游。退休老人还会定期约友人喝咖啡、去餐馆、看电影，或者在社区老年中心游泳、打球、读书、看报。总之他们不少都把自己搞得好忙。大部分人也喜欢弄孙为乐，但是未必都喜欢天天儿孙绕膝。这也许是文化使然？靠儿孙排遣孤独不是美国文化的常态。

孤独的问题主要和老人失去生活自理能力有关，特别是得了慢性病。住进了养老院，生活起居都需要人照顾，一下子人的活动范围就缩小了。子女和朋友仍然会来看望你，但整天待在屋里，孤独感便会袭来。老年人的孤独有文化的一面，还有超文化的一面。人老了，年轻人有自己的事业，不能总在你身边，孤独是不可避免的。所以孤独是一个虽与文化有关，但也超越文化的普世问题，并非只有美国文化里的老人才孤独。任何文化的人，在那样的境遇里，都免不了会感到孤独，特别是意识到自己来日无多，人的最终离去并不遥远时，要拒绝孤独几乎不可能。人毕竟是一个人赴死，没有人跟你结伴同赴黄泉，所以孤独是常态。个别人生来乐天，晚年也不孤独，玩笑开到断气那一刻，但这不是每个人都能做到的。

说到中国，一般认为在对待老人问题上，我们有文化的优势。儒家传统的家庭观使中国文化特别有家庭凝聚力。我们颇有几个令人骄傲的文化符号，比如四世同堂、儿孙绕膝、含饴弄孙等。这些词多少折射出我们文化的家庭关系，特别是对待老人的传统。但是当我们越来越脱离前现代社会，进入现代社会，前现代社会中的很多"其乐融融"的文化特征其实无法按原样保留下来，上面的那几个文化符号越来越不能按照字面意义去实践，尽管它们促进文化凝聚力的象征意义仍然存在。比如那个四世同堂就基本已经是一个遥远的传说了。由于现代中国居住条件的改善，孩子都自立门户，别说四代人同住一个屋檐下，三世同堂都不是常态，至少在城市不是。再比如把老人送进养老院，这是绝对违背传统文化的，但是在当前的中国这已非罕见。可以说现在是一个过渡阶段，还会有人觉得进养老院的人福气不好，住在儿女家的老人免不了有几分优越感。但再过几十年恐怕大多数人都会彻底抛弃养儿防老的观念，高高兴兴地住进养老院。

于是我们突然发现，几十年前国人大谈美国老人的凄惨，强调中美文化的差异，一下子怎么我们也把父母送进了养老院。我们口口声声说，美利坚人情淡漠，居然不收留生你养你的父母，可是今天我们自己也不声不响地跟着做起来，难道文化差异消失了？其实，仅从文化这个横向视角看老境与孤独，会有失准确，因为这个差异也受时间这个纵向因素的影响，也就是发展带来的影响，而发展波及所有社会。在这个过程中，像中国这样对于家庭特别重视的文化，会有一些文化的抵抗力，但没有一个社会能完全幸免社会发展带来的压力，重视儒家文化的中国也不例外。最近就这个问题，我还专门问了一位在印度驻华大使馆任职的印度外交官，他曾就读于我校，是我的学生。他说，即便是在印度这个文化传统深厚的国度，供老者居住的老年中心也越来越受欢迎，特别是在大城市。人们甚至发展出新观念，一个建筑群全由老年人包下来，而这些老年人没病没灾的，就是希望单独生活，印度悠久的传统也在潜移默化。

那么因应变化的举措是否也冲淡了人情呢？有人说，照顾老人的具体做法和地点变了，但是人情没有淡漠，我们只是用不同的方式表达同样的亲情。不少人都接受这个观点，就像比较中美文化时，有人就认为，中国人际间的热络和美国人际间相对的冷漠并不能说明两个社会的人文关怀有实质的区别。翻译理论家兼人类学家奈达曾说，有那么两种人，一种可称为"接吻者"，另一种可称为"非接吻者"。前者只要和你没见几天，见面就接吻，而后者极少接吻。奈达说，接吻与否并不说明友情深浅，文化形式的强弱并不与情感内容的浓淡同步。你见什么都说"绝妙"，那么就没有什么东西是绝妙的了；你整天说"我爱你"，这句话便流于形式，那个爱字也就贬值了。一位在斯坦福医学院工作的中国科学家说，他要是向他90多岁的父亲说"我爱你"，那老爷子就得吓出心脏病来，因为"爱"这个词在传统中国文化中并不用在家庭成员的交流中，但那并不说明没有爱。用这种观点看中美间文化的差异，比如老年人的孤独，我们就不能说，在不热闹的美国生活的老人就一定比在热闹的中国生活的老人更寂寞，因为热闹与否是文化的表面现象，其对老人心理实质的影响并非完全一样。那么，虽然从子女家搬出来，住进了养老院，那也只是形式的变化，人情并没有因为文化形式变化而变得淡漠。我也希望能是这样，但是我心底里总有那么一点点疑问，从天天朝夕相处，到偶尔见面，距离的变化就真的不会淡化亲情吗？我没有答案。

（2017年2月1日）

癌症与运气

最近约翰·霍普金斯大学医学院的两位科学家（Bert Vogelstein 和 Cristian Tomasetti）在《科学》杂志发表了一篇论文，文章大意是说，患癌症很大程度上是随机的。但这个题目似曾相识，仔细一搜，两年前在同一杂志上，这两位科学家就发表过相同议题的论文。当时一文激起千层浪，他们的观点受到科学界普遍批评，科学怎么可以和运气这种不科学的概念连在一起呢？

这回两位科学家重返旧题，要用更多更硬的证据力挺两年前的结论。他们借助新数据，似乎更有底气，坚信很多癌症并非环境或遗传因素所致，全凭运气好坏。在这次新的研究中，两位科学家仔细分析了32种各类不同的癌症，取样遍及全球，涵盖不同族裔，可是其中只有5%的癌症基因突变与遗传有关，另有29%的突变和环境相关，后者似乎可以通过改变生活方式避免，比如用防晒霜、接种疫苗等。但是剩下66%的癌症基因变异完全是随机的，无法预防。他们试图用一个假设来说明自己的观点：找一个普通人，把她所有的癌症危险基因全部剔除，再把她送到一个不抽烟、无日照、零污染的原始行星上，而且那里的人都喝羽衣甘蓝鲜榨菜汁。可就算是创造出那样良好的环境，这个人一生中仍会有三分之二癌症基因突变的概率，和生活在地球上身带癌症基因、饱受环境污染的人并无太大差异。

这个理论似乎解释了癌症的两个普遍现象，即老年人癌症多和某些器官癌症多。确实，人活的时间越长，接触不良环境的机会越多。但更重要的是，长寿也增加了细胞基因复制的累计次数，而这个加大的底数势必增加癌症基因变异的概率，用一句形象的话说，多干事多犯错误。另外，有些器官细胞基因复制的周转比其他器官快，从而也增加癌症基因变异的概率，这样就解释了脑、肾、肝、直肠这些器官癌症发病率高的现象。

当然科学界仍然有不同意见，比如这两位科学家认为乳房和前列腺癌是最能用"运气不佳"理论解释的癌变。但是纽约大学石溪分校的一位吴姓华裔生物统计学家就指出，"运气说"无法解释为什么亚洲男性来到北美后前列腺癌发病比例增高。不过两位科学家觉得，儿童癌症几乎完全是运气不佳造成的，病童癌细胞基因突变都是随机的，因此他们安慰那些患癌症病童的家长，劝他们不要感到内疚，孩子患癌症不是他们的过错，他们也无法避免癌症的发生。

两位科学家还很严肃地告诫大家，他们的理论并不是说三分之二的癌症是直接由厄运造成的，也不是说仅有29%的癌症可以通过健康生活方式和清洁环境避免。很多癌症的出现要通过数次基因突变，而这往往是随机、环境、遗传因素携手促成，比如不抽烟不能保证你绝对不患癌症，但是只要环境因素能降低癌症基因突变的概率，那么不吸烟作为一个预防措施就仍然是有意义的。也就是说，这个研究并不是让你无视环境和遗传因素，不能让人觉得，反正患不患癌症全凭运气，注意也没用。科学研究人员也仍然需要在遗传、环境领域努力探索，因为今天只能通过运气解释的东西，说不定明天就可以有个科学的说法。

科学界不乏正面评价"运气"理论的人。美国国家科学院的有些科学家就认为，这个理论非常重要，它为癌症研究设定了新方向，这个神秘的运气因素兴许会促使人们去寻找新的思路，创造出新的治疗方法。

神秘性历来是科学要攻克的目标，从历史上看，当年多少神秘的东西后来都被科学揭示。我相信科学将会继续消解癌症的神秘性。但从宏观视野看，科学可能永远都无法解释一切现象，就像你眼前有一个终极目标，你不停往前走，这个目标也不断向后推移，你与目标之间的距离永恒不变。换句话说，科学最终总会为不可知的神灵留出一席之地。"运气说"的一个益处是促使我们去思考，也许除科学以外仍然另有天地。那么科学让出的一点领地是否会由宗教来填补呢？在科学这么强大的今天，我还真希望人在生活中保留一点神秘，引进一点宗教。

（2017年7月2日）

心既能安处处家

不久前去一个朋友家吃饭。吃的是北方的水饺，蘸的是山西的陈醋，加上朋友母亲的那口我勉强听懂的山西话，家的感觉洋溢于席间。可饭却吃得并不轻松。

我这位朋友在高科技公司供职，由于业务不错，为人踏实，加上头上还戴着一顶伯克利加大工程学的博士帽，从容地渡过了旧金山湾区残酷的裁员潮，时下毫无丢饭碗的危机。他此时本可安心地经营小家庭，但却被"海归"的灿烂图景搅得心烦意乱，陷入了哈姆雷特式的困惑之中：归去，还是不归，这是一个问题。

有雄心壮志，能在温饱不愁、有车有房的小康中不安现状，这本是无可非议的，甚至有些高尚。既然古代的老龄人都能"志在千里"，现代的青年人面对彼岸的滚滚红尘岂能不摩拳擦掌。我之所以对"海归"热潮很有保留，并非因为上面那种近乎崇高的动机。我观"海归"，更着重微观的权衡，而不轻信宏观的诱惑。图景固然灿烂，实践却是另一番景象。

"海归"面对的问题不少，其中一个就是家。在那些已获居住权的人中，举家归国，从此斩断美国"情缘"的并不算多。"我挥一挥衣袖，不带走一片云彩"是诗句，不是现实。有人说，家的解决之道是"两边跑"，仿佛一个家庭真可以转换成旅游团队，不停地穿梭于大洋两岸。但"两边跑"的模式果真能营造出家的温馨？我看家的真正含义反倒会在舟车劳顿中消失殆尽。

家必须先要由近距离来呵护。这倒不是说天南海北间就一定不能编织出亲情的网络，我们的文化确有千里共婵娟的佳话。但隔洋的卿卿我我，网络的音容笑貌毕竟无法取代饭桌上的闲聊，庭院中的嬉笑。虚拟的空间无法给你鲜活的人生体验，让你饱尝家庭的苦辣酸甜。

在我来说，家是傍晚妻子该回家却仍未到时的一份急切，家是女儿该睡觉却仍看书时的一点担忧；家是将液体皂误放入烘干机后妻子的责怪，家是烧新菜意外成功时全家的雀跃；家是晨起送孩子上学时的忙碌，家是为女儿选大学时的掂量。家当然也是与妻子偶尔的怄气，与女儿短暂的争吵。但总体上家是安逸闲适、少有浪花的小溪，是人生失意时抚伤止痛的疗养院，是事业挫败后重整旗鼓的加油站。家的温暖冲淡了远行人的乡愁与客愁，于是故国仅是偶尔欢聚的天堂，他乡竟成了终老的地方。

心既能安处处家

其实，是回去发展，还是留美生活，不是一个对错的选择。但若决定回去，最好是"携妇将雏"，因为家不可能从远处经营，必得在近处照料。我的这位朋友很谨慎，一直还在犹豫当中，原因无非是孩子的教育、太太的安排，算是很顾家的人。希望他做出一个能让他饱尝家庭温馨的决定。

不久前，收到阿秀表姐的信。她看了我的一篇有关江南的散文，抱病为我写了一首七绝，算是对我的鼓励。远在异乡的我阅后很有共鸣：

江南细雨润天涯，心既能安处处家。
岁岁潮平秋月白，加州东海本通槎。

（2005年5月18日）

春妆儿女竞奢华

用功读书的女儿也有读书外的喜好，最令她激动的就是在逛商场时得到一个免费的化妆品礼盒。一次，她拿回一包化妆品，在我面前不停地夸耀品牌，那种出自内心的喜悦让人也跟着高兴。时下的青少年大都与化妆品有缘，偶尔抹些口红，擦些脂粉，增加一点亮丽没什么不可，所以我不阻止孩子适当地用点化妆用品。她倒也深知父母不喜欢过度的奢华，更讨厌浓烈的装饰，购衣物，买化妆用品时都能"适可而止"。一次她购物回来，自豪地对我说："爸爸，我看到一种很喜欢的化妆品，太贵，没买，你为我骄傲吧？"在基本是孩子的举止中，偶尔出现一次成熟的行为，真让人欣慰。但这种节制，在目前这个消费的时代里却很难实践。

现在女士们用的化妆品，价格越来越昂贵，品牌越来越高雅，女士间的攀比异常激烈。为了让新时代的女性掏腰包，说得天花乱坠的广告，让人觉得置身梦境。涂抹在皮肤上的一层油脂富含维生素，还附抗氧化剂，商人为了促销，也算费尽心机。而所有这些都是为一个"美"字。但是美是由人审出来的，而审美却反映时代。

遂想起很久以前人们崇尚的审美观。一件白衬衫，两条小辫子，一个含羞的微笑，脸上一片微微泛起的云霞，醉倒过多少英俊少年。那种美不需要过多脂粉的堆砌，更接近人的本色。而美在本色里才更销魂。还记得那位亭亭玉立的姑娘吗？她家境贫寒，买不起漂亮的衣服，但洗得干干净净的旧衣裳仍然让她楚楚动人。她没有梳妆台，肥皂盒旁放着的雪花膏足以让她心满意足，可雪花膏是从母亲那儿借来的。对着一面已经发黄的镜子，她抹上雪花膏，左看右看，拉拉领口，捋捋额前的秀发，眼神中有满足，有自信，有兴奋，有遐想……今天手提路易威登的姑娘心中有的她一样都不少，也许更多。

可惜，我们今天的审美观已远离本色，追逐浮华。我们过多地关注他人对自己的看法。本来，人们依据从小习得的是非观，对事物的美丑做判断，衡量的尺度在社会，但更在内心。可是现在人们更注重别人的看法，判断的比重从自己的心中向他人的眼里倾斜。但是美更主要是让自己欢心，而不单是取悦他人。村上春树说，"只取悦自己，不理会他人"，确是很好的建议。当然，我们确实也有需要博得别人欢喜的时候，比如相亲赴宴之类的场合，为了博得对方的好感，女士们不妨略竞奢华。但奢华妖艳，不应该成为生活的常态，它是为了实用目的而装点门面的临时杰作,最好流于浅表,不能刻骨铭心。如果妖艳溶化在血液中,本色的消退便不只在外表,更会入木三分,于是自然漂亮的姑娘便成了搔首弄姿的小姐。其实,想让别人关注,你也不能总是招人瞩目。偶尔的光鲜亮丽是邀人蓦然回首的亮点,但佳人在你眼前不停地晃动,就失去了提升回头率的魅力。

  抹一点化妆品,掩饰一下肌肤的瑕疵,遮盖一点工作学业带来的疲倦,本是有益的,但女士们却不必期待化妆品中维生素的奇效,再高的价格也挽回不了岁月的流逝,豆蔻年华终究会成过往,风韵虽犹存,但消逝却只在迟早。与其过度营造表面的漂亮,不如转而建构内在的美丽。待到内心有一个朴实的审美观时,我们自己也就随之朴实沉稳起来,浮躁也会随之消散,社会也就不再浮华。

(2007年1月18日)

最后一次学术假

早就开始和同事说退休这个话题，说了好几年，却一直没退。要是再提退休，别人肯定会觉得这又是"狼来了"。不过这次，"狼"是真的来了。

陶忘机教授说他秋季要休学术假，是退休前最后一次，并说我也该再休一次，然后退。也是，我上次学术假至今已六年，符合再申请的条件。于是我去询问相关的行政部门。首先是问学院的院长。她说，我已可申请，但根据教师守则，休过学术假后，必须回来工作至少一年方可离职。也就是说，我原本准备年底退休，这样就得先休一年学术假，然后回来再工作一年，整整得推迟一年。

我校的学术假是这样规定的：你若休半年，工资全发；你若休一年，工资一半。不管怎样，这事关半年的收入，确实也不能像买个手机那么随便决定，得掂量一下。于是，我根据院长的建议，就退休和学术假的具体细节，去问人事部。

蒙特雷随笔

明德大学人事部的人直截了当地在邮件中说，学校并无学术假后回来工作一年的规定。我说我们院长说有这规定，而且我后来去查了一下教师守则，还真有那么一条。听了我的话，人事部的人语言开始婉转起来，说学术假要通过学术委员会讨论，最后由院长决定，又说并不是每一个申请的人都能获批准，院长要看工作安排才能决定，还有什么学术假不光是假，还有学术，如此云云，让我开始略感到有那么一点行政球场"踢皮球"的感觉。

其实她回避了核心问题，说的几点都不是关键，我还没有听说过提出申请被拒绝的例子。至于工作的安排，院长虽名义上有决定权，但具体安排都是中文组自己找人，有时甚至是休学术假的人自己先找好代课人选。这次人事部和院长间有关休假后是否需要上课的分歧，可能是大学总部和分部间的差异，毕竟蒙特雷并入明德后，还有一些仍没理顺的规章制度。那么，可以想象，想要在这个仍没有理顺的"水域"行舟肯定会有些困难。

我和几位同事讨论，他们都建议我再努力一把，也许会有结果。我于是再问人事部门，回答依旧一样，没有明文规定必须回来上课，但蒙特雷的教师守则确实白纸黑字写在那里，其间的差异她则避而不答。我于是和忆平商量。她的看法却突然打开了我的思路。

忆平说，假设我一路顺畅，学术假批准，经过周旋，回来上课的障碍也克服了，我难道真能心安理得地白拿半年工资走人？我还从来没从这个角度想过。本来只考虑到权益，其他什么都没有想。要是回来上课这事儿毫无争议，那么"白拿"半年的工资就是"应得之物"，没有什么好客气的。但是现在似乎存在灰色地带，要想获得那个"应得之物"，就需要到规则里面找漏洞，比如为什么总部没有这个规定？难道从劳动法的角度看，要求学术假后回来工作会和劳动法有抵触？这些似乎都可以进一步探讨。况且，争权益似乎正是美国主流文化的惯用举措。可是又一想，就算是经过一番"较量"，得到了那个"应得之物"，我真能拿着半年的工资，心安理得地挥手走人？我总感到二十多年辛勤劳动的果实，在最后收获的那一刻会有那么一点走味儿。我实在不想往那条会让我感到不安的路上试探。

那么再推迟一年退休呢？一些朋友也都这么认为，毕竟休一年学术假后，回来再干一年，工作压力不会很大，我甚至可在后半年弄个网上教学，人都未必要到学校。可是教书上课，本来应是件乐事。想退休，一来是年龄到了，二来难免也有点儿意兴阑珊。就为了半年的工资，值得这么一改原先的计划推迟退休吗？人就是这样，在利益面前总还是会举棋不定的。不过这一次，当决定退休那一刻起，我的心早已在自由的空间徜徉。课虽上得比任何时候都认真，那毕竟是我教学生涯的最后一年，但心已很难再回到多干一年的心理空间。每当在利益面前挣扎的时刻，我几乎毫无例外地想到《印第安纳·琼斯》这部电影。影片中的印第安纳必须在近在咫尺的利益和万劫不复的结局之间做出选择，他的父亲语重心长地和他说："放弃吧！"（Let it go!）此刻，这几个字竟又在我的耳畔回响，再一次把我从犹豫不决的泥潭里拉了出来。我打开电脑文件，正式给院长写信，通知她我将于今年年底退休。什么学术假，什么半年的工资，这些烦了我数周的琐事，现在再也不能来打扰我平和的心境了。按下邮件上"寄出"的按钮后，感觉真爽。

（2018年3月20日）

文字情缘

这是一个书籍汗牛充栋的时代,也是一个文字备受冷落的时代。随着人工智能的出现,那种将文字视为珍宝的态度不见了。我们借着科技创建了现代家园,却发现思想的后院一片荒芜。让我们将文字请回心灵深处,让精神的后院再次花枝繁茂、生机盎然。

文字与性格

我这里要回顾的那个时期是今日网络聊天室里的青少年无法相信的年代。几年前,一位年轻的学人在赴哈佛大学读书的途中,来山景城我的斗室小住。酒酣耳热后,我们谈天说地。突然,他似乎非常严肃地问我:"果真有那种讲话前要跳舞的事?是不是太夸张了?"我沉思良久,真不知道该如何回答是好。时间居然有如此大的能力,几乎在我们集体意识的磁带上成功地抹去了一段重要的历史。对于大多数人来说,回忆"文革"往往会想起不愉快,甚至痛心的往事。难道在那样的环境中还会有什么积极的、值得回忆的东西吗?

1967年冬季的某一天,暮色苍茫,我独自走在江南小镇绍兴的一条街上,不知归途何在。如火如荼的"大革命"已经慢慢开始退潮,尽管内部斗争汹涌澎湃,表面上却趋于平静,武斗至少已不常见。那场运动对日后中国社会的影响我们当时无法预料。我们只不过是一群什么都不懂的孩子。可是当热热闹闹的游行不再是生活中常见的场面时，一种曲终人散的感觉便悄悄地占据了我们幼小的心灵。原来是每日不停地刻钢板、写标语，关心的是国家大事，考虑自己前途的人很少。一旦轰轰烈烈的"革命"冷却了下来，自己的命运便成了残酷的现实。在"四个面向"的选择面前，有些同学去了新疆、内蒙古的生产建设兵团，有些去了工厂矿山，有些到外地参军，但大规模的"上山下乡"还没有开始。现在回想起来，从那时起到1969年10月去绍兴乡下插队落户这段时间，是我一生中最重要的时刻。对于世事洞明、人情练达这类社会经验的积累，也许要得益于后来在鲁迅故乡那九年的磨炼，但基本文字的训练和性格的铸造却主要成就于这一年多无家可归的日子。

衣食住行是生存中最先要面对的。当时父母生活在离绍兴城三十多里的农村。自从1965年被迫举家南下以来，他们就一直住在那儿。由于我们老三届名义上已经毕业，所以学校就不再是我们的家了。我只好从学校搬出来。三十多里外就是我的家，但却有一种望家乡路远山高的感觉。幸运的是，我的一个表哥住在学校旁边塔山的脚下，因此我就搬到表哥家的顶楼上暂且安身。在那个狭小的顶楼上我度过了我一生中最重要的一段时光。

开头的日子当然百无聊赖。我常常早上从表哥家走出，在城内漫无目的地游荡。早晨走过大云桥时常让我裹足不前的是摊位上的糯米裹油条，记不清是多少钱一份了，大概是几分钱。可是，前一天在新华书店看到了一本李若冰的《柴达木手记》，于是物质的需求和精神的渴望便产生了冲突，使我深受抉择之苦。糯米油条吃过几次，《柴达木手记》后来也成了我的藏书。在艰苦的环境中安排有限的资源，我终于长大成人了，当时我十七岁。一次偶然的机会，我由初中时的一个同学介绍，认识了一位比我大几岁的老三届高中生。他们两位都热爱文学，加上后来认识的一位音乐爱好者，组成了我这段生活中的小圈子。

"文革"早期破旧立新，很多书籍都作为封资修的东西被烧掉。但还有不少逃过一劫，成为不少人生命中的无价之宝。我们几位都有些自己喜欢的书。相互认识后，书籍也和人一样有来有往了。我当时只是初二的学生，因为家庭背景的关系，中国文化的书籍多了些，但外国文学就欠缺了。其他几位因为比我年长几岁，在学校时已对西方文学略有所知，所以我们之间便可取长补短。加上还有一位会拉小提琴的人，我们常常在听完他拉的《梁祝》后，借书中的人物、事件高谈阔论社会与人生。此时此刻，生活资源的贫乏、人生前途的渺茫，都退居到次要地位。因为，我们有莎士比亚为伴，忙于思考"是活着，还是去死"的答案；我们与托尔斯泰为伍，剖析战争与和平的奥秘；我们不理解《高老头》中的伏脱冷，却深深同情少年维特的烦恼；我们与书中的人物同声同气，和巴尔扎克神游于塞纳河畔，与哈代漫步在爱敦荒原。在西方文明中浸润良久后，我们连忙回归本土。于是，我们随李白同吟"长风破浪会有时"，却被杜甫"车辚辚，马萧萧"的绝世悲音拉回到现实中。绍兴这个文化古城，四处都是能勾起你神驰遐想的历史遗迹。我们自感幸运至极，不必借想象之翼去观赏李清照的中庭、曹雪芹的院落，因为我们能亲身步入陆游的沈园，看伤心桥下的春波，去秋瑾的故居，体会催人泪下的侠骨柔肠。

忘了是哪一年的春天，在表哥家的阁楼上听了一夜的雨声。清晨起来，湿润的空气中有淡淡的花香。我连忙朝后街走去，在湿漉漉的鹅卵石上慢步独行，心中一种莫可名状的感觉油然而起：

> 世味年来薄似纱，谁令骑马客京华。
> 小楼一夜听春雨，深巷明朝卖杏花。
> 矮纸斜行闲作草，晴窗细乳戏分茶。
> 素衣莫起风尘叹，犹及清明可到家。

自然的景观唤起了内心深处的迷茫与惆怅。这小楼，这春雨，加深了我客居的情怀。陆游诗中所写的处境当然与我毫不相干，但文字烘托出的意境并不需要你去寻找时空的对应和细节的吻合。那五十六个汉字的巧妙安排，借一夜敲窗的细雨，让一位离家的游子在淡淡的乡愁中感受了一次中国文化独特的优

文字与性格

美意境。

回想这一段生活，看书是我生命的核心。这以后的生活里我很少有像这段时间中那么投入地从书本内汲取营养。"文革"固然是一场文化的浩劫，但命运偏偏鬼使神差地给了我这一年多的宝贵时光。我当时除了读书，别无旁骛，所以充足的时间提供了我细嚼慢咽的条件。于是，我常常采用背诵的方法将不少诗文从书本上转移到脑海中。这种反复背诵的过程，使诗文的形式和内容都内化成了我自己的内在特征，正如培根所说："凡有所学，皆成性格。"我背诵的本领当时很少有人能和我一比高下。即便是三十年后的今天，我也常常能将不少诗文一背到底，中间不打一个疙瘩。我背崔颢的《黄鹤楼》、李白的《凤凰台》、杜甫的《登高》、李商隐的《无题》，常常能不假思索地一气背成。除了诗词外，好文章也是我背诵的对象。我背过孔明的《出师表》、王勃的《滕王阁序》、陶潜的《五柳先生传》。诗文在背诵的过程中内化成了我价值观的源泉，转化为我性格的底蕴。这也就是为什么，在客居西方十多个春秋后，熟悉我的朋友仍然觉得我是一个中国江南的文人。年轻时吸收的文化精髓经得起岁月的冲刷，直到今日仍牢牢地黏附在我的性格之上。从这个意义上说，"文革"中那段辛苦遭逢，反倒为我日后的文字生涯奠定了基础。

2000年10月，母亲辞世。我送骨灰返乡。归途中车驶过离别多年的绍兴，小城已经完全变样。开车的司机殷勤地向我介绍天翻地覆的变化，话语间流露出绍兴人的骄傲。确实，街上车水马龙，路旁高楼林立，可口可乐的广告琳琅满目，外国商品的招牌四处可见。街角一位中年男子手持摩托罗拉的手机传递十万火急的商情，离他不远的地方，一位妙龄少女正拿着西门子的大哥大与男友情意绵绵。现代文化，无所不在的现代文化正借着全球化的飓风，吹到了古老中国的大地上。古城绍兴于是也抛弃了旧貌，穿上了新装。改革开放初期，绍兴就率先以柯桥轻纺城为典范，高速发展工商业，人民的生活水平有了极大的提高。这些都是值得绍兴人骄傲的。然而我却仍然感到若有所失。我仿佛偏偏要在这幅令人振奋的宏图中去寻找一些微不足道，却似曾相识的踪迹。于是我问司机，那些石板做成的小桥，卵石铺就的小巷，是否还能造访？司机先是一愣，然后漫不经心地说，那些地方人们已很少注意了。如一定想看，偏僻的后街应该还能找到。我听罢沉思良久，不无失望。

最近我在思考的一个问题就是传统如何面对现代。人不可能拒绝现代，因为现代会为人类带来物质的利益。面对城市的诱惑，有谁愿意选择"我荷锄自田间归来，你仍纺纱织布"的生活呢？在孤灯如豆的茅舍和灯火辉煌的别墅之间进行选择并不困难。有时，人们也会在厌腻了现代生活后，玩一点返璞归真的游戏，带领家人离开价值上百万元的楼宇，到茅屋中小住一夜，但那种经历毕竟是浮光掠影，绝不会刻骨铭心，不会成

文字与性格

为铸造你性格的砥柱中流。而我们的传统却恰恰是在那种物质贫乏、条件恶劣的环境中锤炼而成。中国文化中那些青史垂名的人物常都与忧患形影不离,那些气壮山河的壮举也都是血与泪的写照,不少催人泪下的诗文都是逆境逼迫的产物。这些与舒适安逸的现代社会在本质上是水火不容的。但我们难道只能回归历史才能保持传统?难道我们只能回到烽火连三月的环境中,才能品味家书抵万金的价值吗?难道只有让国家不幸,才能成全那个辉煌的传统得以薪火相传?我们面对的难题就是要如何在升平社会里保持从贫困、战乱的环境中发展出来的辉煌传统。举目周围的环境,堪称传统的事物与现象已经不多。在生活的最小范围内,我们和家庭成员的关系仍然保持不少传统的色彩。但逐渐扩大生活范围后,传统的浓度就越来越淡薄。几家合住的庭院为传统的人际往来提供了基础,搬进高楼大厦后,中国特有的邻里关系就被釜底抽薪了。工作环境的变化,社区形式的改变,特别是新传媒的诞生,都使得保持传统如逆水行舟。从什么地方下手,才能使传统在现代人的生活中扎根落户呢?

文字是一个可引来传统源流的渠道。上下几千年的中国文化都栩栩如生地映照在一本本的书中。既然我们无法在周遭的环境中,亲眼目睹传统演化成一幕幕活生生的场景,那么就让我们借助文字重温历史,借助篇章铸造性格。问题是书籍也面临一个强大的竞争者,即现代传播方式的挑战。电视、电脑正大规模占领现代人的工作与业余时间,加上现代音乐鼓噪不断,除去仅供商业消费的通俗文字,真正留给严肃文字的生存空间已很狭小。

电视更适用于娱乐消遣,却很难作为培养性格的手段,因为留在屏幕上的画面稍纵即逝,观看的人还没有反应过来,画中人便消失得无影无踪。目前青少年最喜欢的音乐电视节目,画面更是快得让人无法捕捉,一个画面所传达的信息还没抵达观众的意识深处,另一个画面便接踵而来。这种短暂快速的信息从来不能稳固地扎根在现代人性格的土壤中,培养出在危难艰辛时可以汲取的价值观。这是可供享乐的把戏,却不是患难时的依靠。

电脑近来可谓大行其道。它提供给现代人的方便是有目共睹的。不管是将电脑用于文字处理,还是用于通信传递,抑或用来记忆储存,它都彻底改变了人类的生活。但电脑从来都不仅仅是一个被动的工具,它潜移默化地改变着我们的思维习惯,使我们在生活中加深了数字化的管理,增加了对精确的要求。可中国文化从来不以精确著称,因此想以电脑为媒介,构筑中华文化的性格无异于缘木求鱼。而且,电脑数据库是一把双刃剑,它替我们记住了原本无法用人脑记忆的信息,可同时也使个体的记忆退化。现代的年轻人已经很少愿意挖掘记忆的潜能去记住实用信息以外的东西。能用来酿造个体性格的文化内容不是被冷落一旁,就是被浅尝辄止,很少内化成意识深处的文化沉积，体现在举手投足之间。人类的传播媒介五花八门，中国文化的资源堪称取之不尽，可就是很难流入现代中国人的心房。

我于是想到了背诵，这个最原始、最节省的方法。我自己的经历雄辩地证实，人可以从朗读背诵名篇中陶冶性情、铸造性格，进而受益良多。但这样的建议在现实中不被人嘲笑就已经万幸了。说这是曲高和寡，无非是文人的自恋情结。

这几天网络公司日子很不好过，倒闭裁员的消息不绝于耳。漫无目的地来到一家常光顾的书店，竟意外发现正在清仓大甩卖。原来网络业的不景气已经殃及池鱼。不过这实在是买书的好时机。我踏入书店，书刊已是满地狼藉。我在语言类书架前浏览片刻，便徘徊到哲学类。原本想找找乔治·莱考夫的几本书，却意外看到了斯坦纳的 *Real Presences*[①]。七折的优惠足以使我动心。

斯坦纳认为好诗文不仅要背诵，还应高声朗读，因为积极的理解有赖于大声阅读，我们单独背诵一首诗时，读者便与所感知的意义产生共鸣。背诵实际是为文本在人心中找到了安身之地，而这些熟记心中的文字，能在适当时刻转化成生命的力量。我们所记住的东西变成了我们意识中的一种动力，性格成

[①] George Steiner (1991), *Real Presences*. Chicago: The University of Chicago Press.

长中的一个"起搏器"。斯坦纳还认为，有目的地培养某种共享的记忆能使一个社会与其历史接应传承。更重要的是，这也是保护个人性格的绝佳手段。一个人的财物可以被巧取豪夺，可蕴藏在个人心中的财宝却不怕官府的暴虐、社会的凶残，无人可以把它抢走。斯坦纳以俄国历史为例，讲述当年政府残酷迫害异己，严格控制传媒，可到头来现代俄国诗中的精华仍然口口相传，不胫而走。虽然当权者不让出版，但人们却把诗背在了心坎上。

斯坦纳对现代社会中电脑取代人脑记忆的现象深感不安。他认为在我们学校教育的方法中背诵早就被打入冷宫，一般人也从没有背诵的习惯。确实，莘莘学子乘坐选择题这一叶扁舟，航行在无边的题海上，汲取着很少深入人心的知识，假如在选择题的考试中成绩优秀，就可以进哈佛、入耶鲁，谁还愿意去背诵朗读那些仅以文字取胜的诗文呢？

然而，现代人的内心是空虚的。他们接触的大量信息都只在心坎边缘欲走还留，从不深入人心，扎根落户。希望有一天，世上的人们，特别是善于宏观把握的中国人，会在饮足了高科技酿造出来的那杯缺少人文味的酒后幡然醒悟，像对上天祈祷那样，向文字呼唤。文字，请你回到我们的生活中来，替我们驱散现代性的寂寞，为我们收拾解构后的残局，抚慰现代人那颗无处安放的心。只要文字回到人的心中，我们就会有更多的人能见落叶而发感慨，借青山而抒心怀，见穷人而流热泪。我们借着科学头脑创建了现代化的家园，却发现后院一片荒芜。于是我们向文字呼喊，希望它回到荒芜的田园，滋润久旱的心田，替我们找回那颗人文心。文字，你若有知，请务必返回我们心灵的家园。

（2001年3月28日于山景城）

学者能否力挽狂澜？

有关文字，我已经说过一些话，再回到这个主题上来就免不了"炒冷饭"，很难有新意奉献。可这次还想补充几句，不是我自己的观点，而是别人的看法。

《时代周刊》（2002年7月22日）最近刊登了一篇并不引人注目的短文。一位著名的文学评论家讲述他一生与文字结下的因缘。这位犹太裔美国人从小就浸泡在纽约市的一个小小的图书馆内，读莎士比亚，读密尔顿，读布莱克，读一切能在那个小小的图书馆找到的好书。终于有一天，他发现可读的书已经没有了，当时他15岁。这以后，他只好去42街的纽约市图书总馆，继续过他的读书瘾。17岁他入康奈尔大学求学，四年本科，仍一如既往，读书不止。21岁那年他进了耶鲁大学研究生院，从此就一直待在耶鲁。回首读书的历程，他在耶鲁已经50年了。

这位读书老人当然不只是吸收，他丰富多产，著作等身，

学者能否力挽狂澜？

写了25部文学评论集，编了1000多册文学批评选集。去年他出版了一本独特的选集，题为《古今绝顶聪慧儿童必读的故事与诗歌》(Stories and Poems for Extremely Intelligent Children of All Ages)。这位学界的长者自称，这书是专门为了对抗哈利·波特（Harry Potter）系列而编的。说起目前少年儿童们爱不释手的哈利·波特，这位饱学之士掩饰不住他极度的蔑视。他甚至出言不逊，认为哈利·波特那类书实在是不可救药，遣词造句都是陈词滥调，既谈不上思想性，更无文笔可言。他断言，哈利·波特虽然出书上亿，但不出五六年，便会无人问津，只能属于垃圾堆中可以找到的读物。

这位文学批评家不无骄傲地说，儿时记住的不少诗歌至今他仍能脱口而出。他这一辈子用文学教书育人，应该是无可争议的饱学之士，但他却认为，真正有分量的文字，解读一辈子都无法穷尽其深刻的含义。

他最为感叹的是当今诗的命运。现代人冷落诗语言已经到了极点。他说忙碌在现代社会中的人不会读诗，即便是最简单的诗，读起来也会感到困难重重。他断言，在说英语国家的大学里，富于想象的文学已经基本"死亡"，而且将无法起死回生。虽然偶尔还能找到几个专情于文学、轻薄于理念的人，但他们已如凤毛麟角。大多数的人只对理念更感兴趣。但他认为，以理念为基础的文化研究目前虽然十分走红，甚至挤掉了文学，但实际却并无多大价值。

这位耶鲁的大学者对传媒和信息的现状极度不满。他说，时下电视一统天下，信息如洪水泛滥，因此教人读书恰恰是一项艰巨的任务。

我不知道面对如此强大的现代潮流，是否还有人能力挽狂澜。难道这位老人也只能是"沉舟""病树"，任由一个崭新的世界抛在后面，还是……？

耶鲁大学文学批评家哈罗德·布鲁姆此刻大概正在耶鲁图书馆窗前掩卷沉思。

（2002年10月25日于圣塔克拉拉）

夕阳无限好

——再忆尤金·奈达

2011年奈达去世，我为《中国翻译》写过一篇纪念文章，但总觉得言犹未尽。二十多年的交情，一篇文章怎能囊括，更何况那还是应景纪念类文字，篇幅是否合适，内容是否得当，这些担心落笔时难免掂量，使我无法充分表达与奈达亦师亦友的细微末节。还是再说几句吧，算是重述，或言补充。

一

第一次见到奈达要感谢郭建中老师。我当时杂务缠身，没有精力顾及翻译界的动态。郭老师说，奈达要到上海讲学，让我同去。记得是在上外的一间大教室内，虽已春季，仍有寒意，教室中有取暖设备。我在前排左侧，听奈达讲翻译。我们都有上课打瞌睡的经历，但要在奈达的课上打盹儿，那还真不容易。他能紧抓住听众的注意力，你这边一松懈，他那边似乎就察觉，于是或以内容激励，或用语调振奋，或借手势召唤，你的注意力便又回来了。一场讲演下来，听众个个兴致盎然，翻译的道理被他讲活讲透，听讲座就像听故事，不会感到乏味。我暗想，这本事也许得益于他在宗教领域的训练，因为一般牧师都很能讲，而奈达虽是学者，却也受过严格的宗教训练。

建中老师和他约好，休息时一起讨论些翻译问题。我也参加了，但忘了说了些什么，只记得谈话间，奈达问我们要不要吃葡萄干，原来他随身带着从美国带来的葡萄干。我原本不喜欢葡萄干，那以后也开始吃起来了，算是他对我的第一个影响吧！讨论完毕，我们相互留了通信地址，奈达说要给我们寄些有关翻译的书。在翻译研究刚开始的80年代，资源非常有限，几本好书实在无异于农夫久盼的甘霖！

二

那以后，我和奈达的联系渐多。除常收到他的信件外，还收到不少书，包括他的那几本经典著作。1990年我来美国生活，奈达闻讯寄来一千美元，在当时，那可是一笔不小的援助啊！我后来将支票退回，但收下了他的温情与关爱。

刚到国外，思想探索相当活跃，与奈达交往中就常探索人生的大问题。1993年9月，奈达要到北加州来讲演。我当时在中谷地区的一个小城教书，离他要去的Roseville还有一段路，但我们全家都很兴奋，对我来说这是重逢，对我家人来说，就是初次拜谒。我们开着一辆刚买不久的二手丰田车，到小镇去见奈达。他能见到我太太和女儿尤为高兴。第一次上海会面缘于翻译，但这次没有任何主题限制，谈话于是海阔天空。我们聊家常，谈工作，说孩子的未来，讲宗教的作用，一上午过得很快。记得他谈到一个有关西方人到非洲传教的故事。一位基督教牧师到非洲某国传教，周日的教会活动常吸引很多人，在那里基督教仍然是新现象。牧师不久发现每周在教会布道时，总有一位姿色不错的女人，静静地在最后一排听讲。有一天，那女子走上前来和牧师说，她要捐一笔钱给教会，算是对基督的一点心意。牧师不解，她哪来那么多钱？女子的回答让牧师很不高兴。她说，这是她卖淫所得。原来这位女子是个妓女。牧师断然拒绝了捐款，不愿让圣洁的基督被妓女玷污。说到这里，奈达已热泪盈眶，用颤巍巍的声音说，那个牧师没有权力代表耶稣拒绝捐助。就在那一瞬间，我在奈达的泪花中，看到了这位老人普世的爱心，也懂得了为什么宗教界有些人会攻击奈达。

在奈达看来,基督的福音不是少数人的专利,而应属于普通大众。尘世的罪恶每个人都有一份,一尘不染的牧师和卖淫为生的妓女都是罪人,假如一个人诚心奉献,不管他是谁,你就该替基督收下那份奉献。在信仰方面,他当然不含糊,但是在言和行方面,他更注重行动,而非言说。布道时的言说若不落实在行动中,就毫无意义。他常说,如果信仰不付诸实践,信仰又有何用?这种观点,和他"功能对等"的翻译理论并行不悖。言说仅是形式,内容依靠形式彰显,但行动才是关键。

那次我们带了相机,留下了几张珍贵的照片。我们三个人分别当摄影师,和奈达拍照,四张照片中最有趣的一张是女儿拍的。当时她才七岁,不知道怎么取景,结果把我拍得只剩下一个头。很多年后,当我把这几张照片用邮件转给他的第二任妻子埃琳娜时,奈达竟看得热泪盈眶。

平等待人在奈达身上也体现得淋漓尽致。和我们七岁的女儿交谈时,奈达全神贯注,回答问题也一丝不苟,你只要仔细倾听,就会发现他没有在敷衍孩子。他回去后在给我的信中,还附了一张薄薄的信纸,原来那是他单独为我女儿写的一封信,使我们深受感动。

中午我们想请奈达吃饭,但是他说,我们去看他,他就是主人,最终我们还是被请了一次。午餐期间,我们又谈了不少,但细节都不记得了。

我们快要离开时，奈达透露说，回去后就要搬家了。他要西行，并要自己开车，从东海岸的宾夕法尼亚一路直奔亚利桑那，准备在那里度过余生。我担心他是否能胜任长途开车，他却说那是小菜一碟。也是，奈达精神矍铄，看上去不像一位年近八十的老人，开车横贯美国又算得了什么呢？

三

蒙特雷坐落在美国西海岸，是加州中部的海滨城市。这里有隶属于美国国防部的国防语言学校，还有蒙特雷国际研究学院，外语语种繁多，人才密集，因此有些人称其为"语言之都"。我一直想把奈达请到蒙特雷来讲学。这样一位20世纪翻译界的风云人物，居然没到过这所因翻译著称的学校，实在是个遗憾。但学校预算不足，很难让他全部免费前来。我把这个尴尬的情况和奈达一说，可他却认为，这不要紧，他可自己出机票，讲课费他根本不在乎，最后我们学校只负担他在蒙特雷的费用。

在我的努力与安排下，1997年秋季，奈达来到蒙特雷。他刚一到，我就发觉他似乎有些疲倦，很担心第二天的讲座，毕竟是八十多岁的老人了。可是第二天一上讲台，那个活力四射的奈达又出现在我们面前，他滔滔不绝，讲语言，说文化，谈功能对等，嘲弄死抠原文的译文。观众听得鸦雀无声，十分投入,最后报以热烈的掌声。回首他半个多世纪的学术生涯,奈达始终以精力充沛的身影出现在讲台上,这几乎成了奈达的一个符号,没想到在他人生夕阳西下,事业已近尾声的时候,蒙特雷讲台上的奈达仍然风采依旧。

中午高翻学院的院长请他吃饭,陪同的还有我的几个同事。饭后离下午的讲座仍有些时间,我问他要不要回旅馆休息,他说不必了。我便带他到我的办公室小歇,其实我是想教他几招网络技巧,以便日后可多几种方式与他交流。奈达当时已使用电子邮件,但他的很多信件仍然由住在佐治亚的一位秘书代写。一般情况下,他口述,那位秘书为他打字。他退休前,雇用这位秘书的费用出自圣经协会,退休后这笔开支就无从着落了。但奈达觉得那位秘书用得顺手,便自己出钱请她。可惜那次学校的网络不给力,想传授给他的几种技巧都未能如愿展示,不得不放弃。其实我也看出他对这类技术兴趣不大。后来,我们又去校园溜达了一会儿,还在我的车里打了个盹儿。

下午讲座后,我先带他去银行办些手续,他也顺便告诉我,准备再次结婚,对方是欧盟委员会翻译总局的翻译埃琳娜,她在远处仰慕奈达已久。也就是说,他将离开亚利桑那,到欧洲去生活了。刚到亚利桑那时,奈达还说那里不错,但渐渐地,我就听他说起在亚利桑那的寂寞,有时他甚至感到非常寂寞,这说明他的心中还有活力,仍然渴望人世间的温存与热闹。我默默为他祝福，愿新的欧洲生活带出他新的活力。

接着我带他去看海。记得车穿过PG小镇，一直开到灯塔街（Lighthouse）的尽头，最后停在大海边。我们下车漫步，走到一个木结构的小亭子里，此时残照的夕阳为周遭涂抹了一层晚霞，奈达遥望海天相连的地方，若有所思。是我打破了沉寂，又把话题转到了耶稣基督，我觉得此时是谈宗教的最佳时刻。

"耶稣代表主流吗？"我问奈达。他的回答斩钉截铁："不是。在耶稣的时代，他是反叛者，是少数，是受迫害的一方，因此才会被钉在十字架上。"我的问题是带有现实意义的，现在有些人身处政治或宗教的主流，却总爱把自己打扮成受害者，但他们所处的位置，该警惕的恰恰是不要迫害别人。主流这玩意儿和崇高一样，未必都要躲避，但主流中的人，保留些非主流的思想是有益无害的，这样才能校正主流的失误与偏差。我们还谈到不少社会问题，如堕胎、党派、男女平等，在所有这些问题上，奈达都表现出灵活与妥协，但却仍让人坚信，他心中牢牢地存着耶稣基督。

当我们回到旅馆时，天已开始暗下来。我向他道别，因为我还得驱车一个半小时回家，而他第二天就要离开蒙特雷。凝望这位老人高大的身影，我心想，不知下一次见面会是什么时候？

四

最后一次见到奈达是1999年。那年北京大学外国语学院召开翻译文化研讨会，邀请奈达做主旨发言，由于他要参加，我也决定前往。时隔两年，奈达虽然仍显得健康，但岁月还是在他身上留下了不少痕迹。

那次讲演的题目我已完全忘记，但奈达仍然是会议的亮点，得到不少人的追捧，茶歇时人们都争着要和他交谈留影。我一直静静地等着，待他满足了大部分人的要求后，再和他叙旧。两年的时间不算长，可我还是在细微末节处察觉到岁月的无情，他比两年前老了。我们在校园内散步，各自述说别来的变化，奈达的言谈似乎更富哲理了。我请他为我的新书写篇序言，他满口答应，但让我把书的英文摘要寄给他，这样他就可以有的放矢，不至于胡乱评说。奈达回去后不久，我就收到了他的信，序言已附在其中。这本书就是后来由清华大学出版社出的《高级英汉翻译理论与实践》。由于有辜正坤和奈达的序言，加之又经北外高翻学院推荐，该书后来成为大陆和台湾不少翻译专业的教科书或考研参考书。

我在北大校园中与奈达依依惜别，这是我最后一次见到这位译界巨人。

五

奈达是翻译界的开先河者，我又和他同行，所以与他相识，对我事业的发展当然是一助力。比如他为我寄书，为我释惑，为我推荐，为我作序，如此等等，都让我受益匪浅。还记得有一次我要找工作，他为我写推荐信。我怕他麻烦，就说写一封"万能"的信就可以，不用针对不同单位分别起草。他说不行，那样的推荐信（To Whom It May Concern）力度不足，还是建议我每次申请都找他写信，关爱之心，流露无遗。他甚至在自己的书中提到我。有一回他打电话和我说，他为我寄了一本社会语言学的书[①]，书中他提到我。书收到后，我在第一章结尾处看到我的名字，他书中讲的大概就发生在他来北加州的那次会晤中，我却根本记不起我说了些什么。

但是与奈达相识绝不仅限于专业，确切地说，翻译在我们的关系中只占次要地位，更重要的反倒是我就社会宗教人生问题，向他的请教，他对我影响最大的一面并不是翻译家，而是普通人。奈达疾恶如仇，对于不合理的事不盲目迁就。有一次，他的翻译团队中有位成员硬要坚持自己的观点，缺乏团队

[①] Eugene A. Nida (1996), *The Sociolinguistics of Interlingual Communication*, Bruxelles: Les Éditions Du Hazard.

精神，甚至说，如果不同意他的意见，他就要犯心脏病了。奈达对于那种不近情理的要挟并不姑息，毫不客气地说，那你就去犯你的心脏病吧！但他绝不是一位高傲霸道的人，相反奈达助人为乐，尊重他人，侠骨柔肠。过去二三十年，中国翻译界的不少著名学者都受到过奈达无私的提携帮助，80年代中国的翻译理论热是与奈达的名字分不开的。奈达还特别尊重他人，在与我的来往中从不居高临下。别人也许会认为，奈达如此热情地与我谈宗教，难免有传教的目的，但每次有关宗教的讨论全是我主动提出，奈达没有一次主动邀我谈基督，更不要说劝我信教了。然而他却在举手投足间，向我展现了一位基督徒的楷模，而那是言语铿锵的布道所望尘莫及的。

六

要为这样一位有血有肉的文化巨人拿捏出一尊雕塑是困难的，不用说对只见过几次面、仅通过几封信的我来说困难，就是与他接触更多的人也难免有失精准。但是，我们至少可以去理解奈达，把握奈达。

我觉得，奈达思想的根基是属于底层的，而不属于高贵者。这在他一生的卓越贡献上体现得最彻底。功能对等的理论抛开了语言形式的束缚，把一本普通人可能看不懂的天书呈现给了"下里巴人"。这也正是奈达的目的，要让全世界的人都能看懂那本书。更确切地说,那本高贵的《圣经》不应仅属于高贵者,它更属于并不高贵的芸芸众生。也正因此,他得罪了不少想让这本书保持"高贵"的人,他们甚至认为像奈达那样改变语言形式,无异于亵渎神圣。在文学界,也有不少人觉得他的理论会忽视语言形式,而形式正是文学的灵魂,但这些人忘了,他们和奈达的目的不同,奈达是要拯救人的灵魂,而并非意在传达文学的灵魂。作为美国结构主义语言学大师的嫡传弟子[①],奈达难道真不知道文学形式的重要性吗?

奈达的思想中还有一个偏爱少数人的倾向,因为他铭记耶稣基督本身就属于少数,不站在把握生杀大权的那一方。这种非主流的倾向贯穿在他的生活中。奈达本身既是宗教界人士,又是学术界人士,这使得他既不属于宗教界的主流,也不属于学术界的主流。当年结构主义学派中的佼佼者,几乎都在象牙塔中做学问,只有他远离学界,在圣经翻译的领域独自耕耘。在宗教界,以教会牧师为主体的队伍中,没有奈达的身影;在高傲自负的学术圈里,也少见他的出没。但奈达跨越两界,借学术,为宗教提供更接地气的文本。这种尴尬的局面在他对我说的话中得以印证。一次他说,他其实受过严格的牧师训练,获有担任牧师的资格,不过他说,学术界的朋友可能看不起他

---

① 奈达的博士论文指导教授包括美国著名语言学家 Charles Fries 和 Edgar Sturtevant,以及被称为美国结构主义语言学创始人的 Leonard Bloomfield。

那么做，而他也不在乎别人如何看他，照样会主持些有宗教性质的活动（I do it anyway）。

另外奈达多次对我说，信耶稣并不是要把自己束缚起来，反而是要获得更大的自由。他当然不是说人可以没有纪律，而是说有些约束是人为的，属于世俗，甚至属于宗教，但并不属于基督，而针对这些约束，信基督反而会获得力量与自由，从而挣脱束缚。至于在约束和自由间如何掂量把握，那就看人的智慧了。他使我感到，并非所有信宗教的人都在社会文化光谱的保守一端。

在信仰和行为方面，人也是不分高低贵贱的，就像一个位高权重的宗教领袖，也会和普通人一样有错有罪，宗教界的智者也不见得就比普通人智慧高明，并不握有揭开人生奥秘的钥匙。在纷乱的世事面前，奈达也会遇到迷茫，也会感到不解。有一次我问他，为什么坚信基督的好人也会遭遇人世间的厄运？他轻声的回答振聋发聩：我不知道！正是这几个字令我对他更加肃然起敬，这个诚实的回答远胜于那些不能自圆其说的苍白解释。那话与其说把我这个探索者与耶稣的距离扩大了，还不如说缩小了，因为我至少知道，一个真正追随耶稣的人是诚实的！世间有些问题是没有答案的，又何必去刨根问底呢？

晚年的奈达虽然失去了玉树临风的身影，却满树都是造化赋予他的思想硕果。真是"夕阳无限好"！

作为现代翻译理论的开拓者，可以说，目前仍没有哪位学

夕阳无限好

者留下过比奈达更深的足迹；而作为师长和朋友，他对我的影响至深至远。我唯一的遗憾是，我们相见太晚。我若在青春年少时就认识这位大师该有多好，那我就会做出更多明智的选择，驱散很多心中的遗憾，避免不少生活的弯路，而当我把人生的成绩单拿出来向人展示时，也许就能更少几分羞愧！

（2017年8月17日）

从小城到小城

——简评汉译本皇家版《莎士比亚全集》①

青少年时期，我生活在江南小城绍兴。我念初中的学校坐落在城南岔开主街的一条小街上。那不是一条普通的小街，它与历史名人连在一起，离学校几百米处就是秋瑾故居。多少次我在这历史名巷中徘徊，多少次莎士比亚的名句在我的心中回荡。有一次，街上秋风萧瑟，落叶满地，社会革命的热闹场面

---

① 皇家版《莎士比亚全集》是由外语教学与研究出版社联袂英国皇家莎士比亚剧团（RSC）共同推出的最新、最权威的莎士比亚全集译本（2016年出版）。在总结分析朱生豪、梁实秋、方平等旧译本的翻译经验与教训后推出的这个译本，是一个真正的全新的诗体译本，标志着中国的散文化莎士比亚全集走向了货真价实的诗体莎士比亚全集。这是一个英汉对照本，全部的译文文本都附了行码，因此，读者可以经由任何一行汉译而在两分钟之内找到英语原文。译者阵容强大，主译团队由辜正坤、彭镜禧、许渊冲、曹明伦、傅浩、罗选民、孟凡君、覃学岚、刁克利等23位译者组成，历时五年才完成全集的翻译。

从小城到小城

已曲终人散,少年陷入了下一步如何走的窘境,而如何走又不是自己能做的决定,可偏偏心中却存着"伟大的事业"。于是,《哈姆雷特》的名句便拨动了我的心弦:

> 这样,重重的顾虑使我们全变成了懦夫,决心的赤热的光彩,被审慎的思维盖上了一层灰色,伟大的事业在这一种考虑之下,也会逆流而退,失去了行动的意义。
>
> (朱生豪译)

自那以后,生活中有随波逐流的懦夫身影,也有逆流而上的赤热光彩。岁月蹉跎,一转眼半个世纪过去了。

五十多年后,再读正坤寄来的几个莎剧文本,那小城名巷中的感受又一次涌上心头。皇家版《莎士比亚全集》的问世,实在是件令人鼓舞的文化大事,我作为读者心情无比激动。自朱生豪离世到现在,华夏大地风起云涌,痛苦、欢乐、低沉、激越,数十载的光荣与梦想都给汉语注入了新的生机,虽然文字一脉相承,但半个多世纪社会的起伏跌宕,已默默地融化在方块字排列的语言中,从遣词造句,到句式安排,乃至习语隐喻的使用,都和朱生豪的民国文字有了差异。面对这一全新的语境,朱生豪那辈人的译本已显出不足之处,为让莎士比亚打动当代读者的心,一个适合当下读者的新译本是不可缺少的。

蒙特雷随笔

皇家版《莎士比亚全集》似乎肩负起了这个任务。这主要体现在几个方面。首先，全集译者大多数年龄在五十岁以上，他们的语言既有传统的印记，也有当代的气息，因此他们更能实践"古语从新、时语从旧"这种行文的追求。在网络语言大行其道的今天，我们需要拿出货真价实的汉语文本，让年轻一辈有机会读后长叹，原来还有这样让人阅之舒畅、读之感动的文字。时下，手机阅读取代纸质文本，人工智能抢占翻译领地，一时间不少人大感迷茫，还真以为有朝一日，按一下键盘就能让一篇感人肺腑的文字跃然纸上。但是，人工智能虽在实用文本领域稍有作为，在打动人心方面，却难有建树，未来也不会有质的进步，原因很简单，本质上人是不可取代的。读皇家版《莎士比亚全集》使我更坚信文人的这支笔并不是那么容易被取代的，不信你读下面这些句子：

苟活，还是轻生？此问愁煞人。
莫道是苦海无涯，但操戈奋进，
终赢得一片清平；或默对逆运，
忍受它箭石交攻，敢问，
两番选择，何为上乘？
（辜正坤译《哈姆雷特》）

这样的文字机器能模仿吗？当然不能。之所以不能，是因为表面上看，译者在取舍一个词一个音时选项是有限的，比如那个著名的 To be or not to be，多少年来尝试攻克这句的译者无数，译文何止三两，哪还有异军突起的空间？但一句"苟活，还是轻生"却如长空的一声雁唳，使读者耳目一新。之所以新译仍可迭出，是因为本质上，艺术翻译取舍完全不受定义条理规范，落笔时译者心灵的一个意外颤抖，都可能抖出一个崭新的文字乾坤，一个新韵、一个新词，就能使几秒钟前刚梳理出的思路改道偏航，结果选词造句的拿捏掂量就可能在无限的意外中变得无法估量。

皇家版《莎士比亚全集》能为新时代的读者输送养料，还体现在它选择了诗体。莎剧历来有诗体和散文体之别，影响最大的朱生豪译本和梁实秋译本都是散文体。但是莎剧原剧是以诗体呈现的，所以最忠实原作形式的译本应该还是诗体。尽管也有人尝试过用诗体翻译莎剧，如卞之琳、孙大雨、朱文振、杨烈的译本都是诗体，但那些都是远离当代的译本，加之各自都有不同的弱点，时代呼唤一个新诗体译本的出现。皇家版《莎士比亚全集》正是回应这一呼唤的尝试。

但在选择了诗体后，皇家版《莎士比亚全集》并未千篇一律，在诗体的大前提下，不同的译者在具体的处理上也能各自精彩，因为莎士比亚的作品本身也是多元的。比如辜正坤翻译的十四行诗就没有死守原诗的韵律，而是用了更适合汉语读者

的韵式。我曾在教学时用过莎士比亚十四行诗的第66首①,台湾大学陈次云教授把这首十四行诗的形式在译文中反映得惟妙惟肖:

厌倦了这一切,我求安息的死:
例如,看见有德的生来做乞丐,
又缺德的丝毫不愁锦衣玉食,
又赤诚的心惨遭背信戕害,
又荣誉被无耻地私相授受,
又处子的贞操被横加污辱,

---

① 莎士比亚原文:
Tired with all these, for restful death I cry:
As, to behold desert a beggar born,
And needy nothing trimmed in jollity,
And purest faith unhappily forsworn,
And gilded honour shamefully misplaced,
And maiden virtue rudely strumpeted,
And right perfection wrongfully disgraced,
And strength by limping sway disabled,
And art made tongue-tied by authority,
And folly, doctor-like, controlling skill,
And simple truth miscalled simplicity,
And captive good attending captain ill.
Tired with all these, from these would I be gone,
Save that to die I leave my love alone.

从小城到小城

又真正的完美却含冤蒙垢,
又力量被塞滞的势力废除,
又艺术结舌于当局的淫威,
又愚昧,冒充渊博,驾御天聪,
又简明的真理误称为童骏,
又被俘虏的至善侍候元凶。
厌倦了这一切,我愿舍此长辞,
只是我一死,我爱人形单影只。

(转引自《摸象》)

我们不得不折服于译者在反映原诗语音形式时所做的努力。莎士比亚十四行诗的一个重要特征是其押韵格式(ababcdcdefefgg)。陈译不折不扣地在译文中把押韵的特征都移植过来了,译者甚至把原诗开头的And也用"又"加以对应,几乎到了无懈可击的程度,这是莎氏十四行诗技术层面的高超复原!可是我读后却未感受到诗对我心灵的冲击。格律音韵是形式美的要素,而诗歌的形式美主要在音美,但音不可孤芳自赏,一定要作用在人心上才有共鸣,恰如回音壁,声激昂,唤起情激荡,音哭诉,引出泪千行,没有一个接应你的主体,诗的音美也只能是孤高傲世、独守空房。但回音壁的质地不同,对冲击过来的音韵反应也不一样,结果原文中慷慨激昂的音韵未必就一定能在译文读者心中唤起回响。读汉语长大的

蒙特雷随笔

人心里那堵"回音壁"和英美人不同,是用不同材料做成的,沉积着语言历史文化,因此我对莎士比亚十四行诗特殊的押韵格式无动于衷,而背离原诗一韵到底的押韵方式反而令我心有感动:

> 难耐不平事,何如悄然去泉台:
> 休说是天才,偏生作乞丐,
> 人道是草包,偏把金银戴,
> 说什么信与义,眼见无人睬,
> 道什么荣与辱,全是瞎安排,
> 少女童贞可怜遭横暴,
> 堂堂正义无端受掩埋,
> 跛腿权势反弄残了擂台汉,
> 墨客骚人官府门前口难开,
> 蠢驴们偏挂着指迷释惑教授招牌,
> 多少真话错唤作愚鲁痴呆,
> 善恶易位,小人反受大人拜。
> 不平,难耐,索不如一死化纤埃,
> 待去也,又怎好让爱人独守空阶?
>
> (辜正坤译)

这个译文打动我的是诗的艺术元素。我不可能仅仅被形式牵着走，我还需要一些能轻轻按摩我心灵的东西。上面这个译文就有那种很难让我完全讲清楚的元素，它是音韵，是词语，是互文的联想，是历史的沉淀，有的甚至并不附着在任何有形的语言载体上。在译文的激发与引导下，社会的不公、命运的作弄、人世的嘲讽都像过电影一样在我这个读者眼前掠过，与我人生的经历相碰撞，进而带出共鸣。有人也许会说，那十四行诗呢？那莎翁的押韵格式呢？译文读起来更像是在读中国的词曲，使人联想起《红楼梦》中的《好了歌》，哪儿还有莎士比亚的身影？这些疑问都是合理的，所以我认为皇家版《莎士比亚全集》是多元莎士比亚世界中的一座山峰，我们鼓励不同的读者去寻找不同的山峰，欣赏不同的译文。但就我来说，我不是莎士比亚专家，只是一个普通读者。作为读者，我只想让译文感动我，而我深信我是能被感动的，因为莎士比亚触及的问题都带有普世意义，他能打动不同时空里的读者。为此，莎士比亚作品的译者就应该着眼于这种普世意义的传递，而不是计较于音律细节上的机械对等。那种象牙塔中探索莎剧艺术幽径，把玩形式特征的译本，应该有它们自己的粉丝。但我更希望欣赏这种接地气的译文，因为莎士比亚的作品当年就是为普通人写的，是俗人消遣的剧目，而非雅士把玩的精品。为了消遣，我并不那么执迷于形式的机械对应。我希望让译文唤起读者的共鸣，因此就愿意给归化更大的空间，让更多文艺消遣的元素充盈译文，这样诗作读起来才不像翻译，正如钱锺书所

蒙特雷随笔

言:"译本对原作应该忠实得以至于读起来不象译本,因为作品在原文里决不会读起来象经过翻译似的。"(《林纾的翻译》)

皇家版《莎士比亚全集》还为我们开了一个重讲外国故事的好头。时下流行把中国的故事讲出去,这实在是一件值得去做的大事业。但是我们是否也应该关注一下"讲进来"这一头呢?新的故事当然需要译介,但已经讲过的旧故事是否也需要再讲一遍?很多经典译作由于出版年代久远,不论是理解还是表达都有再来一次的必要。不少译作是在国门半开,甚至完全锁国的环境下翻译出来的,译者虽尽了最大努力,但因条件限制,在原文的理解上还是有很大的改进空间。至于表达,前面已经讲过,新时代的读者也急切需要新时代的译本,来打动他们的心。

半个世纪后的今天,我已远离了那个仍留给我淡淡乡愁的小城,生活工作在万里之外的另一个小城了。"闲云潭影日悠悠,物换星移几度秋。"半个世纪的岁月在宏观风雷激荡、微观红尘依旧中已成过往。时代变了,中国变了,世界也变了,但是不变的是那个"人间喜剧",新的哈姆雷特,新的李尔王,新的威尼斯商人,新的罗密欧与朱丽叶又会登场,于是新的情仇恩怨,新的忘恩负义,新的尔虞我诈,新的忠贞不渝也将在我们眼前重现。莎士比亚的一出出戏剧也将和《桃花扇》《长生殿》《窦娥冤》等交相辉映,继续感动我们这些芸芸众生。

我在蒙特雷海边的小城遥想大洋对面那座江南小城中的历

从小城到小城

史名巷,莎士比亚《哈姆雷特》中的文字又一次穿越时空擂响了我的心空。不过,这一回震撼我心胸的不是缓缓道来的散文,而是节奏铿锵的诗行:

> 前瞻后顾使我们全成懦夫,
> 于是,本色天然的决断决行,
> 罩上了一层思想的惨淡余阴,
> 诸多待举的宏图大业,竟因此
> 付之东流,失掉行动的名分。
>
> (辜正坤译)

我的胸中是否仍有五十年前哈姆雷特似的"宏图大业"?答案已经不重要了,重要的是我仍有激情,仍能被莎士比亚感动,仍能带着快乐与阳光去走完眼前的迢迢行程!

(2017年12月7日)

机器翻译能取代人吗?

谷歌最近推出新版"谷歌翻译",即神经机器翻译系统。据说新系统进一步依靠人工神经网络,汉英翻译的准确率比旧版提高了60%,令人刮目相看。我们有的同学将一段中国领导人的讲话用新系统翻译了一下,觉得很沮丧,感到这么发展下去从事翻译职业的人就要失业了。

这种担忧是毫无必要的。只要我们看一下这个系统运作的细节,就不难发现可用机器翻译的文本类别有限,结果也远称不上理想。尽管新系统超越了以词作为基本分析单位的旧做法,但是它仍然要依靠成百万的现成翻译文本作为参照分析的基础,而这些参照的翻译文本大多数是国际机构的文件,比如大量文本取自联合国和欧盟这些语言倾向于标准化的机构。在这个我称之为"硬文本"的范围内,机器翻译的成功概率较高,新版谷歌翻译确实进步不小,但远没达到令人满意的程度。不过,这不是我要关注的。我坚信机器翻译能取代人吗？

在谷歌等科技公司的不断努力下，回看今天的进展，将是孩童学步。我们有理由相信，谷歌能推出更准确、更流畅的翻译软件。但是我却对人类倚重机器翻译的负面影响深感不安。

一则广告的启示

1984年苹果公司为麦金塔电脑推出一则意味深长的广告。广告中一个女运动员手持铁锤，像扔铁饼一样把铁锤投向一个电影屏幕，此时一排排的座位上规规矩矩地坐满了面无表情的观众，新进来的观众步调一致，人与人之间没有差异，台上一位领袖似的人物正鼓吹"纯净意识形态的乐园"。广告快结束时，铁锤打碎了喋喋不休的屏幕，一段文字慢慢推出，最后一句是："你将知道为何1984将不会像《一九八四》。"在这则广告推出的那天，苹果创始人乔布斯正在做主旨讲演，他在挑战IBM的同时，提到乔治·奥威尔的《一九八四》。乔布斯似乎是要借奥威尔来打破科技巨人IBM的垄断，并未像奥威尔那样把矛头指向意识形态的垄断。

但《一九八四》却向我们提出了一个警告。看过书的人也许记得书中的"新话"。统治者为便于控制民众思想刻意创造出一个新语言，即"新话"。这个新语言的特点就是排除所有近义或同义词，只保留最简单的概念。为减少词语选择的范围，新话甚至还排除反义词，如"坏"字取消，而代以"不好"。此外，动词和名词也被合并。语言在这样处理后，概念减少了，词语合并了，差异因而缩小，选择相当有限。新话的创造者是为了控制意识形态，可我们今天科技巨头在语言领域的努力不也是在缩小语言间的差异吗？为了能让机器成功翻译，电脑翻译系统用翻译时选择较少的文字作为参照文本，因为这类文本写作时的选择相对简单，逻辑非常严密，不少词语、词组、语段、概念已有业界规定的译法，机器选择时相对容易。这样的文本若由人来翻译，沿用前人规定译法的机会较多，完全"走心"的译法并非没有，但相对较少，和翻译一篇诗歌或散文要做的复杂选择是完全不同的。这种语言与新话有异曲同工之处。当然，谷歌等公司并非想控制人的思想，它们的发明确实促进了语言间的信息交流，它们的目的主要是技术与商业的（至少目前是这样）。但在它们推波助澜下形成的语言格局却使我们在语言领域的选择余地缩小了。回到谷歌翻译这个话题上来，神经机器翻译系统可处理的也仅是那些文本与文本间差异较小的文字。在某种意义上说，《一九八四》中的新话倒很适合谷歌翻译系统处理，而活生生的自然语言却会给翻译系统带来无限"麻烦"。如果要提高机器翻译的准确性，最终难免要控制文本的写作者，减少"不必要"的同义词、词性、句型、概念。科技公司似乎正在重建当年它们自己用铁锤打碎的屏幕。

机器翻译能取代人吗？

信息交流非语言首要功能

　　正如我在前面讲的，机器翻译的问世是为了更好地交流信息。但信息交流不是语言的唯一目的。在网络时代，交流功能似乎得到足够重视，因为我们生活中以传达信息为中心的实用文字数量相当庞大，这些文本大都与经济生活有直接关系，解读翻译这些文本直接关乎经济社会的发展。但这类文字冲淡了语言丰富的"内核"。结果在这类语言中浸润良久的年轻人，语言理解力萎缩退化，语言表述苍白无力。我们这代人比上一代人的中文功底已经相差很多，而目前的年轻人，比我们这代更要逊色不少。年轻人汉语的词汇量缩小，分辨同义词的能力减弱，拿捏词语句子的分寸失当。这个局面当然和社会大环境有关，但具体而言，这与国际交流语言的盛行不无关系。因为这种较易由机器翻译处理的文本往往忽视自然语言中的千差万别，缺少小范围交流时语言"杂乱无章""模糊不清""不可预测"等特征，而这些正是机器翻译要摒弃的。但恰恰是这些很难梳理规范、不易分门别类的文字构成了语言的生命特征。语言正是因这些"不听话"的成分才具有生命力，为了这个生命力，作家们在孤灯下，推敲琢磨，争一字之巧，斗一韵之妙。

　　语言哲学家乔治·斯坦纳在那本著名的《通天塔之后》中，对小范围使用的语言和大范围使用的语言多有论述。他指出,我们人类先是自言自语,然后和附近的人说话,在较小的核心范围里,语言最丰富,最有能量,最有张力,而当这个有丰富内涵的语言当作国际交流的工具时,浓郁的内涵便已淡化。因此,斯坦纳认为,语言的外向交流是第二位的,是在实用利益驱动下出现的。语言最原始的、最基本的动力是内向的,是本土的。在斯坦纳看来,信息类话语在人类所有话语中的比例相当有限,把语言和信息交流画上等号是不正确的。他对国际交流背景下的英语也颇有微词,认为英语的国际化已使英语和本地语都失去了纯正性。

这显示出斯坦纳的基本语言思想。他觉得以完成具体交流任务为目的语言活动破坏了自然语言色彩纷呈的格局,而这一切正是通过消除语言的个体特征来完成的。为了传达信息,我们不惜排除那些有歧义的文字,不惜减少同义词的选项,不惜用最清晰明确但也索然乏味的语言,来完成一个实用的语言任务。这些政治、经济、法律等领域的语言活动固然重要,这样排除、这样减少、这样清晰、这样乏味,都不无道理,可是这种信息交流功能却不是人类语言的首要功能。语言的首要功能是促人创新、激发思想。斯坦纳认为,语言的"杂乱无章",单词的一词多义,这些与有序、封闭的数学和形式逻辑有本质的区别,均非语言的弊端。自然语言松松垮垮、杂乱无章的特征是激发想象力所不可缺少的因素。他认为,语言的歧义、多义、模糊,乃至不符逻辑、违背规则等,不是语言的病态,而是语言的精华。没有了这些，生命之花将会枯萎。在斯坦纳眼里，语言的这些"负面"特征，是上帝给予的无价之宝。他甚至认为，《圣经》中通天塔的隐喻具有积极正面的含义，散居四方，语言各异，不是毁掉了人类，而是拯救了人类，因为差异激发人类思考，而在整齐划一中人类只能等待死亡。从这里想开去，我们甚至对目前盛行的全球化也应保持警惕，某些领域的国际一体化也许必要，但全方位的整合必将把我们带回"一九八四"。

机译时代的翻译教学

回顾斯坦纳有关语言功能的论述后，我们有必要重新界定翻译。机译，就算仍然需要人脑帮助来做译后编辑，已和一般意义上的翻译迥然不同。有些语言学家认为，不应把机译当成翻译，因为原本意义上的翻译，总是需要译者在翻译过程中经历痛苦的挣扎，在既要模仿原文和又要适当创造之间举棋不定，但机译剥夺了译者经历这番痛苦的机会，就算是能做些机译后的编辑，但饕餮大餐中那道主菜已被机器拿走，能让大脑激荡的过程已由程序代替，译者只能吃些"残羹剩饭"。机器无法胜任语义模糊、解读困难的文本，于是它避重就轻，选择了处理起来相对简单的实用文本，把语言中的精华弃之不顾。所以从这个意义上说，机译和人译几乎没有关系。

这样分开看的好处是，不会再来谈什么取代不取代的问题了。那个需要人脑完成的翻译肩负着比完成交流任务更关键的使命，是无法取代的。缺了那样的翻译，就致命地弱化了语言，而从长远来看，缺乏复杂选择的语言将使生命之花萎缩。

正是在这个背景下，我觉得目前的语言翻译教学不尽如人意，因为我们重视了语言信息交流的一方，却轻视了语言灵活创造的一面。各种解决实际问题的诀窍俯拾皆是，但是真正深入人心、提高语言素质的手段却相当有限。整个社会对人文知识淡漠，反映在语言翻译领域就是学生对有浓厚人文色彩的文字兴趣缺缺，学生每天忙忙碌碌，没有闲心来琢磨这类内涵丰富的文本。他们认为，那类选材不接地气。可他们不知道，要成功翻译"接地气"的文本，就需要练好翻译"不接地气"文字的本领。琢磨语义模糊、解读困难的文本，是每个从事语言工作的人都应具备的基本技能，甚至可以说，是任何一个有文化的人应具备的能力。

至于说谷歌翻译，我愿那一厢捷报频传。想直接用机器翻译或借助机器翻译的人尽可在数字技术中各取所需，机译提供的这杯"饮料"尽可喝他个一滴不剩。但是谷歌翻译取代不了人脑翻译，因为它们是两种完全不同的活动，就像喝水不能取代吃干粮一样，它们各司其职。

（2016年10月14日）

翻译怎么学

翻译怎么学？当然可以买一本谈技巧或说理论的书，边看边学。但这是一项实践性很强的活动，最好的学习方法还是在"误中悟、错中学"。

技巧甚至理论看一点并无不妥，看得"得法"，也能如虎添翼，但邯郸学步，就难免被羁绊。很多教程之类的书总是用理念引导你，规范多于示范，而对初学者来说，对实际翻译的分析更有效。一次，我和奈达聊翻译学习，他对我说，那些理论技巧的书看也无妨，但更有效的方法是对照原文和译文，从中领悟学习。他说要用靠得住的译文来对照，也就是已被学界公认的好译者好译文，如傅雷、许渊冲、董乐山、杨必。

太死板是翻译的主要弊病，所以要摆脱原文的束缚，奈达的功能对等就是针对这一病症的解药。但另一方面，初学者的译文有时过于灵活，喜欢添加原文没有的内容，说那是言外之意，添上去才合适。确实，讲翻译的书中有"增词"这一技巧，我的书里也有。作者拿出十几个增词的例子，个个都让你拍案叫绝，但学习者却忘了，那些句子是大海捞针的结果，是好不容易找来的特例，是想告诉你，译者有时可以增词，却并不是说，增词是频繁使用的招数。我用奈达建议的办法，给学生演示了傅雷、许渊冲在《欧也妮·葛朗台》中的一段译文，另加两个英译文。大家发现，除极个别句子差别较大外，绝大多数的句子都可以在四个译文中横向对照，但这四个译文毫无关联，都是源于巴尔扎克的法文原作，可见就算是"神似"的提倡者傅雷、三美论的创建者许渊冲，在处理具体文句时都非常谨慎，绝不擅自添加删减、天马行空，特别是傅雷，有时严谨得几乎让人想问，您老这里能不能再宽松一点？许先生的译文似乎回答了我的问题。

说起英汉翻译，很多人喜欢说自己汉语不好，词汇不足，表达能力有限。这些可能都没说错，但我看更关键的仍然是原文的理解。理解问题，怎么强调都不过分，我自己就觉得最难的还是看懂原文。我这里说的看懂并不是囫囵吞枣，不是用一句并不违背原文大意的汉语说出原文句子的意思，不是粗线条的解释。没把原文的黑色说成白色还远不够，还要看细节：是深黑、浅黑、黑灰色，还是铁灰色？翻译是个细活儿，实际场合有时八九不离十也许可以过关，但是翻译训练本身不能以八九不离十为目标，那样的标准太低。

另外一个问题是擅自理解原文，有时译者还喜欢评论几句，什么原文写得不好之类的。原文写得不好的情况当然有，但是大多数情况下，你别怪原文，十之八九问题仍然在你本人的英文。你不能让原作者沿你的思路走，你自己觉得这句是什么意思就是什么意思。其实，理解的过程应是完全放弃自己、接受作者的过程。就像中国古代"庖丁解牛"的故事中说的那样，按照牛的生理结构，把刀劈进筋骨相连的大缝隙，再在骨节的空隙处引刀而入，完全依照牛体的本来结构用刀。译者如在理解过程中，执意用自己的理解方式去理解原文，就很像把刀用在关节点以外的地方，刀会受损。在这个阶段完全放弃自己，才能准确地理解原文。这时，译者还没有遭遇矛盾，翻译过程中左右为难的处境还没有出现在译者面前，因为这仍然是在单一语言内活动。在原文面前，译者千万不能"高傲"，否则就会歪曲原文的意思。

汉语好不好当然是个问题。要提高汉语水平，可能需要减少网上搜寻的次数，减低依靠电脑的程度。电脑取代人脑记忆有利有弊，是一把双刃剑，它替我们记住了原本无法记住的信息，可同时也使人记忆退化。结果翻译时想用的词常在脑际与你捉迷藏，你却总是抓不住它，只能到网上去搜寻。问题是我们太懒惰，没有在应大量吸收的年龄段把汉语的精华内化成自己的财富。尽管我们一查资料库什么都有，但译者仍需要在自己的记忆库储存为数庞大的词汇和用法。乔治·斯坦纳认为好诗好文不仅要背诵，还应高声朗读。背诵实际是为文字在人心中找到安身之地，而熟记心中的文字，能在译者需要时跳出来供你选用，你不用搜索枯肠，因为一个个的词语和用法已经早在你的脑海中安家落户，只要语境一促发，可用的词便会"随雨到心头"。如果年龄还不算太大，真建议你补上这一课，因为这是有后劲的译者不可缺少的资本。顺便提一下，看京剧台词对提高巩固中文很有效。不信你读读《锁麟囊》的唱词，弄不好翻译时就能改头换面用在译文中。

怎么学翻译这个题目可长篇大论，也可两语三言。近来越来越觉得，人说的废话实在太多，减去三分之二已足够。所以还是就此打住，免得浪费大家的时间。

（2016年10月20日）

地北天南

只看著名景点的旅游是浪费的。我们出游不仅要看自然,还要看历史,看社会,看文化。仰望雅典的卫城而生敬畏,面对坎昆的商贩而生怜悯,目睹罗马的脏乱而生感慨,品尝台北的小吃而生愉悦,凡有所历,皆有所获。

旧金山

旧金山离我住的山景城不远,交通顺畅的话,不用一小时就能到。在全美我去过的城市中,最喜欢的就是西海岸的这个不大不小的城市。它不像纽约那样大得让人无所适从,吵得让人安心不下;但它也不像湾区的那些小城,实在没有城市的规模,缺少都市的喧哗。

但是我却很少去这个最喜爱的城市。这倒并非因为怕去多了会冲淡了爱恋的情思,模糊了兴奋的焦点。我对故地故人常是愚忠不转、专情难化,不会因为多去了几次旧金山就渐生厌倦,转而去寻找新的城市。我很少光顾旧金山,是因为一些实实在在的缘故,比如市内开车不便,停车更难。在我们南湾开车,如果犯了方向路线的错误,改正起来非常方便,只要在任何一个路口,打一个U转弯,便又重新回到正确的方向。可是在旧金山,如果你想在大街上找一个U转弯,并非易事。你靠着最左边的车道,向前行驶,希望能找到一个左转的机会,但你见到的都是不可左转的路牌。总算到达了目的地,又找不到街边投币停车的位置。于是只好开到停车场去,但停车场自有停车场的不便。因此,尽管在湾区住了六七年,到旧金山的次数居然屈指可数。

我喜欢旧金山,不是因为那里有横跨海湾的金门大桥,有拔地而起的高层建筑。这些标志性的建筑物也曾经吸引过我,使我在桥下留影,在楼顶环视全城。里程碑似的建筑在宏观的视野中,曾激起过我心中的激情,使我深感宇宙的辽阔,河山的美丽,人类的伟大。宏观视野提供给我的是宏观的憧憬,宏观得不着边际,广大得无从落实。

不知从何时开始,我在旧金山的视野渐渐缩小了。仿佛是摄影机在变换焦距,大的图景慢慢模糊,小的画面渐渐清晰。于是我看到了城市的另一个层面,一些游客很少关注,当地人也无心顾及的景观。我关注的是坐在街角的露天咖啡馆内慢慢品尝廉价咖啡的退休老人,中国城中拄着拐杖、步履艰难横穿马路的老华侨,在繁忙的大街上招揽生意的卖花姑娘,在渔人码头弹唱忧伤曲调的黑人歌手,还有那在圣诞将临时仍睡在大街上的流浪汉。我突然发现,这些在社会边缘生活的人构成了一幅鲜活的生命景观。它描绘的是人生的真谛。这些政客从不诚心关照,富豪极少慷慨施舍的边缘人深受我的关注,因为他们从不像酒会上西装笔挺的有钱人那样矫揉造作,堆出一张会突然收起的笑脸,却在和你交谈得兴致正浓时,转身与另一位

旧金山

更有实用价值的人交换名片。

望着这些游离在社会边缘的人，我常常思考他们在旧金山这座城市中的作用。城市的进步也许不需要他们的存在，但进步的城市却少不了他们的点缀。无论是在电脑机房中为写软件程序工作到深夜的工程师，还是在旧金山金融街上紧盯着纽约股票市场的金融家，抑或是在律师楼中为经济合约斤斤计较的律师，在推动旧金山进步的现代迷宫中头晕目眩后，都会走出令人窒息的高楼大厦，到自然中去恢复疲惫的身心。这时，他们也许会羡慕那位弹唱忧伤曲调的黑人歌手；他们也许会到卖花姑娘的摊位上为情人买一束鲜花；他们也许会看着那位慢慢品尝廉价咖啡的退休老人，想到自己退休后手拄拐杖、步履艰难的模样；他们甚至会感到流浪固然毫不令人羡慕，可现代生活又何尝不是另一种的流浪？如果我们能把目光暂且离开那万人瞩目的大目标，来注意一下这些无足轻重的小人物，也许奇迹会随之发生。这些并不引人注目的景象也许能感动铁石心肠的政客、尔虞我诈的奸商，或许还能使学者思捷笔健，让诗人神驰遐想。人类沉睡的良知与灵感常常不是由程式化的说教唤醒，却会被微不足道的景观激活。

正是这些并不激起我心潮澎湃的景观组成了我脑海中旧金山的风景线。因此我去旧金山并不需要选择良辰吉日，因为壮丽的繁华场面虽需要靠节日才能登场，可我所关注的人物与景象却不需要在任何规定的时刻出现，他们原本就是这座城市的生命所在，如同人的呼吸，每时每刻都在发生。所以在仅有的几次旧金山之旅中竟有数次是在白昼已经消失之后，在见不到城市雄姿的时刻，在浮光掠影的游客已龟缩到高级旅店的夜晚。有几次是因为忆平的事务所在旧金山开年终晚会。每年一次的晚会只容许夫妇前往，却不让孩童参加。但我们几乎是每年必去，尽管回来时常常已是星光灿烂。每次夜游旧金山，照例会捕捉到一些并不轰轰烈烈的场面，或令人沉思，或催人泪下。记得最近一次，我们在现代艺术博物馆不远的地方见到一位无家可归的人，裹着一层薄薄的毯子，睡在游人很少路过的地方。他留宿的地点选择得可谓动中处静，但这位流浪汉突兀的出现却使不远处的现代艺术馆显得很不协调。每次见到这种场面，我们总是暗中庆幸，我们毕竟有家可归，此时，人间的毁誉穷通，都变得不那么重要了。

又有好长日子没有去旧金山了！不知下一次会有什么收获，也不知下一次是否又是在晚霞升起时出发？

（2002年2月6日于山景城）

我与蒙特雷

写了总共没去过几次的旧金山,却不写每周去一次的蒙特雷,显然不够公平。因此有必要也说说蒙特雷。

蒙特雷是个旅游城市,但声名远不如旧金山和洛杉矶那么响亮。这多半因为它远离尘嚣,加之规模也太小。如果人们说"让我们到蒙特雷去",他们心中想到的可能并不只是蒙特雷这个小城,还包括周遭的几个更小却也更美的去处。游人必到的十七里长滩(Seventeen Miles)就不在蒙特雷境内。所以游客们说到蒙特雷去,他们是想来蒙特雷半岛,绝不会只在蒙城画地为牢。

大多数美国人都知道蒙特雷。每逢节假日,特别是夏季,来蒙特雷度假的人也可称是络绎不绝。但国际游客中,来蒙城一游的并不多。在都市中终日忙碌的人们,好不容易攒足了钱,请好了假,办妥了签证,决定来美国旅游,行程一定是推敲又推敲,掂量再掂量。想看人文风貌,纽约、华盛顿、旧金

蒙特雷随笔

山、洛杉矶大概是稳入榜首的；若要看自然景观，那么就少不了去大峡谷、观大瀑布、逛黄石公园。还有那纸醉金迷的拉斯维加斯，有谁能抗拒得了？所以，蒙特雷便只能在远离闹市的海边孤芳自赏。走马观花的国际旅人常常不愿意驱车三四小时，远离繁华的都市，来蒙特雷海湾做一次寂寞之旅。

我与蒙特雷这座小城结下的不解之缘却纯属意外，其中多亏互联网牵线搭桥。1995年初，我在加州中谷地区牡丹市（Modesto）的社区学院教书。当时太太正准备向西移动，到更活跃、更热闹的旧金山湾区工作。于是我们开始筹划如何安排到湾区后的生活。孩子读书倒是很方便，反正是公立学校，转入当地的小学易如反掌。但我的生计则是一大难题。我除了教书，其他会做的工作十分有限。一天我闲来无事，到互联网上浏览。当时的网络没有现在那么先进，我用的又是一台没有视窗系统的老电脑，接通网站后根本没有图像，只有文字。我在网上漫无目的地浏览，无意中看到了蒙特雷国际研究学院，发现那里竟有中文翻译专业，一下子喜出望外。随后马上打印好履历，写了一封简短的信，第二天就寄了出去。几天后，我就收到了学校的来信，心想人家办事速度真快。可出乎我意料的是，随信而来的是一份入学申请书，热情地邀请我去那里学习。我想也许我信中没有说清楚，于是翻出底稿查个究竟。没错啊！我明明是问有否教书的机会，没说过想去念书。好在原本没有抱很大希望，所以这封令人哭笑不得的信倒还为中谷地

我与蒙特雷

区枯燥的生活增添了几分乐趣。此后就再没有去惦记那个学校了。

大约过了半年时间,我们举家搬迁的日子越来越近。一天我突然收到一个电话,来电的是蒙特雷国际研究学院翻译学院中文部主任鲍川运先生。他简单地介绍了一下学校的情况,并说有一教英汉翻译课的空缺,邀我与他会面。屈指算来,这已经是七年前的事了。

七年来,我家住热闹非凡的硅谷中央,每周一驱车到蒙特雷上课,周二夕阳西下时,便离开这海边的小城,随着车流,朝红尘滚滚的湾区驶去。因此,蒙特雷对我应是不陌生的。不过常在旅游城市的人总是很少去旅游景点,就像当年我家住杭州时,很少去游览西子湖畔的名胜一样,每周一次我在蒙城小住,也很少光顾那里著名的旅游景点。门票价格不低的水族馆当然是不会常去的,就连近在咫尺、不花分文的渔人码头,也很少光顾。蒙城之美离不开大海。每当我从湾区南下,从101国道上岔出,在一号公路上疾驰时,心中期盼的就是大海的出现。我已经无数次开过这条公路,但车至蒙城前的海滨城时,我仍然像等待新娘似的等待大海的出现。它终于又出现了,远处滚滚的涛声虽被高速公路上的车流声淹没,但排浪一线的景观却还是尽收眼底。看着这种景观进城,心情很难烦躁得起来。就算红尘中有些耿耿于怀的杂务,激动、烦躁、不安的情绪也经不住海浪的揉搓,顷刻间便涣然冰释了。

蒙特雷随笔

除了大海，蒙特雷并非就没吸引人的地方。那高高的松树也会让游客感到开阔高远。有时忙碌了一天后，我会去离旅馆不远的林中漫步，在高高的树丛中，一抬头，竟是满树的蝴蝶，据说有成千上万只。它们和游人一样，来自遥远的地方，在蒙特雷半岛定期安顿数周，然后便又飞向新的远方。有时，我在林中遇见的会是一只松鼠。它试探着缩短我们之间的距离，当然别有用心，也许是想从我这里得到半块饼干或一片瓜果，所以我用食物诱之，方法得手的话，还能摸到它身上茸茸的皮毛。这里算不上鲜有人烟，可是你偶尔竟会和一只小鹿不期而遇，或是在幽暗森森的林中，或是在光天化日之下。小鹿在游人面前竟然如此从容不迫，昂首阔步地横穿马路，俨然一副主人的气派，我们这些外地来客，反倒都乖乖地停车、止步，为"主人"让路，真是反客为主了。

蒙特雷半岛气候宜人，这使得以大海、山冈、树林等为背景的自然景观更是锦上添花。我原来在加州中谷地区生活过几年，那里夏季的气候炎热。搬到湾区后，夏季的平均气温低了不少。但蒙特雷半岛却比湾区的温度更低。这当然是因为临近大海，因此蒙特雷阴凉的日子也较多。有时，夏季的清晨从硅谷出发，一路艳阳高照，总以为免不了是一个要开空调的日子。可是车入蒙特雷半岛，一阵阵湿雾便迎面扑来，常常让我后悔没有带足衣服。尽管秋冬之季这里确实会秋阴不散，可总体而言，说蒙特雷气候宜人还是基本属实的。

我与蒙特雷

蒙特雷虽然以风景优美著称,但这里并非毫无人文气氛。说它人杰地灵,大概有些夸张。地灵可当仁不让,人杰却受之有愧,这里毕竟不是学术重镇,没有哈佛、耶鲁那类的学府。不过蒙特雷这个小城却有哈佛、耶鲁没有的专业。初到蒙特雷,有人说这里是语言之都,我并不以为然。但后来知道,这么说并不太过分。我所在的蒙特雷国际研究学院就是全美唯一的一个授予翻译专业硕士学位的学校,语种包括英、德、法、俄、中、日、韩文。离我校不远的国防语言学校是北美最大的语言学校,世界上所有主要的语言几乎都有。该校隶属美国国防部,主要为美国政府培养语言人才。可以这么说,除了纽约,因为有联合国总部,除了华盛顿,由于有外交使团,在美国还找不出另一个城市能像蒙特雷那样,在小小的一块弹丸之地上集中了这么多高级外语人才。也许有人会说,那些站在总统身旁、部长之侧的高级译员才堪称是高级外语人才。但蒙特雷却可以回敬说,那些在叱咤风云人物身旁传递信息的人,出道之前,有些曾在蒙特雷刻苦学习过。除了这些语言学校外,这里还有一个海军研究生院、加州州立大学蒙特雷分校,以及一个社区学院。这么小一块地方,居然有这么多独特的学校,能说这里只是风景优美吗?

正是这个风景如画的蒙特雷成了我在这块新大陆上的谋生之地。当年网络走红的那几年,不少人劝我跳槽,去一个公司,让年薪翻倍。可我从来都没有认真考虑过这个好心的建议，七年来认定蒙特雷，让它成为我并不丰厚收入的来源。也许因为我家在硅谷，或更因为我与学校的特殊关系，蒙特雷总在我的心中若即若离，我从来没有将我事业的所在地当成"家"。美国的大学中，教授除了要教书外，都必须参加名目繁多的委员会，参与学校或系科的管理工作。我因家在近九十英里外的湾区，不能参加有些活动，学校于是便说我只能任客座教授。有些同事觉得我应该据理力争，我却从来没有真正地去争过。争来了职称的名分，少不了也惹来了开会的麻烦，还不如像杨绛说的那样当"散工"。也正是这种独特的安排，使我有机会在四五年内完成两部专著以及一系列散文随笔，同时还能得以远离中心。看着国内的一些大学教师为了升等和职称打得不可开交，便觉得自己清闲多了。国内的环境确有其特殊之处，职称意味着金钱，升等牵涉到住房，学者们分毫不让自然也有几分道理，但也不能说当事人就一定没有几分虚荣、些许浮躁。一些朋友有时劝我抽空回国讲学。而我常对他们说，我并没有什么好讲的。不过我在心中却暗自寻思，也许我确实能向他们传授些什么，不是学术，而是如何看破职称的境界。中国人喜欢进入主流，被排斥在主流之外便愤愤不平；中国人愿意充当主人，被当成客人便失落惆怅。其实远离中心、身为过客的生活充满了无限诗意。寂寞实在是现代生活中不可缺少的点缀，而客居又常常是奇想的发源地，灵感的起搏器，生命的支撑点。一个完整的人生不能只有尘嚣中的兴奋，而没有尘嚣外的宁静。我们岂能不停地在竞争的激流中步履维艰，而不去光顾那林间的小路、溪畔的草木？蒙特雷为我提供了学术创新的机会，赚钱糊口的渠道，但它更为我创造了宁静致远的条件，使本来会是枯燥单调的现代生活，变得协和圆满，我难道还能在乎在教授前多放两年"客座"二字吗？

太太见我每周驱车两百余里，心中总是略有不安。她最近说，只要条件允许，最好还是尽早退休，尽管我离退休的年龄还很远。不过当那一天真正来临时，我还真不知该如何面对那没有了蒙特雷的生活。

（2002年10月23日于圣塔克拉拉）

芝城剪影

　　我和忆平到芝加哥郊外的莱尔小镇参加女儿的准新娘送礼会。活动结束后，我们决定去芝城一游。二十多年前，我和五岁的女儿从缅因州横跨美国到加州定居，曾途经芝加哥，但只在火车站停留片刻，算不上是到过芝城，所以这次是首访芝加哥。忆平的同事叮嘱她在芝加哥要小心，所以我们多少是带着一颗悬着的心走进芝城的。

　　为方便起见，我们入住市中心的一家酒店。城市太大，时间又紧，加上一切都陌生，于是决定乘观光车游览市容，免去停车的麻烦。坐车看市容如蜻蜓点水，破旧的历史遗址，现代的高层楼宇，光鲜的一面，暗淡的一角，都在观光车窗外一闪而过。身兼讲解员的司机开过令芝城骄傲的地方，不免声音洪亮、中气十足，但他也没有回避城市不堪的角落，途经穷困的街区，导游也向游客提示，那里属于靠政府补贴的廉价房区，住户都是低收入的居民。说实话，讲解员介绍的地方，有的历史厚重,我们从书上已了解一二,但有的仍听得云里雾里。观光车让城市浓缩在一两个小时的时间"胶囊"内,但什么都看不彻底,是不得已的游城攻略,收获当然有限。

接下来的船游感受就不同了。一个城市若有一条河从中流过,那城定是幸运的,因为两岸必有风光。不过芝河两岸不是自然风光,你见不到杨柳飘逸的河岸;相反,船过之处,平望是一架接一架的钢桥,仰视是一座接一座的大厦,一切都烘托出宏伟巨大的氛围。岸上有近百年前诞生的旧楼,也有刚刚问世不久的新楼。一个街区就有一座钢桥,全市共有25座巨大钢桥跨河而立。船游芝加哥河俨然是观赏一场高楼秀,一座座高楼缓缓地在我们眼前展现,仿佛是走秀的美女,展示着各自绰约的风姿。讲解员把途经的高楼一一介绍,可惜我对芝城历史不熟,只记住了芝加哥地标性的建筑西尔斯大厦和汉考克大厦,还有就是当今总统特朗普家族的特朗普大楼。

船游完毕,我们又步行到了几个景点,接近傍晚时,决定去女儿推荐的比萨店(Lou Malnati's)。一个不起眼的小店,却顾客盈门。我们坐下后一直等了20多分钟比萨才端上餐桌。等餐期间,望着窗外比我们晚到的客人,一直站在外边喝啤酒聊天,大概又要比我们多等上20分钟吧。这款是芝加哥著名的deep dish pizza,或叫深盘比萨。店家做得认真,供两人食用的一个小比萨放在一个平底铁锅中单独烘烤,火候不到是不会拿给食客的。品尝之余,觉得不错,但也谈不上令你惊叹。前一天我们刚到芝加哥后，曾在晚上八九点钟去寻找这家比萨店。店铺离我们的旅馆有四五条街，不算远，但是来前朋友的警告言犹在耳，还是没敢在这么晚的时候行走太远。此刻吃完深盘比萨，天还不算太晚，我们散步回酒店，穿过闹市区的数条街，没有感到有任何危险。下班的人正匆匆回家，游人则正赶去下一个景点。街上偶尔见到一位无家可归的人，披头散发，摇晃着一个装钱的盒子，邀路人放几个钱币进去，但你不给，他也不急，依旧在他自己的精神世界里无忧无虑。我看不到任何天黑后危险降临的预兆，于是决定沿桥走下去，到河边的人行道上散个步，消消食。

在芝加哥河畔散步是惬意的。匆匆的人流已在你头顶上，基本看不见或看不清了。你身边走过的人，也会有几个下班族，脸上露出忙碌带来的疲倦，但是在这河畔桥下的世界里，掌控气氛的不是奔忙，而是闲适。有人漫无目的地在河边缓缓前行，有人牵着心爱的狗遛弯儿，一位华裔小伙子坐在石凳上抽烟，几个孩子在妈妈的带领下，嬉笑玩耍。我们看见几把彩色的躺椅无人占用，就坐了下来。抬望眼，一座莹亮的玻璃大楼，背衬着白云悠悠的微暗天空，俨然挺立在你眼前，仿佛要压下来似的；突然间在不远处的钢桥上，一辆载满通勤者的火车慢慢驶过，咣当咣当的火车声和铁锈色的巨大钢结构，让人想到百年前的芝加哥。就在那一瞬间，我仿佛觉得桥下的河水已流过了百年，把早期工业革命和后工业革命的氛围搅和在一起。宗白华的两句小诗如桥下的河水流进了我的心田：

芝城剪影

生活的节奏，机器的节奏，
推动着社会的车轮，宇宙的旋律。
白云在青空飘荡，
人群在都会匆忙！

我们在芝加哥住了两个晚上，离开前仍然有几个小时可以自由支配。忆平提议去看城南的芝加哥大学。从我们的酒店到学校没有几公里的路，但主要是市内路线，也得走上近半个钟头。我们在校园内停下车闲逛。也许是假期，校内人不多。我们先去了旧校区，那里都是常春藤爬墙的建筑，后来又去了图书馆。从旧馆延伸出来的椭圆形阅览室特别引人注目。我们用身份证登记后，到馆内各处逛了一圈。这里和熙熙攘攘的芝加哥闹市区完全是两个世界。这所世界著名的大学可以从它图书馆设施的完备略见一斑。我们走进那个外表奇特的阅览室，仿佛进入了飘浮在太空的空间站。在这个玻璃结构的空间里，你可以看到白云在天际飘荡，室外阳光灿烂，室内恒温如春，几个学生一声不响地在看书在搜寻，静得真是掉下一枚针都能激起声的涟漪。不知道他们正在研究什么？是探究与芝加哥毫不相关的茫茫宇宙，还是在思索更接地气的经济问题？也许有人在思考如何帮助那位求施舍的穷光蛋，只是精英们和乞讨者相距的物理空间虽只有几公里，横在他们之间的社会空间却是十万八千里啊！

蒙特雷随笔

芝城要看的肯定还有很多，但我们还是把没看到的留给下一次造访吧！开车离开芝加哥大学没有几分钟，周遭的环境就变得与大学截然不同了，破旧的房屋，肮脏的街道，废纸满地的店铺，刺背纹身的穷汉，让人觉得10分钟前我们惊叹的学府只是梦中之境。我不禁自问，一个社会如果想让大学里的精英过上舒适的生活，是否也不能让那些纹身刺青的穷人过度绝望吧？这个著名的城市，它未来的命运又会是怎样的呢？三十多年前，历史学家小亚瑟·史莱辛格在《外交》杂志上发表了一篇《民主还有未来吗？》的文章，文中他的态度是乐观的。三十年后的今天，面对芝加哥这个具有典型美国传统，也同时带有典型美国问题的城市，我们是否仍有底气乐观地回答史莱辛格的问题呢？

我们还了出租车后，租车公司的一位黑人大妈把我们送到机场。在机场等待期间，我不知怎么的，总觉得忘了点什么。但想来想去，还是想不到有什么该做的事儿没做。忆平说得吃点东西再上飞机，我们于是在几个食摊前徘徊选择。突然间，我想起了一件该做的事儿，再吃一次芝加哥的热狗！于是，在离开芝城的最后一刻，我们又一次吃起了芝加哥的热狗，不过这一次热狗烤得略焦了点，但味道似乎也更香！来芝加哥的游客，千万不要错过芝城的热狗！

（2018年8月16日）

蒙希根岛掠影

史蒂夫·西蒙九十大寿那年我们没去祝寿,所以想今年补上。他是我们多年的朋友了。于是,学期一结束,忆平和我就飞到波士顿,租了一辆车,直奔缅因州,夏天避暑的圣地!

波特兰仍然是旧城一座,建筑未变,风光依旧,路过曾经住过的地方,感觉和二十多年前没有多大不同。我们在孩子念过书的小学前停留片刻,思绪起伏,当年那个在这里一个英文字不识的小姑娘,目前已是加州法庭上依法力争的律师了。而这与史蒂夫的帮助有关。

和史蒂夫在波特兰相聚甚欢。缅因被称为"灯塔州",因为全州有六十五个灯塔。我们和史蒂夫去了位于伊丽莎白海角的一座著名灯塔,在海边的一个小餐厅和他的家人一起吃了缅因的大龙虾,当年的回忆又上心头,一转眼居然二十多年过去了。

但波特兰毕竟没有新景观,而忆平的假期还有几天,所以史蒂夫也觉得我们应该到外地走走。我本想北上去明德学院

蒙特雷随笔

（Middlebury College）。几年前，明德将我们这所西海岸的学校纳入明德系统，所以我一直想去这所在全美文理学院排名前四的大学看看。说起来也怪，居然没有到过自己的学校。可是算来算去，去明德要跨州，路途较远，大部分的时间会浪费在公路上，于是就放弃了这个想法。日后有机会再去吧！

我们最后决定去蒙希根岛（Monhegan Island）。这个方圆一平方英里左右，人口只有六七十的小岛在缅因州外的海上，离最近的海岸只有十多英里。上岛的唯一途径是渡船，岛上没有公路和汽车。数百年前，这个岛是印第安人的渔村，不过现在蒙希根的经济主要靠旅游业支撑，捕鱼捉虾的营生已退居后位。由于这里自然风光绮丽，无现代化的污染，蒙希根岛是夏季艺术家趋之若鹜的地方，其他热爱自然、喜欢安静的人也常来这里小住，洗涤一下现代化城市里飘落在心上的尘埃。岛上的旅馆当然不便宜，海景房淡季也要200多美元，旺季则可高达300多美元，若不是海景房则能便宜些。

我们一大早从波特兰出发，向北驱车近一小时，来到渡船码头（Hardy Boat Cruises），渡船费一人38美元，真不算贵。我们到得早了点，码头上人不多，于是便在附近闲逛。码头附近有一堆叠起来的铁丝笼子，问了一下才知道这是捕捉龙虾用的。晨雾渐渐散开，人们陆续到达，我们登上船，不一会儿渡船向蒙希根岛驶去。海风猎猎，海水湛蓝，泛舟海上的我们要把硅谷生活营造的心境暂且置换片刻了。

蒙希根岛掠影

一上岛游人就被绿包围了，深深地沉浸在植物的海洋里。蒙希根岛的植物不是参天大树，大都是小树、灌木、蕨类植物。它们不高大，让你感到亲近。小树林可以遮阳，树丛中的小径两侧像是铺了一层绿色的地毯，花草遍地，有些叫得出名字，有些实在说不出叫什么。一位缅因大学的教授曾花了不少时间把岛上的植物花草记录下来，种类繁多，不计其数。据说有些属于稀有植物，面临灭绝的境地，因为海岛远离大陆，由风或鸟来传递种子根本办不到。

我们在林木芳草间穿行，果不其然，时不时看到艺术家在草木森森处彩绘着自然风光。络绎不绝的游人从他们身边走过，有的会停下来看他们作画，有的则从他们身边走过，去亲身体会自然风景了。其实要我说，来此作画的人未必都可算作是中文里说的艺术家，也就是喜欢画画的人而已，但英文里都可称为artist。要知道，在我们中文里"艺术家"这个称呼可不是随便乱给的，若没有一些广为人知的成就，一般人都不敢自称"艺术家"。但就算是没有任何艺术建树的美国人都会毫不客气地自称是artist，可见这两个表面上对应的词实际并不完全等值同义。

我们在小岛中心地段逗留了一会儿，慢慢向岛右边走去，没多久就到了尽头。深蓝的大海一下映入我们的眼帘，海岸的岩石上有几块生锈的铁板，大概是弃置的船只丢下的，四处有海鸥飞翔。听说还有海豹出没，只要绕岛一周肯定能看到。我们觉得围岛行走一圈路太长，怕吃不消，但年轻力壮的游客有的绕岛一周，有的爬上了海岛另一端的小山岗。

蒙希根岛上，环保始终是岛主人时刻提醒游客的。为了让小岛尽量保持原生状态，人们早在1954年就成立了保护生态环境的组织（Monhegan Associates）。人们希望保持海岛的野生状态。在岛的旅游区和渡船码头附近，由于游人众多，商业活动很难避免。但是只要你离开这个地段，到未开发的地方，就仍然能看到一片片人类少有干扰的景观。人们希望这些地方能继续保持野生状态，这样未来的游人仍然可以来岛上欣赏原汁原味的自然风光。为使小岛少受文明的污染，人们订立了各种各样的规矩，比如游人只能在旅游区内吸烟，走出旅游区后，就不能在旷野中吸烟了。万一你有垃圾杂物怎么办？游客不可以随地乱扔东西，还得把生活垃圾带离小岛（Pack it in, pack it out!）。环保概念在这里已深深地刻在了人们的心里，不仅是当地人，游人在这样的环境中也都自觉起来。

夏天，如果凑巧你刚好人在新英格兰，还有几天空闲的时间，那么不妨来蒙希根岛一游。如果你职场失意，或是爱情受挫，或是因工作而烦躁，或是没有任何原因却百无聊赖，那么不妨驱车到缅因州的海边，花30多块钱买张渡船票，到这个绿色的海洋里漫游一趟，也许从岛上回来时你心里的阴霾已消散了。

我们没有在岛上过夜，但已感到收获颇丰。

（2017年3月20日追记）

红土奇峰游

六月初,我和忆平决定到亚利桑那和犹他两州,去看褐土红峰、奇山怪石。我们先从圣何塞乘空客320到凤凰城,再坐小飞机抵达亚利桑那州的佩奇市。本以为仅可坐十多人的螺旋桨飞机会颠簸不断,但除快到佩奇机场前有几分钟小颠簸,一个多小时的飞行堪称平稳。

葛兰峡谷水坝

亚利桑那州佩奇小城(Page)因水坝而诞生,全靠附近独特的环境养育。来这里的人大都是因为羚羊谷和马蹄湾,但葛兰水坝和鲍威尔湖也值得一看。

葛兰峡谷水坝(Glen Canyon Dam)的设想其实早于最著名的胡佛水坝,上世纪20年代就开始酝酿,但是后者捷足先登,在1936年先落成,葛兰水坝则要到60年代时才竣工。这个立于科罗拉多河上的巨型水坝，高216米，蓄水量33立方公里，而更著名的胡佛水坝高221米，蓄水量35立方公里，两者难免有瑜亮情节。我们开车过桥，来到游客中心。讲解员先领我们到大坝顶端俯视全景，再乘电梯到大坝内，一直来到发电机群隆隆作响的巨大厂房。这个电厂发的电输送到邻近各州，甚至远至得克萨斯州。参观结束后，我们希望了解大坝的建设经过，就又坐下来看大坝的影视介绍。

荧幕上是当年建坝的场景，几个工人用一根绳索系在腰间，在悬崖峭壁上跳跃，寻找松动的岩块。找到一块危岩就用铁杆撬动，直到石块跌入深渊下的科罗拉多河，他们这样排险，目的是要让建筑物建在牢固的山体上。工人们冒着生命危险，在危崖上作业，无视下面奔腾的巨流河，据说他们24小时不停地干。这个宏大的项目也使佩奇应运而生。和其他城市不同，佩奇基本上是因水坝而诞生。当时建筑工人和家属一起涌入这个地方，相应的生活设施便不可缺少。于是人们建起了商业、娱乐、教育等场所。一开始这个地方叫政府营地（Government Camp），后来命名为佩奇市，今天已发展成一个有7000多人口的城市了。

眼看着这个大坝，再想想当今的美国，觉得这个国家目前缺少的恰恰是当年那种筚路蓝缕的精神。刚在网上看到吉姆·罗杰斯在预测未来，说是年底前后将会出现史上最大的经济危机。危机的到来也许会有规律，但是只要人们仍然有当年建造葛兰水坝的精神，危机就不可怕。可叹的是，美国今天缺少的正是这种建坝精神。

羚羊谷

来佩奇的主要目的还是看羚羊谷。羚羊谷（Antelope Canyon）有上谷和下谷之分。顾名思义，上羚羊谷在地上，下羚羊谷在地下，需要靠梯子往下走才能到，上下谷在两个完全不同的地方，相隔数英里。上谷另有一别名"裂缝"，说明谷内空间有限，一般组团前往的人会被告知，不可带背包，有人说是谷内空间狭窄，其实未必窄到那个地步。上下谷都是印第安人的领地，羚羊谷是他们的摇钱树，在佩奇这个生活资源匮乏的地方，若没有这棵摇钱树，真不知道当地的印第安人怎么生活？

我们先去上谷。和下谷比，上羚羊谷的旅游票要贵不少，因为游客需要从城内乘坐十多分钟的旅游车才能到羚羊谷口。谷口就是一个大裂缝，我们随着导游往里走，奇形怪状的地质结构一下子出现在我们眼前。上谷访客更多，因为游客不用上下攀爬，另外在上谷，阳光从夹缝中投下的光柱更鲜明。我们特意选了接近正午的时间入谷，尽管票价更贵，但是直射的阳光形成鲜明的光柱，摄影时很容易捕捉。为使光柱多变幻，导游还拿小铁铲子，把地上的沙子洒向空中，从谷顶直射下的光柱更显出动感。有经验的游客会戴上口罩或一块围巾，导游扬尘时马上把嘴捂起来。我们无知，就只好将微尘吸进肺里。谷内奇形怪状的岩石是由长期雨水冲刷所致，表面流线型的巨石，无序错综地在洞内形成一幅幅具有观赏价值的图像，引来普通游客拍照，也是专业摄影师的目标。为满足专业人士的需求，旅行社特为摄影人组团，他们在谷中停留的时间更长，而且还会有无人干扰、单独拍照的时段。除此外，上羚羊谷并无其他看点。

　　去下羚羊谷需要自己开车到旅游点，再跟导游走五六分钟路就到达下谷的入口。下羚羊谷在地下，游客需要顺着铁梯慢慢爬下去，途中有时还需要往上爬，因整个过程地势有上有下。下谷内的空间明显比上谷开阔，拍照更从容。这次导游特意教我们将手机照相的阴天功能打开，应对谷内较暗的光照条件。果不其然，在下谷的照片明显比上谷的鲜明夺目。其实下谷无非也就是类似上谷的岩石景观，地质构造相近，但下谷明显比上谷长很多。从摄影的角度看，专业摄影者似乎更喜欢下谷，而普通游客更青睐上谷。

　　爬谷过程中，我们看到谷内半空的石头缝里常会夹着不少游离的草木，心想这不毛之地怎么会有植物？问了导游才知道，原来羚羊谷内很容易积水，特别是下谷。乍一看，雨并不大，但由于羚羊谷在低处，远近汇集的雨水会顷刻间流入谷底，一下子灌满空间狭窄的下谷，草木树枝也流入谷内。1997

年8月就有11位国内外游客在下谷被淹死，而当天的雨并不大。

世界著名的羚羊谷就这么不声不响地游完了。没有被震撼，但也没有失望的感觉。心想，也不能要求每到一处都感到震撼吧！有的景观让你震撼，有的促你深思，有的也许就是给你几分惬意，让你放松一下而已。

鲍威尔湖

鲍威尔湖（Lake Powell）是葛兰水坝的产物，湖中的水供周围各州使用，但这个人工湖的资源却不止于灌溉和发电。自建成以来，鲍威尔湖以其独特的环境，吸引无数人前来旅游度假。人们借湖中的水道，或行舟，或垂钓，或滑水，或在岸上远足。

我们参加了一个船游项目，票价75美元，不算贵，整个船程两个半小时。游船项目是商业活动，但是在国家保护区内进行，所以你开车进去时必须先通过保护区，需要交付25美元的停车费，但7天有效，这个费用不包括在游船的费用中。进入园中再开车数分钟，就到达上船的地方。由于是午后，天热得厉害。游船共两层，下一层有空调设备，顶层则完全暴露在烈日之下。论取景拍照，当然是顶层好，但在火辣辣的阳光下待两个小时是不可想象的。我们原来想去顶层，一上船要选择时却突然改变主意，选了底层，而不少美国人，包括上了年纪的人居然上了顶层。不过还好，一路上我们也可以偶尔上去拍照。

鲍威尔湖岸上的地貌和整个佩奇地区一样，都是不生长植物的岩石山体，清一色的红褐。有时在广阔的平原上会有一座平顶山异军突起，有时则是绵延的铁锈色巨岩横空出世。船行在湖上，先是开阔的湖面，远处红褐色的山峦起伏。行至窄处，但见悬崖峭壁直挂两岸，但你却唤不起"猿声啼不住"的感觉，不仅是没有猿，轻舟过处尽是峭壁，不是青山。突然广播提醒我们看周遭的景色，一瞬间展现在我们眼前的是超巨大的峭壁，就像地毯一样挂在两岸，令人震撼。缘水道前行，船缓缓进入狭窄地带，广播警告游客，不要去设法触碰山体，可见此处的湖面窄到何种地步。有时你会看见几个年轻人在湖上借滑板滑水，我总为他们捏把汗，湖水是相当深的，可他们大概水性特好，玩得不亦乐乎。

尽管美国人仍然会用"美"这个词来赞赏这里的风光，但在江南水乡看惯山水的我却总找不出合适的词来形容这种粗犷的景色。江南的船走在青山绿水间，会让人想到"美"这个词，可是这里的风景似乎总和汉语的"美"字格格不入。这使我想起中国文化中的阴与阳。我总觉得秀丽的风光更多阴柔，属于阴性范畴，用"美"这个词描写比较妥帖，而鲍威尔湖两岸红褐色的宏伟山崖多阳刚，属于阳性范畴，用"美"来形容并不那么到位。

不管用什么词形容,这种独特的湖光山色是值得一游的。若你来了佩奇,看了羚羊谷,却没有在湖上感受一番震撼,那还是一种憾事!

拱门公园

看遍了佩奇市附近的奇观异景,我们驱车去犹他州的拱门国家公园(Arches National Park)。一大早我们就上了98号内州公路,穿过纳瓦霍印第安人保留区,再转160号州际公路,一路上荒无人迹,长着短矮灌木的沙漠望不到尽头,等转到191号州际公路时,地貌渐渐有了转变。离目的地越近,越是峭壁耸立,怪石夺目,大约五个多小时后,总算抵达了摩亚市(Moab)。

这是个只有5000多人的小城,仅一条大街,城市的商业店铺都围绕旅游而设,可以说,没有旅游,也就没有城市。我们途中走错了路,抵达时已下午一点多,游客中心的人再三叮嘱,下午100华氏度左右的高温,不要去爬山,说是每年都有人在爬山去看精致拱门(Delicate Arch)的途中死亡。于是我们打消了当天直接去拱门的计划,而选择在半山腰的一个观赏点远看拱门,把亲临峰顶的经历留到第二天。听说不少年纪较大的人远看一眼就算了,登顶实在力不从心。由于景观拱门

（Landscape Arch）正在修缮，我们未能前往，但是我们去了离入口较近的平衡石（Balanced Rock），还有其他几个不甚著名的景点，把主要景观故意留到第二天。

为避高温，第二天一早六点多我们就离开旅馆。进公园的票一辆车25美元，七天有效，由于我们前一天已买票，第二天就不用再付款。我们一入园就直奔精致拱门，一路上奇峰怪石此起彼伏，有的似长剑拔地而起，有的则巨石危如累卵，有的像旋转盘，有的如鲨鱼翅，这里虽冠以拱门公园，但不同于拱门形状的地质构造琳琅满目，令你惊叹不已。游客的想法差不多，都希望在烈日当空前赶到拱门下，所以一路上车辆不少。我们一开始怕没有停车位。公园七点开门，从停车场爬到山顶，稍事停留，再回到停车场至少也得一两个钟头。若你找不到车位，就得等从山上下来的人让出车位。好在公园里的车位不少，停上一两百辆车似乎问题不大。我们到时，停车场至少还有一半的空位。

我们向山上挺进。虽然是八点左右，太阳已经斜逼过来。由于四周无任何遮阳的树木，你一上山就暴露在阳光下，马上汗流浃背，补充水分必不可少。根据体力的不同，爬到山顶大约需要半小时左右，走一段路就得停下来休息。在爬山的人群中，我发现了一些意想不到的人。不少美国人或欧洲人会把年龄很小的孩子带来一起爬山。若是七八岁的孩子，父母往往就鼓励他们自己爬，若是更小些的孩子，父亲就会把孩子背在身上。仔细观察了一下，几乎很少有亚洲人把那么小的孩子带出来经受这么严酷的锻炼。

终于爬到了山顶，那个大名鼎鼎的精致拱门，豁然出现在我们面前。在早上八九点钟太阳的照耀下，由沙石构成的拱门呈红褐色，衬托拱门的群山也是红褐或铁锈色。这种独特的颜色是由山体中的氧化铁造成。这些每年一百多万游客前来观赏的拱门，有其成长的历程。今日拱门的山体形成于6500万年前，历经风吹雨打，阳光暴晒，冰霜侵袭，有的成了一扇巨大的拱门，有的则像是一个双孔的窗户，奇形怪状都是偶然的杰作。在我们眼前的这扇巨石构成的拱门就是经历了不知多少年的风化，才形成目前的模样。想必数百年前，目前大圆洞的地方应该也是巨山的一部分，也许石头的质地不如周围的坚硬，其中的一个点被风雪和太阳轮番攻击，形成了一个洞，洞越来越多，到了今天，就呈现出目前的样貌。

人们都很有秩序，排队等待站到拱门下留影。不相识的人也相互帮助，为对方拍照留影。我们也未能免俗，排在那里等待拍照的机会。突然一阵哗然，一位摄影者失手，掉在地上的相机在斜坡上滚下去，这位摄影者追着相机一步步往下跌走，没有多远就是悬崖，崖高至少百米，跌下去的人是活不了的。但是，长镜头的单反相机价格不菲。虽然人在离尘世遥远的群山秃岭间，尘世价值判断的标准在这一刹那间仍不能完全抛弃，但见这位摄影者踉踉跄跄尾随相机，由于山坡不算太陡，相机缓缓向下翻滚，摄影者也艰难地尾随其后。大家都尖叫起来，深渊正逐渐逼近。就在这危急关头，相机卡在了石缝里，停止了向下滚滑，摄影者总算拿回了他心爱的相机。一场危机解除了，不是靠人的能力，而是靠未可知的机遇。轮到我们排队时，一位印度人帮我们拍了几张。一看照片，人居然小到像后院中远看的毛毛虫，这时我们才意识到，这雅致拱门真是雄伟高大！

结束雅致拱门的历险，我们往回走，去看窗拱门（Window Arch）和双拱门（Double Arch）。这两个拱门都不像雅致拱门需要爬那么长的山路才能到达，几分钟就能上去。我们先到窗拱门，所谓窗拱门就是山体中的两个圆洞，一南一北，远看像一个望远镜，或是一扇窗户。双拱门则像两个拱门前后叠在一起。两处景点都非常壮观。

总的来说，拱门公园的景点一整天可以基本看完，但是精致拱门则在早上去为好。比较理想的安排是前一天到摩亚小镇住下，先把一些非主要景点看了，把重点项目留到第二天早上。这样的话，第二天下午就可以离开了。

中午时分，我们开车返回佩奇。上午看到的景观又逆向重看一遍。又是峭壁悬崖，又是奇峰怪岭，又是无草木的荒原，又是铁锈色的大地。我遂想起刚进拱门公园时，在访客中心电影院看的公园介绍。

这些每年百万游客前来拜访的景观，在历史的一瞬间原来是极其渺小的。今天我们也许会和念小学的孩子说,日后你一定得去拱门公园看一次。如果年轻时没时间,退休了也得去。你的孩子或许会等上几十年,优哉游哉地到退休后,带着自己的儿孙前往参观。十有八九,两千多个拱门中很多仍会屹立在那里。但是从地质进化的视野看,拱门的形成和消失却是一瞬间的事,借用影片中的话说,是广漠时间中的一个短暂时段(a window in time)。它虽然看似坚如磐石,但在地质变迁这个过程中,拱门不停地在移动,恰如流水逝川。地质的变化、风雪的侵袭、阳光的暴晒,这些促成奇观异景问世的因素,也正潜移默化地在为这些景观悄悄送葬,使惊世奇观最终成为过眼烟云。于是,我想到这人世间的纷争。在超宏大叙事的框架里,什么某国例外论,什么下世纪是某国的世纪,是否都不那么重要?在地球进化的面前,帝国兴衰的事件还是太小了!

三到马蹄湾

从犹他州返回佩奇时已是傍晚。忆平说第二天去凤凰城的飞机在下午,午前有几个小时如何安排?我内心已经猜出她的想法。果不其然,她确实想再去一次马蹄湾(Horseshoe Bend)。

其实马蹄湾我们已去过两次。从凤凰城刚飞到佩奇后,就赶在太阳落山前到过那里。但斜阳映照下的马蹄湾很难取景拍摄，因为马蹄的中央部分已被阴影覆盖。所以第二天我们早上又去了一次。可这次拍照的结果仍不令人满意，八九点钟的太阳同样投射出阴影，只是方向相反。你也许会问，怎么去马蹄湾像串门似的那么简单？其实佩奇的所有景点都不会超出20分钟的车程，而马蹄湾最近，开车十多分钟就到。所以两去马蹄湾倒也不算离谱。可是要去第三次还真有点不寻常，而且这次是为了纠正前两次的弊端，要在烈日当空时前往，这就得有点意志了。忆平干什么事儿总求完美。这不，她硬要拍到没有阴影的马蹄湾。

　　从佩奇开车十多分钟就到了马蹄湾的停车场。但停车后还有半英里的路要走。距离虽不算远，但沙地和山坡还是让你觉得行路艰难。已经快11点了，天气炎热，这段路显然比上两次艰难不少。但是游客还是络绎不绝，各年龄段的人都有。有一位看上去80多岁的老人，在家人的陪同下也加入了去马蹄湾的队伍。这回可真是皇天不负有心人，几乎直射的阳光一扫马蹄湾上的阴影，为拍照创造了良好的条件。忆平也如愿以偿，拍到了没有阴影的马蹄湾。去马蹄湾的最佳时刻可能因人而异，比如有人喜欢捕捉以人为背景的黄昏剪影，有人爱看初阳斜照的马蹄湾，但若以马蹄湾本身为摄影目标，正午才是最佳时刻。

　　我们于是开车到机场，等了些时间，便乘大湖航空公司的小飞机返回凤凰城。起飞后没多久，忆平突然不无兴奋地让我

红土奇峰游

看她在飞机上拍摄的照片。啊,原来是从空中拍摄的马蹄湾,一个完完整整的马蹄湾尽收眼底。这可真是四遇马蹄湾了!

六天的时间,我们跨两州,登山岭,看遍红土奇峰,为生活点缀了新色彩,为思想增加了新维度。旅游总是令人愉快的。借用王佐良翻译的培根名句,恕我不敬,略加删改:旅游足以怡情,足以长才。

(2017年6月14日)

坎昆杂记

坎昆进入我们的视野，又成为旅游目的地，是因为2012年有关玛雅历法的热烈讨论。一时间全球的网络上都在大谈"世界末日"，说是这部神秘历法的纪年到2012年就要终止，世界即将毁灭。当然这是坊间的传言，学者的解释就不同了，比如一位历史学家说，玛雅文明只是把2012年12月21日看作是"全新启蒙时代"的来临日，并非末日。如此云云并未对我产生什么影响，我觉得这都是传媒在乘势作浪，不可当真。然而，坎昆却因"世界末日"之说引起了我们的注意，因为那附近有玛雅金字塔。

网络成为促销手段，方便的既是商家也是顾客。这不，我们居然在网上按了几下键盘，就找到了去坎昆的好价格，唯一的代价是我们到达后不能马上出游，得用两三个小时，参加度假村组织的促销活动。

坎昆杂记

下榻帕尔马

一月的北加州寒意料峭。我们从旧金山出发，转机后抵达墨西哥的坎昆。一下飞机就觉得天气闷热，北加州穿来的衣服都得脱掉。从机场到下榻的帕尔马酒店不算远，旅馆派车迎接，若租用机场摆渡车也只需 30 美元左右。坎昆的旅馆大致可分成两类，即城市内和旅馆区。市内虽然离商业区近，但是离海边较远。来坎昆就是来与大海相伴，所以选择住旅馆区的人比较多。旅馆区（Hotel Zone）坐落在一条狭长的海滨地带，大多数酒店都集中在这里，酒店外就是专属酒店的私家海滩。公共海滩也有，否则住城内的人就无法下海了。我们住的酒店（Villa de Palmer）实际是度假村式的旅馆，虽然靠海，但是却不在旅馆区，坐落在更北边的沿海地段，对面就是女人岛。

说它不是一般意义上的酒店，因为度假村里的房间不少都以"分时度假"（time share）的形式包租出去了。分时度假就是将房间的使用权分成若干周次出售给客户，客户可自己住，也可转售使用权，合同的期限若干年，有的达十年以上。这种一次性出售的方式受到不少人欢迎。我们这次住房价格之所以便宜，就是因为需要参加一次他们的促销活动，其间度假村向我们推销分时度假的居住权。说客一个接一个，希望我们购买他们的分时度假权，但是大多数人都是走过场。换句话说，就是来占人家便宜的，不会和他们签署合同。度假村当然知道他们成功的概率极低，但是只要能有一个中招，那么他们在我们身上的损失都能补回来，我们毕竟不是免费吃住，酒店只是少有盈利而已。那天就看到有一个成交，组织者马上拿来香槟当场庆祝。我们没有购买的欲望，当他们看清我们的意图后，就客气地送我们离开会场，愿我们住得愉快，玩得高兴。

度假村设施齐全，有数个深浅不一的游泳池，有理疗喷水浴池，四周热带植物环绕，附近美食丰盛，一伸手人家就会给你递过来一杯饮料。若是对度假村内的活动不感兴趣，还可以到海滩上去晒太阳或下海游泳。可惜一月的天气，即便在墨西哥的南端，气温仍然不算很高，海水微寒，不少人并没有下水。我们这次是全包服务（all inclusive），食宿都包括在里面了。度假村有数个餐厅，口味不同，食物丰盛，服务周到，游人都很满意。但我们总不能因此就待在度假村里，得走出去饱览墨西哥风光。

奇琴伊察

在餐厅吃饭时认识了一对从得克萨斯来的老年夫妇。席间我们谈起到外地出游，最后决定和他们一起开车去外地，大家分摊费用。第一站当然是奇琴伊察（Chich'en Itza）。沿海地段都开发成了旅游区，因此一切环境设施都是非常现代化的，根本没有较落后国家与发达国家的差别；但车一开出旅馆区，没多久墨西哥较为落后的一面就出现了，与旅游区形成强烈对比，令人沉思良久。

奇琴伊察位于墨西哥尤卡坦州，离坎昆近200公里路程，是玛雅古城遗址，据说建于公元435年。当年的奇琴伊察是玛雅的主要城市，后来因为内战逐渐衰败。奇琴伊察在1988年成为世界遗产，但现在已无法看到古城的全貌，仅能凭保存下来的遗址想象出当年的发达与繁荣。我们开车到奇琴伊察后先去看了著名的卡斯蒂略金字塔（El Castillo）。这是一座典型的玛雅金字塔，高24米，坐落在奇琴伊察的中央。金字塔呈方形，四边可依阶梯而上，直至金字塔顶端的神庙。每一侧有台阶91级，另加到神庙的最后一级，合起来正好和玛雅日历中一年的365天吻合。我们看到的金字塔肯定经过精心修缮，否则看上去不会那么新，没有千百年来岁月留下的沧桑痕迹。游人都在这里流连忘返，似乎想沿阶梯爬到金字塔的顶端一睹奇琴伊察的全貌。可惜塔顶已不开放，爬金字塔的活动早就终止，据说是因为出过一次严重事故。

接下来，我们散步到武士神庙。这是一个阶梯状金字塔顶的石头建筑，内部的支柱被刻成武士的形状。在神庙旁边有一个大广场，广场内是一排排的石柱。有人说这个石结构群的兴建有宗教原因，也有人说它是用来蓄水的，收集起来的水可储藏在广场东北角的低洼处。不管这些柱子是干什么的，如此之多的石柱整整齐齐地排列在神庙之侧，让人觉得当时的玛雅人在文化和技术方面已经发展到相当程度。

我们还看了金字塔西北侧的球场。这是古代中美洲最大的球场，有166米长，68米宽。说它是球场当然准确，因为当时的人就在这里分成两队相互比赛。但是这可不仅是胜负的问题。据说比赛前，祭司会以算卦的方式先决定是灾年还是丰年。若算卦结果是灾年，比赛结束后，失败球队的队长就会被砍头祭祀，以平神怒，但也有说胜队队长也难逃厄运。球场的外墙上建有美洲虎神庙，上面有一个美洲虎王冠，不少人都在拍照，我们也拍了几张，但是图像并不清楚。

奇琴伊察可看的当然不仅这些，限于时间我们没有都去参观。不过上面的几个一般游客都不会遗漏。我们早上从坎昆出发，晚上已回到帕尔马度假村了。

女人岛

第二天我们乘渡船去看女人岛，这是离大陆不到半小时航程的美丽小岛，船票20美元左右。当年西班牙人发现岛上有很多玛雅女性陶制神像，因而得名女人岛（Isla Mujeres）。一踏上岛，我们才真正感到身临加勒比海文化。坎昆太现代化，高级酒店透着浓浓的"朱门酒肉"味，我们虽然很享受，但享受之余也令人感叹；奇琴伊察也仅是旅游点，见不到很多接地气的风土人情。

女人岛市区不大，街道狭窄，各式店铺林立，当地人靠出售旅游品维持生计。我们和那对美国游客在街上闲逛了一阵，买了点小玩意儿。市内的房子色彩纷呈，颇像意大利彩色岛上的房子，再加上店内物品形状各异，颜色琳琅满目，一种前现代社会的艺术氛围包围着你，和整齐划一的现代文化迥然不同。

市内可步行，但环岛得有车，岛上最佳的交通工具竟是高尔夫球车。我们租了一台球车，由约翰开车，在岛上闲逛，去看了海洋动物园，其实也就是一个规格很小的海族馆，没有巨大的玻璃鱼缸，大多是些小鱼缸或小水池，海洋生物种类繁多，海龟、墨鱼、海螺、海虾等比比皆是，有的海洋生物游人可以触碰，甚至允许你拿起来仔细端详。我们驱车在岛上漫游，空气温和湿润，树木青葱，绿色的海岛让人好不陶醉。

最后我们沿环岛公路去看黎明崖（Cliff of the Dawn），这是位于蓬塔苏尔公园最东端的一处海崖。其实我们本该天蒙蒙亮来这里才对，因为都说谁站在海崖的最前端，谁就是墨西哥全境内第一个看到太阳的人。但我们来到这里时已接近傍晚。我们漫步小径，伫立沉思，尽情地感受位于天涯海角的感觉。当太阳欲坠大海时，我和忆平竟然是海崖尽头唯一的两个人，我们那两位游伴到不远处的一家餐厅吃海鲜去了。当我们从海角返回时，天已经开始迷蒙，我确信我们这几个游客是最后走出公园的人。

在黄昏的夕照中，我们驱车去轮船码头，乘渡轮回到那个现代化的酒店里，仿佛穿越了一个广阔的时空。

图卢姆与科巴

接下来一天，我们先去图卢姆（Tulum）。图卢姆坐落于尤卡坦半岛东北部，坎昆以南约140英里。大约建于13世纪的图卢姆城是玛雅唯一的港口，盘踞于加勒比海沿岸，也是古代商贸的重镇，更是少有的几个有墙的古城。据说，目前的图卢姆古迹保存得不错。

我们到达时天正下雨，导游冒雨带领我们在很大一片遗址群中览胜。这里的古玛雅建筑都不高，有明显岁月风化的痕迹，有些已经倒塌。最著名的是一个城堡，在那里可俯瞰加勒比海沿岸。在城堡附近，还有一个神庙，也算是保存不错的建筑。其他建筑也不少，大概有些属于民宅，相对朴实些。

我们沿着城堡北侧的小道从高处走下去，来到了加勒比海沿岸的海滩上。一路上野生动物出没频繁。我几次停下来想在色调斑杂的山体岩石上发现匍匐不动的蜥蜴。有些蜥蜴体积甚大，待在石灰岩上好长时间一动不动，你就是分辨不出来它。只有当它头一转，尾一摇时，你才能看到居然有一条很长的蜥蝎离你仅咫尺之遥。走下山坡，淡蓝色的海水给我们一种开阔的感觉，我们以海边的观望台为背景拍了几张照片，便在微雨蒙蒙中离开了这座加勒比海沿岸的古城遗址。

接下来我们朝内陆挺进，去看这次坎昆游的最后一个景点科巴（Koba）。科巴离图卢姆仅20多英里，是另一个玛雅文明的遗址。从地理位置上看，它位于热带雨林深处，由五个潟湖环绕。据说在其文明的鼎盛时期，科巴面积有80平方公里，人口五万以上，其中很多为农业人口。遗址的建筑大都建于公元500年到900年之间。

到科巴后我们先乘坐当地农人的三轮车在附近游走了一圈，最后他把我们拉到了科巴大金字塔（Ixmoja Pyramid）。这是一座有42米高的金字塔，是玛雅文化最高的金字塔之一。看上去，科巴大金字塔要比奇琴伊察的倍显沧桑残败，风吹雨打的痕迹很明显，但也许还有另外一个原因，就是游人的攀爬。和奇琴伊察的不同，这座金字塔是可以攀爬的。其实我们选中这个景点的主要目的就是爬金字塔。我对新鲜事物从来就是缩手缩脚，面对这高耸的金字塔，我居然想打退堂鼓了。在忆平的再三劝说下，我们一起爬上了金字塔。每个台阶都比较陡，一开始倒也无惧怕的感觉，但离地面越远，就越有恐高心理。好在我们手里都有一根粗绳子，只要不松手是掉不下去的。到达金字塔顶峰的感觉特好，极目望去是一片绿色的大平原。从金字塔顶下来就方便多了。坎昆外地的游玩以爬金字塔结束，结束得好不风光！

  坎昆这趟玩得很开心，怪不得游人会热衷于去那里分时度假。但坎昆游对我的感触却不仅是快乐。在让人宠着惯着的度假村中享受现代社会的无限便利后，又感受到旅游区外普通人生存的无比艰辛，这种反差让我意识到社会的不公，也让我感到满足实在是人的一大美德，而满足后又能为不公有所作为的人就有功德了。

（2017年3月22日）

阿拉斯加游记

有了前一次乘邮轮的经历，我们决定再坐邮轮出游。这回是去阿拉斯加，和上次的墨西哥正好相反，一个是开向温暖的世界，一个是驶入冰冷的天地。

提供阿拉斯加游的邮轮公司有好多家，规模较小的档次更高，价格更贵。大邮轮载客量达一两千人，较热门的公司包括荷美邮轮、公主号邮轮、嘉年华邮轮。我们选择了荷美，除价格因素外，还因为这艘邮轮乘客的平均年龄略大些，这可避免过度喧哗，青年人玩得一尽兴就顾不得别人了。

阿拉斯加邮轮有两条路线，一条是阿拉斯加湾，一条是内航道。两条线各有利弊，比如阿拉斯加湾这条线景点不少，上岸深入腹地的机会较多，但却是单程，游人得自己飞回原地。内航道（Inside Passage）是不少人选择的航线，一路上能在三四个小镇上岸观光，不仅路过崔西峡，还能看到著名的冰川湾，但是待在岸上的时间就少了。

蒙特雷随笔

过崔西峡

八月十二日，我们从旧金山飞到温哥华，在那里登上巨大的荷美邮轮，没一会儿就把温哥华甩在雾霭中了。人一离开陆地，便有一种开阔感，无边的大海，似乎把尘世中累积许久的压力都给释放了。上船没多久我已有不虚此行的感觉，更何况我正等待着崔西峡（Tracy Arm Fjord）在眼前出现。

期盼的景点还有一段路，我们于是到餐厅吃东西，再回房间休息。正感到有点无聊时，忽听得窗外走过的人多起来，人声渐次嘈杂。一上甲板，果不其然，我们已经驶近崔西峡了。海道两岸是险峻的高山，山上间或覆盖着深绿的树木，山顶云雾缭绕，眼下是开阔的海面，海上不时漂过几块巨大的浮冰，偶尔会有鲸鱼出没。这就是我等待已久的崔西峡。身临其间的感受是无法复制的，那种震撼使我想到了亚利桑那境内的大峡谷。虽然从开阔的程度看，大峡谷绝不输给阿拉斯加海峡，但是不知怎么，我总感到这里更震撼。峡谷固然壮观，可心理上总觉得它离尘世不远，喧闹的浮华世界好像就在隔壁，那纸醉金迷的拉斯维加斯不就离峡谷很近吗？

崔西峡给我的氛围不同，它让我想到地老天荒，使我第一次感受到远离文明，更近造物。那个繁华的人间，离你那么遥远，那些你争我夺的恩怨，那些淤积胸间的块垒，那些唯恐落后的焦虑,都在这洪荒之地冰释。你不禁自问,人世间的事有那么重要吗?你离世界的极地越近,就越能看透繁华的诱惑!你看这崔西峡两岸,重山峻岭,树木苍翠,那可是开天辟地以来仍未有人类足迹的地方,一想到山上苍翠的树木竟然只有禽鸟栖息,却从无世人砍伐,就不禁对这块天地肃然起敬,因为这里还没有被污染啊!我说的污染,不仅是自然的污染,更是人文的糟蹋。

是的,谁到这里来都能各取所需,只是程度不同。作为游客,谁都能从阿拉斯加领取一份礼物。繁忙的上班族可以来此消解疲乏,一辈子辛劳的老人可来此舒展身心,诗泉枯竭的文人可以到这里为灵感充电,谈情说爱的年轻人也能在这里酿造爱情,甚至失恋者也不会一无所获。但是原始荒芜的旷野、开阔无阻的天地毕竟不能为人的所有境遇对症下药,比如这硕大无比的空间与失恋者急求填补心灵空白的心境也许就很难无缝对接,这把气吞山河的钥匙,怕是不能完全解开痛失缠绵的心锁?我百般思索,到底谁能从阿拉斯加获益最多?也许,阿拉斯加的天地最适合那些在人生这出戏里满腹冤屈的人。这洪荒之境舒缓着我的心情,一首小诗慢慢从我的心底流出:

鲸游碧水过冰川,忘却离愁与悲欢。
借得阿州山水阔,换来心底天地宽。

蒙特雷随笔

驻足朱诺

船过崔西峡后，第一站就是阿拉斯加的州府朱诺（Juneau）。美国的州府未必是一州最大的城市，比如阿拉斯加州最大的城市就是安克拉治。朱诺坐落在朱诺山脚下，据称按面积计算，朱诺是全美第二大城市，但人口却只有三万多人，所以只能算是小城。朱诺还有一个其他城市没有的特征，居然没有通向阿拉斯加其他城市或通往北美其他地区的公路，仅有渡船运车服务。缺乏陆路交通的原因主要是周围地形险恶。

我们在十四日下午抵达朱诺市，先乘游船去朱诺附近的海上观看鲸鱼。我对这项活动兴趣不大，因为可以看到的鲸鱼一般都在离观光船较远的地方，本来目标就小，在雨雾天中就更模糊不清了。其他游客看见远处一条鲸鱼翻出海面便欢呼尖叫，我却怎么也感受不到那种可引发尖叫的刺激。电视上看到巨鲸喷水翻身的景观只是少见的场面，不是每位游客都能遇到的，游人别有过分期许。

观看鲸鱼回来后，我们便去朱诺市的街上观光。阿拉斯加的天气似乎永远是阴沉的，天上的雨云时不时洒下阵阵细雨，虽然不大，但已足够扫兴。朱诺说是首府，其实也没什么值得看的景观。我们漫无目的地在格局不大的街上逛来逛去。像所有其他的旅游城市一样，朱诺街上礼品店也是比比皆是，可就是激不起我们购物的欲望。天色已晚，我们也在蒙蒙细雨中跟着游客陆续走回邮轮。有些人会在岸上喝杯咖啡、吃点冰淇淋，但是很少人会在朱诺用餐，因为邮轮上丰盛的食物毕竟是免费的。

淘金史凯威

十五日抵达下一站史凯威（Skagway），这是阿州很小的一个城镇，常住人口一千刚出头，是当年的淘金地，至今还保留着淘金旧址。我们本打算乘直升机去看冰川，但是天气不好，只能作罢，转而选择乘坐著名的白色隘口列车。这条建于1897年的铁路完全是因为淘金热而诞生，现在虽在运行，却完全和淘金无关。今天在这条窄轨铁路上运行的是仅载游人的观光车。黄绿相间的小火车在这条有百年历史的古老铁路上慢慢行驶，沿途是阿拉斯加绵延的雪山和湖泊溪流，这也算是这次邮轮旅游仅有的一次深入腹地的活动，游客饱览了阿拉斯加陆地上的自然风光。

接下来我们参加了一个去淘金旧址的活动，一路上有导游陪同，旅游车在不同的地方停下来，游客或可驻足拍下巍峨的群山，或在潺潺的小溪旁观看逆水而上的鲑鱼。到达淘金旧址后，可看到当年淘金的旧设备依然都在，铁造的设备已生锈，但依然矗立在那里，可见为了淘金，人们倾注了不少心血，付出了很高代价。导游给我们每人一个盘子，游客们也模仿起当年的淘金者亲自用盘子淘起金来。就是这种特殊的金属，吸引着一批批的人来到这个当时几乎杳无人烟的地方碰运气，谁知道运气就不会落到自己的头上呢？史凯威是邮轮的一个必停之地，但除了看看小镇街上的房子、旧时的车站和铁轨，景观毕竟不多。当然以史凯威为据点，向外延伸游览倒是风光无限，但走我们这条线的人不能这么做，因为只有几小时上岸逗留的时间，船上丰盛的食物正召唤着我们回去享用呢！

　　从雨蒙蒙的史凯威小镇回到邮轮后，真有一种回家的感觉，邮轮现代化的设施为游客提供了舒适与温馨。从寒冷中返回的游客都去餐厅吃饭了。我们也猛吃了一顿。吃饱喝足后的活动自然是沿着游船的甲板一圈一圈地竞走。甲板上风很大，天又冷，走起来可不是闲庭漫步，但是每次走完后总是期待下次再走一遭。

微雨冰川湾

　　十六日巨轮朝著名的冰川湾驶去。冰川湾位于朱诺以西，早在1925年就被定为国家公园。我们常见的旅游宣传不少都有冰川湾的景观，比如电视上冰山崩落、雷鸣巨响的镜头大多在这里取景。我在荷美公司阿拉斯加游的宣传品中就看到过一些很不错的广告，当时我还把那配图的文字给学生当作业，翻

阿拉斯加游记

译成中文，试图重现文字描写的景观：

　　冰山崩落入海洋，似惊雷巨响，激起冲天浪，余波涌，绕船拍荡。望冰原断处，景壮观，声浩荡，令你惊叹，震我心房。冰川湾，自然浩瀚，无穷力量，驱你神驰身往。

虽然汉语的文字有我加油添醋的地方，但是我忠实地反映了原文想要转达的主旨。不过实际情况与广告还是相差不少。广告中是冰川湾完美的特例，却不是每个游客都能见到的，那种不可挑剔的最佳景观，需要很多因素凑在一起才能出现。我们见到的冰川湾并没有那么壮观。在一阵阵细雨中，邮轮抵达了冰川湾，眼前的冰川并不高耸，隔着迷蒙的雨雾，不远处的冰川只能依稀可见。有几处冰川虽不算低矮，但毕竟冰山崩落的场面不是每时每刻都上映的，我们逗留的那段时间里，就根本没有"似惊雷巨响，激起冲天浪"的景观。那被人反复称许的冰川湾竟在平淡无奇中悄然掠过我们的眼前，没有在我心中激起多大浪花。

科奇坎图腾断想

　　十七日抵达科奇坎（Ketchikan），这是阿拉斯加州最南端的城市,是邮轮停靠的最后景点。小城人口不到一万,连周边人口都算进去也不到一万五千人,却已是阿拉斯加的第五大城市了。当年这里也是淘金之地,但是这个小镇最著名的是鲑鱼,不少人称它为"世界鲑鱼之都"。此外科奇坎的图腾柱也是世界闻名。邮轮上组织了上岸观光的活动,都需要额外付费,我们参加了一个观看砍树桩比赛的活动,但是老到的游客什么活动都不参加,而是自己出游,因为岸上交通很方便,省去了额外的费用。砍伐比赛在一个木头做起来的竞技场上展开,先是两个伐木人向靶心扔斧头,当然是百发百中了;然后是两人站在两个树桩上,用斧头将树桩一分为二,先劈开的就是赢家;最后是爬树干,看谁先爬到顶再下来,先落地的才是赢家。在那个我们看来是遥远偏僻、几近荒芜的地方,这些人正是靠这些从小练就的本领,挣得收入、维持生计的。也许那位比赛的胜出者今晚就会带着老婆孩子,去某个餐馆吃上一顿,在冰天雪地的世界里,用一杯烈酒,驱散寒气,享受一下其乐融融的温馨气氛。

观看表演后,导游带我们去看图腾柱公园。出于对图腾的崇拜,印第安人制作了无数的图腾柱,科奇坎堪称是世界上拥有最多图腾柱的地方,这里有无数展放图腾柱的地方,市内市外都有。我们去的是一个著名的图腾柱公园(Totem Bight State Historical Park),在蒙蒙的细雨中,我看着印第安人精心雕琢的图腾柱，仿佛看到他们在每一刀雕刻、每一笔彩绘中所展现的精神世界，那是一种相信除物质外人生仍有所求的境界。想想现代人的生活，骄傲之处固然令人目不暇接，那运转神速的计算机，那高耸入云的摩天楼，甚至那精心烹制的法国大餐，都是印第安文化望尘莫及的。但是当现代人的图腾柱上只雕刻彩绘着金元宝的时候，我们是否也有向印第安人学习的必要呢？总该也有精神图腾存在的一席之地吧？哪怕是巴掌大的一块地方，总比没有好。

看完图腾柱，我们逛到科奇坎的街上，鳞次栉比的商店里都在卖鲑鱼。科奇坎的熏鲑鱼罐头十分有名，不少游客都会带一些回去。由于是产地，有关鲑鱼的服务种类不少，比如你可以在当地买上新鲜的鲑鱼，商店为你冷冻包装，并为你运到目的地，这样你就不用自己把新鲜的鲑鱼当行李带回去了。

几天来由于天下雨，旅游观光的兴致多少有些影响。这一路走来，阿拉斯加的雨就基本没停过，这点游客得要有思想准备。

重返温哥华

从小城科奇坎回到荷美邮轮，阿拉斯加就开始离我们渐行渐远了。邮船上仍然有一项重要活动，就是穿上正式的服装参加一次晚宴。说实话，几天来船上的食物已非常丰富，种类繁多，除西餐外，还有各种亚洲菜肴，但这些都是自助餐，可随时享用，非定时用餐。这回的晚宴就不同了，游客被要求穿着正式，不再是自助，而是坐下来接受服务。可惜我因在雨中着凉，引发了偏头痛，无法参加，结果忆平只能一人赴宴。

七天的阿拉斯加游已近尾声，邮轮在茫茫的大海上向温哥华驶去。阴霾和雨雾也渐次消散，天虽谈不上晴朗，也无皓月当空，但浩瀚的大海托着深邃的长空，还是让我想起了王阳明的《泛海》：

险夷原不滞胸中，何异浮云过太空？
夜静海涛三万里，月明飞锡下天风。

是的，我们又要回到那个人声嘈杂的地方了，那里没有阿拉斯加的旷古沉寂，没有沁人心脾的新鲜空气，没有活蹦乱跳的肥硕鲑鱼；我们又要面对不近人情的截止期，又要应付难有头绪的繁杂事，又要在答应还是拒绝间举棋不定，又要看政治家在电视上唇枪舌剑，阿拉斯加的经历会不会让我对现代社会意兴阑珊呢？我想不会，这个不完美的社会是我们成长的地方，这里的一切都是我们造就或是我们造成，有功劳可领取，更有债务要偿还。环境决定了我们无法去模仿科奇坎伐木者那种远离尘嚣的生活。与其逃避不完美的生活，还不如改变生活。阿拉斯加给我们的启示不是逃避，而是借鉴，当我们向现代社会突飞猛进时，是不是也应该想一想阿拉斯加，那里自然依旧接近远古，人文仍然相当淳朴。也许阿拉斯加能为我们这艘现代的邮轮校正一下远航的方向！

（2017年3月17日）

意大利随感

这不是游记，只是随感，是旅游过程中对所见所闻的看法，有褒有贬，随感而发，思路并不严密。若有时间仔细思考，我也许会对一些看法做些修正。

米兰

第一次去欧洲选中意大利，主要是因为这个国家文化厚重。我们期待文化的震撼，就像首次见到大峡谷时所感受的震撼。90年代我们驱车去大峡谷，临近景点时停下车，没有任何奇观在即的预兆，普通的停车场，普通的走道，普通的树木，心想"峡谷在哪儿呀？"走着走着，突然间，那个举世闻名的峡谷猝不及防地跃入我们的眼帘。求震撼者得震撼，自然界的壮观名不虚传。

意大利也一样。刚到米兰，就迫不及待地去看那著名的米兰大教堂。乘坐黄线地铁，在大教堂站下来，我们跟着人群向出口走，心想上去后不知得走多少路才能到教堂。突然间，在我们刚迈出地铁站的一瞬间，一个奇观已竖立在我们眼前，和大峡谷一样，求震撼者得震撼，只是这次震撼我们的不是大自然的景观，而是巧夺天工的杰作。这个规模世界第二的大教堂，在公元1386年开工建造，边建造边增补，最后在1965年完工，历经五个世纪，是今日米兰的象征。

其实去意大利首选米兰，更主要的原因是那幅画。《最后的晚餐》是人人皆知的画作，去意大利没去看达·芬奇的那幅画是说不过去的。出乎意料的是，这样一幅举世闻名的画居然壁立在一间很不起眼的大堂的墙上。我原以为，画作年代久远的痕迹虽无法掩盖，甚至不应掩盖，名画所处的周遭环境总该是金碧辉煌的。若在中国，绝不会让这样价值连城的画作落在寒酸的环境中。但是，我们眼前容纳这幅壁画的空间仿佛像国内80年代一个普通学校的大礼堂，没有任何特殊的装饰。这是为保持古旧的环境故意之所为，还是预算不够年久失修的结果？也许米兰人和我们的思维不同，认为《最后的晚餐》若和金碧辉煌的环境相依相衬反倒不协调。

我在壁画前伫立良久。《最后的晚餐》的主题可以概括为背叛，而背叛却不只体现在犹大身上。背叛是跨文化的，在任何文化，在任何时代都有人背叛。背叛一个宗教，背叛一个国家，背叛一个团体，背叛亲朋好友。体现背叛的形式多种多样，但我最不能忍受的是对个人的背叛，因为这个比较容易界定，不像对国家、民族等宏大概念的背叛，有时无从把握，随着时间的推移有些背叛还会翻案。从物质和科学角度看，自从《最后的晚餐》诞生以来，人类的进步巨大，但若看背叛现象，人类似乎没有进展。犹大穿越时空，在欧亚，在北美，在文明悠远的国度，在历史短暂的社会，在部落的帐篷里，在公司的董事会上，犹大的幽灵总在徘徊。背叛是一种罪恶，而罪恶没有因为技术的进步而有增有减，世界没有创造出一款新罪恶，也没有消灭掉一种旧罪恶。伟大的艺术作品就是能揭示这种普世价值，因此《最后的晚餐》是不朽的，不会像应景作品那样昙花一现。

顺便说一下，米兰的地铁票可买单趟，也可买全天，全天票24小时有效。米兰城市不大，不像罗马有数不尽的景点，对于腿脚快捷的人来说，两天的时间"览胜"有余。

威尼斯

从米兰乘火车，一路青山绿野，风光绮丽，虽转了两趟车，但四五个小时后就到了威尼斯。出了车站，就是码头。威尼斯没有汽车，船是唯一的交通工具。现在哪还能找到一个没有汽车作为交通工具的城市？

威尼斯素有"水城"之誉，四通八达的水道堪称一奇，人

意大利随感

们说这座城市"因水而生，因水而美，因水而兴"并不为过。我们也和大多数游客一样，住在主岛，因为主要景点都在主岛。我们乘驳船去各处景点，下船后走街串巷，在临街的摊位前选购当地的特产，在鹅卵石的街上边走边吃冰淇淋，周遭的氛围和米兰已截然不同。米兰虽也有古迹可寻，但是现代的气息浓烈，走在街上常看到西装在身、行色匆匆的上班族，但威尼斯的小巷让人感到置身前现代的社会，悠闲的节奏与米兰相反。威尼斯沿街的建筑都有悠久的历史，一座小桥，一个钟楼，一个修道院，都可能与文艺复兴扯上渊源，独立小桥，临楼而眺，一思一想都是百年的回顾！

来威尼斯前，朋友提醒说不要忘记乘坐贡多拉。但乘这种小船价格不菲，仅仅三十分钟游程就要80欧元，所以不少人就和素不相识的游客合乘一船。我们巧遇一对巴西夫妇，一起分摊了船费。三十分钟的时间走不远，仅在附近转了一圈，过了几个桥，撑船人停下来让船客拍照，他也会为你选景拍摄，高兴时还会为你唱上一曲。但是，对我这个江南水乡的人来说，贡多拉并没有多少新鲜感。一上船，随着桨声响起，船体开始摇晃，我却想起老家的乌篷船。多少人借贡多拉在威尼斯的水上摇晃出浪漫涟漪，可是我文化的移情别恋却破坏了这温馨的意境。

人们喜欢威尼斯，都说水城是浪漫之都。一对英国夫妇告诉我们，这是他们第五次来威尼斯。和我们共乘贡多拉的那对

蒙特雷随笔

巴西夫妇是在工作之余到英国度假的，却挤出一天时间重游威尼斯，想再体验一下初游水城的浪漫。有人说威尼斯是"西方的苏州"，但这个比喻未免肤浅，缺乏内涵。尽管穿越了几百年的时空，威尼斯仍散发着文艺复兴的气息，现代西方人在威尼斯唤起的浪漫和当年文艺复兴的精神一脉相承，但是江南水乡的文化内涵完全不同。贡多拉能唤起浪漫，江南的舟船唤起的却是农家丰衣足食后的悠然，是新娘回娘家路上的期盼，或许那橹来桨去的篷船也是儒家文人失意时的世外桃源。文化名城间无可比性，因为我们比较的已不只是风光自然。

游主岛，圣马可广场当然不能不去。这个长方形的广场是威尼斯活动的中心，据说广场四周的建筑都有悠久的历史，或可追溯至中世纪，或可与文艺复兴结缘。广场上的圣马可大教堂堪称雄伟，我们买票乘电梯登上钟楼，往下直视是钟楼下的广场，放眼环视是水城的全貌。

来威尼斯的人大概也会乘驳船去彩色岛和玻璃岛。听说彩色岛当地的政府要求民房的颜色必须和两侧邻舍的颜色不同，所以五颜六色的民房散布岛上。房子虽然都是普通的房子，有的甚至还很简陋，但是色彩纷呈的墙壁确是一大景观。玻璃岛是玻璃艺术品的生产地。艺术品价格不菲，普通的小玩意儿就是近百欧元，大的艺术品价格可达数百上千甚至数万欧元。我问一个当地人，这么贵的东西买的人多吗？她说还是有人买。她曾在玻璃品制造业工作，知道一个艺术品诞生的复杂过程，往往要牵涉多人，价格因此便很高。

从网上看到不少人推荐一个饭店，我们于是在黄昏时徒步前往。在弯弯曲曲走过几条小巷后终于找到了那个格局很小的饭店，一群纽约来的游客早在那里等候良久。意大利的餐厅晚上开始营业的时间较晚，大约7点钟一位服务员才来开门。按照网上的推荐，我们点了墨鱼面和炸海鲜，觉得不错，但还是没有"酒香不怕巷子深"那种满足感。

佛罗伦萨

我们离开文化的威尼斯，去五渔村饱览自然风光。海边的这五个小镇确实令人心旷神怡，可总觉得那里的风光和头脑中的渔村不搭界。中文的"渔村"一词让人想起渔船、渔网、渔民、沙滩，而这五个去处无法唤起那种联想，叫小镇更恰当。离开五渔村，途经比萨，与久闻大名的斜塔合影之后，我们直奔佛罗伦萨。

佛罗伦萨是文艺复兴的摇篮，文物之多能用数不胜数来形容。广场、宫殿、塔楼、教堂、城墙、画作、雕塑，都散发着欧洲中世纪和文艺复兴的气息，走马观花的游客想照单全收是不可能的。但来意大利求震撼的游人，在佛罗伦萨定不会失望。佛罗伦萨的文物从时间上来看并不算久远，大多数只有六七百年的历史，相当于中国的宋元明时期。中国固然有青铜器时代的文物，但看到佛罗伦萨数不尽的博物馆中数不尽的画作、雕像，青铜器文化的来人怎能不肃然起敬！我们不能不感到震撼，怎么会在世界上那么一小块土地上，在历史中那么一小段时间里，出现那么多杰作，称其为艺术品井喷丝毫不为过。没有到过佛罗伦萨的人也许只知道几位文艺复兴时期的巨匠，比如达·芬奇、米开朗琪罗、拉斐尔等著名艺术家，但是当你在乌菲齐美术馆内漫步浏览时，就会发现真是人物辐辏，精品连连。有很多艺术家虽然在专业界看来有头有脸，可对不懂艺术的游人来说却是默默无闻。看艺术品，不能不去乌菲齐美术馆，在五十多个展室中，珍藏着卡拉瓦乔、波提切利、达·芬奇和米开朗琪罗等人的杰作，如那幅《维纳斯的诞生》。但米开朗琪罗《大卫》像的真迹却不在乌菲齐，而在不远处的学院美术馆，那也是一个不能漏掉的景点。

若论建筑，百花大教堂是必到之景，登上穹顶能俯瞰佛罗伦萨全城，旁边的钟楼比穹顶略低，钟楼顶层为了安全有铁网封住，拍照稍有不便，而大教堂的穹顶却没有铁网阻拦。教堂附近的圣若望洗礼堂也应顺便瞻仰。佛罗伦萨另一个地标性的建筑是"老桥"，一座中世纪建造的石拱桥，横躺在阿诺河上。傍晚时分不少游人会聚在桥上，看远处落日的余晖。还有一个可看落日的景点是米开朗琪罗广场，那里还可以看到城市的全貌。但是与文物相关的景点太多，实在无法全看。

那么离开古代，今日的佛罗伦萨能呈现怎样的景观呢？一

意大利随感

则轶事令我们感慨万千。离开佛罗伦萨前一天，我们去米开朗琪罗广场。出发前旅馆前台建议我们坐公车，说可在车上买票。结束广场的活动后，我们准备乘最后一班公车回旅馆。车站没有售票处，可在车上买票。但我们一上车，司机就说"没票"，我们几次把钱给他，他都说"没票"，但没有告诉我们没票不能上车。但车开了一站就上来两个查票员，他们衣衫不整，活像两个混混，问我们要票。我们把情况说明后，心想这下可以补票了。没想到他们居然要每人罚款50欧元。我们再三解释，他们充耳不闻，旁边的印度游客也为我们不平。但是游客毕竟说不过地头蛇，无奈交了罚款。后来另外一对英国来的留学生告诉我们，他们更倒霉，买了车票，却没有在上车后到机器上打孔，同样被罚。他们甚至叫来了警察，但警察不听解释，站在查票员一边，总给人一种印象，这是不是合伙从外国游客身上扒钱呢？我们无法知道，当年文艺复兴时的佛罗伦萨人是否也用同样的办法处理这类纠纷，但是这一意外的经历令我深思，辉煌的文化传统需要每一代人细心呵护，躺在传统的功劳簿上是不够的。看看今天佛罗伦萨的街头巷尾，举手投足间令人不快的事比比皆是，冰淇淋店售货员和同事大声闲聊，置顾客于不顾，最后来接你生意时连声抱歉都不说，再看街巷里扔在地上的无数烟蒂，车站附近囊中取物技术精湛的小偷，这些都和让人肃然起敬的传统格格不入。也许不会有很多人因为这些负面形象而选择不去佛罗伦萨，但佛罗伦萨留住游客的资本难道仅仅是大卫像、大教堂吗？传统固然伟大，但它不能保证今天靠传统吃饭的人同样伟大。换个角度看，是否正是由于历史上这些光辉的亮点使意大利人缺少了"多难兴邦"民族所有的砥砺，因而躲避了奋发图强的责任。

罗马

刚到罗马，就听说环卫工人罢工，果然大街小巷都是装得满满的垃圾桶，地上散落着垃圾杂物。看到这情景，心想没有罢工环境也好不到哪去，罢工只是雪上加霜。

来罗马，当然还是先去"城中之国"梵蒂冈。罗马是全世界天主教的中心，而梵蒂冈无疑是中心的中心。在这个不到半平方公里的土地上，集中了无数的历史遗址和文物，圣彼得大教堂、圣彼得广场、西斯廷礼拜堂、梵蒂冈博物馆等，都骄傲地竖立在这弹丸之地。博物馆的珍品琳琅满目，比如著名的大理石雕像《拉奥孔》就是该馆的一个镇馆之宝。馆内珍藏着不少拉斐尔、达·芬奇、卡拉瓦乔等人的名作。旁边的西斯廷礼拜堂厅内不准拍照，这和意大利其他博物馆不同，其他博物馆有的不准录像或不可用闪光，但一般拍照是允许的。由于游人太多，游客逗留的时间有限，而壁画、天顶画目不暇接，因此很难静下心来观赏西斯廷礼拜堂内的画作，仰了好半天头，好不容易才找到《创造亚当》那幅天顶画，后面的游人已接踵而来，我们也不好意思驻足不前慢慢品味了。梵蒂冈的每件雕塑、每幅画作、每幢建筑都会把你带回古代，让你深思，在那遥远的岁月，在远离中国的一块土地上，已经有了如此精湛的艺术和成熟的社会。

拜访了梵蒂冈后，我们迫不及待地去看斗兽场。这个椭圆形的建筑造于公元前80年左右，是古罗马文明的象征。这里是古罗马帝国专供奴隶主、贵族和自由民观看斗兽或奴隶角斗的地方，据说可容纳八九万人。望着这个宏伟的建筑，我不禁想象着当年奴隶角斗的场景。居然会有一批人看着另一些人互相残杀，从中取乐，看来真不能低估了当年古罗马人的残忍。但再看看现在接二连三的恐怖残杀事件，论残忍，古罗马和当今的时代难道有本质的差别吗？

斗兽场旁边就有一大片古罗马遗址，是当时的城市中心，包括一些罗马最古老的建筑，如提多大帝凯旋门、元老院、君士坦丁大帝会堂等都在这里。漫步在这些断壁残垣的建筑群里，你怎能不被震撼！游人常去的地方我们也都去了，特莱维喷泉、威尼斯广场、圣天使城堡、万神殿都一一到访，甚至也不能免俗，去了西班牙广场，本打算跟众人一起坐在广场的台阶上吃冰淇淋，却不料那里正在维修设施，只拍了几张台阶上空无一人的照片。

在罗马的最后一天，我们跟团去了外地的庞贝古城和维苏威火山。庞贝让人想起大自然的伟力，顷刻间一个活跃的城市就化为了灰烬。现在的古城游难免有浓重的商业气，有些传得神乎其神的东西未必属实，比如我们的导游就说，遗址中那些两个人紧抱在一起的人体都是为了吸引游客后来加工的，并非真品，他不无玩笑地说，庞贝唯一的真品只有他。维苏威火山一游非常值得。在山顶上看，那不勒斯在云雾间时隐时现，非常壮观，只是登山之路也异常艰难。

　　罗马是我们意大利行的倒数第二站，从威尼斯开始一路南下，似乎城市越来越大、越来越纷杂，秩序也越来越乱，卫生则越来越差，但本土味却越来越浓厚。难怪有人说米兰最不像意大利，更接近它北方的欧洲城市。不过罗马的地铁还是很方便的。一下火车，我们就按照朋友的建议买了罗马通行证（Rome Pass），这张30欧元的通行证三天有效，可以免费使用市内所有的公共交通工具，还能持证免费进入两个景点。地铁上人比较多，有一个现象引起我的注意。在罗马，一般人是不让座的。有些年老的人上来后，看到没有座位就静静地站在车上，并没有期待年轻人为他们让座；年轻人似乎也没有为老人让座的道德压力，他们该干什么干什么，不会故意扭转头假装没看见。我们的观察有限，也许并非所有人都这样，但我们相信，至少在今日的罗马，让不让座不是社会关注的焦点，不像中国社会那样，不让座的道德压力很大，结果还带出了年轻人不让座引发的"副产品"，有些老人期待别人让座的愿望太强烈，反倒被人说是"为老不尊"。

意大利随感

那不勒斯

那不勒斯是这次行程的最后一站。之前我们都听从朋友的建议挑选离车站近的旅馆，而且大都是朋友住过的，一路下来基本满意。离车站近好处很多，比如我们前面几个城市的旅馆都可以步行五分钟到车站，省去不少麻烦。所以在那不勒斯我们也遵循了靠近车站的原则，可这回却犯了大错误。那不勒斯车站附近的脏乱差实在到了无法忍受的地步。出了车站，地上满地烟头和垃圾，附近的几条街都是一排排的地摊，一些非洲难民站在街旁，他们找不到工作，就在街边摆摊或消磨时光。从火车站一出来，神经就紧张起来。

那天我们去市内观光，回来时已近傍晚。市内其他地方虽也脏乱，但并不感到有安全隐患，所以放松了警惕，忘了旅馆前台的忠告：千万记住把背包放到胸前。我当时背着背包，在回旅馆的途中走过一个个摊位，站在街旁的人眼睛紧盯着游客。突然间我感到背包被拉开了，便镇定地告诉忆平，有人把我背包里的东西拿走了，但是我没有回头。还没等我们缓过神来，就听到背后一阵嘈杂声，回头一看两个人争论起来，但见其中一位把另一位从我包中偷走的一个纸袋还给我。我至今不知道他们争吵了什么，为何被偷的东西会失而复得。那天晚上，我们没有去餐馆吃饭，生怕晚上回来再遭遇一次偷窃或抢劫。不过公平而论，那不勒斯车站附近虽不安全，发生的大多是偷窃，最糟也只是抢劫，不像美国的一些街上，劫匪把东西抢走后，还会补上一枪。由于那不勒斯治安欠佳，所以有些游客都住到苏莲托或卡普里岛上，以那里为据点，再反过来游那不勒斯。

这个城市还是有些可去的地方。码头附近的海滩就非常美丽，不远的古建筑安茹城堡，是那不勒斯王国第一位国王下令建立的，也可顺便一访。其他景观，如蛋堡、但丁广场、那不勒斯皇宫等都值得参观，但我们时间有限，没有全部寻访。不过我们去看了那不勒斯的地下城。走过弯弯曲曲的街道后，我们来到了地下城中的一个有导游引领的景点。这个地下城据说在几千年前由希腊人建造，一直到19世纪都被当作地下运河，二战时又当作防空洞。地下城内布满了房间、大堂、渠道，由于不见阳光，非常潮湿阴冷，游客最好多穿件衣服。其中一个房间挂着数枚二战时空投的炸弹，但最令人惊叹的是地下水库，时至今日池中的水清澈见底，保存如此完好，确实令人惊叹。地下城景点附近都是陈旧的民宅，导游说，一些有千百年历史的遗迹在地下室或一楼，但二楼就住着普通人家，文物和民房紧密相依。导游带我们走出了有千百年历史的地下室，上来后看见的就是普通住家，晾在窗外的床单衣物随风飘扬。

从米兰入境后，我们就一直吃比萨饼和意大利面，到罗马时已经"忍无可忍"，只能改吃中餐。都说那不勒斯的比萨饼和其他地方的不同，来这里不吃当地的比萨就像去罗马不看斗兽场一样不可原谅。我们于是在地下城附近的一家意大利餐厅吃比萨，一入口就感到这里的比萨与前面几个地方的不同，主要是比萨饼的面很有嚼劲。也许是因为饥饿，那顿晚餐吃得非常落胃。店主问我们要不要甜点？我们要了一份朗姆酒蛋糕，后来又补了一份提拉米苏。结账时店主居然不算甜点，我们再三坚持，他才收下，可还是没收我们坚持给他的小费。意大利的饮食服务一般不给小费，但网上一般建议游客可给些微薄的小费，如一顿饭后给两三欧元。

卡普里岛

到那不勒斯的第二天，我们乘船去向往已久的卡普里岛。我们放弃苏莲托，选择卡普里其实是因为一篇小说。三十年前，我在《翻译通讯》上发表过一篇毛姆的短篇小说《生活的道路》。小说的主人公是一位底特律的律师，一天和朋友饮酒，酒后誓言要去买一幢意大利卡普里岛的房子。酒醒后，他知道做了个不该做的保证，但他不想食言，买下了房子，收拾了行李，搬到了卡普里岛去生活。一开始他欣赏那里的自然风光，但后来被岛上罗马帝国的历史遗迹吸引，决定要笔耕史学，希望自己能与著名的史学家齐名。他最终没有成功，生前死后都默默无闻。小说的作者似乎很赞赏这位律师的人生选择，因为他做了自己想做的事。那是我第一次知道卡普里,自那以后就一直希望能一睹小岛的风采。

一上卡普里岛就深深地感到那里风光绮丽。最令人难忘的是蓝洞之游。几乎去卡普里的人都会去这个景点。我们和一位意大利本国的游客同乘一条小船,在进入洞口时都要躺在船上,因为洞口又低又窄。一进洞口,就是一片晶蓝色的海水,这是阳光反射的奇观。游客必须先乘游船到蓝洞口,再上小船进蓝洞,这两种船要付两次费用。绕岛的游船由公司经营,进洞的小舟船则是个人的生意,商业味很重。我们上了小船后,就把每人13欧元的船费交给了撑船人,他找给我们10多欧元,但却指着这余款说,希望下船时这些钱给他当小费。和我们同游的意大利人很讨厌这样索要小费,他说在意大利不用付小费。旅游点由于外国人多,不知不觉中船家也要起小费来。我们三个人一共给了他7欧元,他嘴上嘟嘟哝哝,满脸不高兴。

上山有两条路,一条是铁索车,能到达很高的地方,但不是岛的最顶端,不过铁索车到站后就是岛的旅游中心,各种服务设施都在那里,包括两个银行。在这个高度看那不勒斯海湾美不胜收,也能看到远处的维苏威火山。回想毛姆的小说,对照眼前的景色,真有一种愿望成真的感觉。可惜我们没有时间去看小说中提到的古罗马遗址。另一条路是乘公共汽车上山,时间长些,但据说能到达岛的顶端。在岛上我们发现所带欧元不多,就去银行换钱。排队的人只有六七个,却等了近40分

意大利随感

钟，效率之低也令人感到震撼！走出银行一肚子气，但一看到周围的景色，不快的心绪就烟消雾散了。

意大利之行收获颇丰。尽管有不顺心的事，但总体上这两周是令人愉快的。从美国到意大利，有一种从现代向前现代移动的感觉。这当然不是说硬件设施，意大利的高铁、地铁、通信等都相当先进，而美国连高铁都没有。但是若看社会的秩序、人的生活形态，人与人间的互动，就会感到在美国，规则起作用的比重更大，在意大利，人为的因素更重些。美国比较整齐划一，意大利显得较为零乱，因此美国反而显得单调无趣，意大利则色彩纷呈，美国现代社会的成分较多，意大利前现代的色彩略浓。甚至可以说，意大利虽是西方国家，但离文化迥异的中国似乎更近，离宗教同源的美国反倒更远。这里说现代和前现代，强调的不是褒贬，而是社会进程的前后。现代社会无疑代表历史的进步，但未必全方位优于前现代的社会。

（2016年7月初）

希腊行

有些旅游是精心策划的,有些则是仓促成行。老陈夫妇邀我们同去巴哈马游轮行,后来又说也顺便去一趟希腊。我们觉得既然已到东海岸,横飞大西洋要比从加州出发方便,就参加了。

巴哈马游轮的行程共三天,基本在海上,仅一天在首都拿骚,而且上岸的时间也只给七八小时。由于天气酷热,除了去看水族馆,哪儿都没去。坐落在天堂岛上的这个亚特兰蒂斯度假胜地包括高级酒店、水族馆以及各种海洋活动场地和设施。我们时间有限,不能全方位游览,所以就以水族馆为主。没想到在这里发生了一件很让我们丢脸的事。这个水族馆据说是世界最大,不仅面积大,甚至还有地下通道。我们和上海第二医学院同学会的一队人马一道前行,但忆平为了拍照,独自一人落在了后面。一开始还有人影,后来就消失了。于是大家一番寻找,耽误了别人安排好的活动,还吓得我以为她被拐走,不知怎么向女儿交代。最后在导游的帮助下，终于找到了她。这事一来说明那水族馆面积巨大，经纬通道迷宫一般，二来也印证了忆平在这方面颇"顽皮"的本性。事后想来，她这类特立独行的事干过何止一次。除了这个有惊无险的事故外，巴哈马之行基本上乏善可陈。

奇维塔韦基亚

结束了巴哈马之行，我们经纽约去意大利的罗马，驶往各地的游轮都在罗马附近的奇维塔韦基亚（Civitavecchia）上船。从罗马机场到奇维塔韦基亚的交通工具不少，出租车、摆渡车都有。出租车总得要百欧元左右，摆渡车竞争激烈，三四十欧元就能拿下。但最划算的还是火车。虽然中间在特拉斯泰韦雷（Trastevere）要转一次车，但并不复杂，全程票价十多欧元。是最稳妥的交通工具。

我们从罗马机场出来，马路斜对面就有个拱顶的通道，走过去不远即为火车站，不用叫出租车，自己拉着行李箱，十分钟就能走到。火车出发后，不到半个小时就是特拉斯泰韦雷，在那里下车，转乘去奇维塔韦基亚的火车，全程不到两个钟头。

转车过程中，在特拉斯泰韦雷车站遇到一件事，使我对意大利的印象又添阴影。这个车站很小，但转乘去终点的车要穿过地下通道。我们由于不熟悉，一直搞不清怎么才能到铁路对面。这时一个小姑娘走过来热心地把我们领到电梯内，可电梯中已经有一个人在里面。从电梯出来后，小姑娘又热心地带我们走了几步，指点了去乘车的地方。可是当我们到月台等车时，却发现双肩包的两个口袋都打开了。我没着急，因为重要的物件我已放在安全处，两个口袋里没有重要的东西。但是这令我很郁闷，倒不是因为可能有物失窃，而是感到我不知该感谢还是谴责那姑娘。我无法确认，那个已在电梯中的人是否与那姑娘是合伙人，因为那人在拥挤的电梯中紧紧地站在我背后。几年前，在意大利被抢被骗的遭遇，使我不肯轻易在心里向那姑娘道声感谢，但把她和我背后那位女人扯到一起，再去悬想出一个合伙行窃的戏文，又实在觉得愧对人家。

奇维塔韦基亚离罗马70公里，是个港口城市。游轮的游客来这里是中转，所以都是匆匆来去，无心细看这个具有悠久历史的城市。大部分的游轮游客都会住在离港口很近的地方，这样第二天登船就方便了。我们没订正式的旅馆，而是找了一个提供住宿加早餐的住处，价格不上100欧元，但房间非常干净，匆匆过一夜，完全够格。住户的主人告诉我们，下火车后可推着行李箱走，根本不用乘出租车。果不其然，我们是闲庭散步一般溜达到住处的，一路上饱览了沿海的风光。

出门旅游总会发现事前的准备有疏漏。我们刚安顿下来，就发现手机无法充电，因为欧洲的插头和美国的插头形状不同。我想在大酒店，这应该不是问题，但是小商家就未必会考虑到这类问题了。我在沿海边的一条商业街上发现一家电器店，进去一问，这么一个插头居然要近30欧元。我们于是再往前走，看到一家中国人开的杂货铺，再进去一问，价格才5欧元，而且插头更精致。意外的收获，总是让人开心的。

奇维塔韦基亚沿海的风光绮丽，还有一片高墙屹立在海边，那是建于16世纪的米开朗琪罗城堡。虽然海岸线不长，但是沿岸走上一趟，海风已经吹散了旅途的尘埃，算是希腊旅游大餐的前菜了！

第二天我们和老陈夫妇乘游轮提供的免费汽车到了游轮码头，雄伟的"海洋珠宝号"游轮已在码头等候我们多时了。

克里特岛

游轮离开了港口沿岸的灯火，驶入大海，向外望去，四周是无边的黑暗。船上各种活动非常丰富，我们走着、看着、玩着，忘了是在茫茫大海上。突然我们发现船的两侧又出现了城市的灯火。这是怎么回事儿？目的地仍然十分遥远呢！一打听，才知道游轮正穿过西西里岛和意大利大陆之间的海峡，那灯火是源自西西里岛上的墨西拿市（Messina）。接下来我们整整一天在海上航行。船上虽然活动不少，食物丰盛，但人还是免不了因远离大陆而渴望陆地。等到第三天早上游轮抵达克里特岛时，我们已经迫不及待地想离开这多少有点纸醉金迷的游乐场了。

克里特岛是希腊最大的海岛，横躺在希腊南端的海域，似乎在爱琴海和地中海之间放了个阻隔物，把本为一体的海域分开了。从岛上向北望，是碧蓝的爱琴海，转过身来的西南方向是更为浩瀚的地中海，其实爱琴海就是地中海的一部分。克里特岛是有故事的，甚至可追溯到圣经时代，《使徒行传》中就有记载："且因在这海口过冬不便，船上的人，就多半说，不如开船离开这地方，或者能到非尼基过冬。非尼基是革哩底的一个海口，一面朝东北，一面朝东南。"革哩底就是现在的克里特。据说克里特是最古老的欧洲文明——米诺斯文明的中心，后来的罗马时期，拜占庭时期，直到现代的希腊史，都是有故事可讲的。但是对于游客，这些都只能在回去后到图书馆去慢慢启蒙。我们得在有限的几小时内寻找到此一游的景观。

游船从西面开过来，首先到达的就是哈尼亚。这是克里特的第二大城市，也是大部分游轮停靠的地方。我们从繁忙街市下车后，徒步走向旧城的威尼斯港。一路上，小城风情扑面而来，问路时殷勤的指点，坊间住户的微笑，似春雨润物无声，舒缓着硅谷人急促的节奏，也驱散了游船上觥筹交错留下的杂音。海港据说是威尼斯人在14世纪时建造的，当时是为了抵御外敌入侵。我们可以看到远处的灯塔和沿灯塔建造的海堤。海港沿街餐馆林立，游人可以坐下来沿街用餐，眼前那一湾水域就是被海堤环抱起来的爱琴海水,水清澈得让人觉得停在水上的小舟像是飘在了空中。我们四人雇了一驾马车,沿海岸逛了一圈,然后步行体验海岸风情,一直走到灯塔下。老陈不停地选景摄影,留下了不少好照片。

要在林立的餐馆中选一家吃饭,还真不容易。不像有些地方,拽你去用餐的人把你催得心情烦躁,克里特岛上的人邀你,却非常斯文。一张标牌(No pressing, No stressing.)引起了我的注意,大意是说,我不给你压力,你也别有压力。我们后来选了一家比较安静的餐馆,海鲜确实新鲜,价格还算可以,大约20多欧元一个人,口味却未必能对上江南人的胃口。

可惜当时并不很了解克里特岛,不知道这里是米诺斯文明的发源地,加之路途遥远,我们没有去克诺索斯王宫遗址(Knossos)等有考古价值的地方。米诺斯文明可是青铜器时代的文明,是人类文明的起源啊!不过我们还是乘坐游览车在市内转了一圈,走马观花地大致参观了哈尼亚。

傍晚时分,我们四人离开了克里特岛,把几千年的文明甩在身后。在这个岛上,有过荷马时代的厮杀,有过罗马时代的激战,乃至二战时的隆隆炮火,但今天这一切都归于沉寂。

米科诺斯岛

接下来第二天要去的是米科诺斯,也是爱琴海上的一个小岛，但面积和克里特岛不能相比，仅有86平方公里。据说在公元3000多年前的新石器时代岛上就有人居住。现在米科诺斯是很多游客的必到之地，岛上粉刷成白色的房屋在蓝色的爱琴海映衬下，令游人心醉神迷。但是很多来这个岛旅游的人，最神往的倒并不是这个岛本身，而是离它只有数公里的提洛岛。

我们到达米科诺斯后，便马上乘渡船去数公里外的提洛岛。这个小岛不到4平方公里，基本无人居住，被称为是一座荒岛。但小岛承载的历史文化却厚重得可与雅典相比。据说，希腊神话中的宙斯和泰坦女神勒托正是在这个岛上生下了阿波罗神和他的孪生胞妹阿提密斯。因此这是一个神圣的地方。当年女人是不可以在这个岛上生孩子的。一旦孕妇快要临产，人们马上将她送到附近的岛上，不让她把孩子生在这个阿波罗神出生的地方。岛上有为不同的神建造的神庙。虽然这些建筑已是断垣残壁，但屹立在山坡上仍然壮观。游人必到的地方是提洛岛的狮像。这些狮像都是大理石雕成，在旷野中屹立，好不威严。但后来才知道，这几尊户外的狮像只是仿制品，真迹实物在岛上的博物馆内。于是我们买了门票，要到博物馆看个究竟。这仅有一层的博物馆，有数个展厅，摆放着不同时期的文物。果不其然，其中一个展厅里屹立着那几头雄伟的石狮。我看着眼前数不尽的石器文物，心中升起一丝疑惑，这些东西难道都是真迹吗？我低声谦逊地问一位博物馆的工作人员，她轻轻地对我说，馆内的物件都是真迹，标明为复制品的除外。有些物件非常精致，很难想象三千多年前的人居然能如此巧夺天工。

随游轮而来的游客时间有限，不能长时间泡在博物馆内，匆匆浏览馆内的文物后，我们便回到旷野中去了。我们先朝不远处半山腰的一座神庙走去，可到了神庙后又觉得提洛岛的顶峰也已可望可及，也应踏访，于是继续向前向上走去，终于登上了海岛的最顶端。映入眼帘的是提洛岛的全貌。此刻的小岛虽有络绎不绝的游人，但是整体仍然是荒凉的，没有大规模鲜艳夺目的植被，摆脱不掉荒岛的称号。据说，2001年普查的人口是14人。这个被联合国教科文组织授以"世界文化遗产"称号的小岛，在太阳西下后，便被死寂笼罩。但是，几千年前，这小小4平方公里的提洛岛原来也大大地繁荣过一把，它曾是贸易的港口，贩卖奴隶的场所。随着人口的增加，不同种族宗教的人都在这里生活过。当然，这里虽然远离大陆，在爱琴海的中央，可也避免不了战争。军事的纷争、海盗的抢夺，逐渐使提洛岛失去了风采，最终衰败。人类总是会走这么一条路径，就算是历史的警告一个接一个，但人就是不理会这些前车之鉴。

我们看完了提洛岛，便回到了米科诺斯岛。这个岛屿还有一个出名的东西，虽然地域方圆不大，却有数不尽的寺院、教堂。有人说，整个岛上有大约七八百个宗教场所。这些寺院教堂有的历史悠久，有的只是近期建立。其实有些寺院的建立并非为了一般意义上的周日祷告，有的是为了存放死去亲人的遗骨，这在当地仍是一些人的风俗。岛上还有一个习惯，把教堂建成面朝大海的方向，象征出海的水手能安全回来。在不同的时期，由于城头变幻的大王旗不同，这些宗教场所时而叫基督教的教堂，时而叫穆斯林的清真寺，历经了变迁。这些都部分解释了岛上寺院教堂繁复多趣的现象。听说坐落在岛东南端的图尔利亚尼斯修道院很有名，我们四个人便租了一辆出租车前往拜谒。和所有岛上的建筑一样，修道院的墙是洁白的，但与很多圆顶的建筑不同，这个修道院的圆顶没有漆成蓝色，而是暗红色，这在希腊岛上的建筑群中是少数的。修道院门口一个小孩子在收捐款。我们入院观赏了一圈，最令人印象深刻的就是那个大理石的钟塔。这个建于16世纪的修道院是热爱宗教人士的必到之处，他们可以在这里停留得长久些，不像我们这些乘游轮来的游客，带着到此一游的心态，肯定漏掉了不少能唤起传奇的文物。

　　结束了修道院之游，仍有些时间，于是在司机的指点下，我们去看米科诺斯岛的另一个奇观。风车是这个岛屿标志性的景观，在岛上有许多散落各处的风车，但是最集中最著名的是在科拉小镇（Chora）的海边。我们沿海边餐馆林立的走道往前走，狭隘的街道上坐满了喝酒用餐的游客，他们一边吃喝，一边欣赏着爱琴海的碧波，望着小山上伫立着的几个巨大风车。我们本想走到风车下，最后还是决定在半途折回。

罗德岛

自从驶进了爱琴海，我们的行程就是一天一岛，下一个是罗德岛。这个岛位于克里特岛东北，与土耳其的安纳托利亚半岛隔海相望，面积大约1400平方公里。岛上的主要城市就是罗德市，人口只有5万多。

来罗德岛首要的目标就是位于林多斯的卫城。林多斯（Lindos）位于罗德岛以南50公里的海边，现在也就是一个渔村小镇，但历史上却是一个强大的城邦，因而才有了山上的卫城。我们刚一下游轮，岸上已经聚集了不少招揽生意的出租司机。一位年纪不算小的人邀我们坐他的车去林多斯，价格200欧元。我们正犹豫时，另外一位也插了进来。此时，第一位司机开始和第二位司机说理。我们不懂当地话，但是从表情看，双方并没有争得面红耳赤，而是礼貌地交流着，结果第二个司机退出，我们雇用了第一位司机。我感到这里的人虽然在利益面前也得争抢，但至少吃相并不难看。在接下来近一个小时的行驶中，这位司机不停为我们讲解沿途的景观，还问我们要不要停下来上厕所。使我们感到意外的是，一路上每次开过一个教堂，他都会用一只手在胸前画个十字。原来他是一位虔诚的东正教徒。我问他，在岛上不同的宗教中，他和哪个宗教感到更亲近些，比如基督教和穆斯林？他毫不掩饰地说，当然是觉得和基督教更近，可见族群间的亲疏和宗教间的远近是分不开的。

人们都知道雅典的卫城，但是希腊语中 Acropolis 的意思就是位于高处的城堡，所以只要是高高在上的城堡都是卫城。林多斯的卫城在规模上要小于雅典的那个，但其历史重要性却也和雅典卫城旗鼓相当，也是希腊考古的重要遗址。有人甚至说，这个卫城要比雅典的那个还要早一年建造呢！要上山去卫城，先要走过一条向上延伸的狭隘小街，小街两旁是无数的商店，商品琳琅满目，游人熙熙攘攘，有的往上走，有的已下来。体力不济的人也可以乘毛驴到山顶，我们腿脚尚灵便，就自己慢慢向上走了。卫城不算高，和前一天在提洛岛的攀登相比，攀登林多斯这个小卫城难不倒我们。不一会儿，我们就到了山顶。从山顶往下看，一边是林多斯，一片白色的房屋，一边是爱琴海，一湾碧蓝的海水。在这个面积不大的顶峰上，游人不停地寻景拍照。这里的遗迹不少，但几乎都没有完整的建筑，比如最著名的雅典娜神庙，建于公元前4世纪，后被大火毁坏，目前仍然屹立的只是几根石柱而已。除了这个比较大的神殿外，还有一些较小的遗址，匆忙中也没有顾得上去看遗址的介绍。

我们在山顶逗留了一阵，便下山与司机会合，他一直等在下面。此前他把我们送到时，居然都没有问我们要联系的电话，就放我们走了，可见这里的人对陌生人都保有一份信任。

回程的路上，他又带我们去了几个地方，还在爱琴海边的一个沙滩旁停留片刻，让我们拍照。最后司机在离游轮不远的地方把我们放下，并建议我们去看一下附近的大首领宫（或称骑士宫），这也是罗德岛上的一个著名景点。宫殿最初建于公元7世纪，后来建筑物的功能几经变换，既曾是堡垒，也当过宫殿。宫殿的墙体宽厚，姿态雄伟，看上去不像是陈旧的古堡，说它经历过百年风雨，还真不敢相信。我看文物时总有一个挥之不去的疑惑：这些遗迹在多大程度上是原物的呈现，又有多少是后人的作为？确实，后人毫无作为，我们眼前就很难有历经千年的文物了，但是后人无休止地翻新改造，屹立的殿堂便失去了风吹雨打的痕迹，那还算是真迹吗？

雅典

终于要到雅典了，这个希腊的象征之城。有多少人一提到希腊，眼前浮现的并不是前面提到的那些海岛，而是雅典，而是山巅上的卫城。经历一晚上的休整，我们又精力充沛了，明知要去看山巅上的神圣遗迹，还得再次攀登高峰，但大家满是期待。

游船停泊在码头后，我们上岸乘车朝卫城开去。公车在一条热闹大街的停车站停下，我们下了车，卫城就在穿过马路几百米处的山巅上。很多人印象中的历史遗迹都是在远离尘嚣的地方，就像在提洛岛上的神庙，就像林多斯山上的废墟，但是这个鼎鼎大名的雅典卫城却坐落在交通繁忙的闹市，你坐在奔驰车里，一抬头就能看见几千年前建造的宏伟建筑，现代和远古仅一步之遥。我们等交通灯转绿后，匆忙穿过马路，走进小街，朝卫城方向的山上走去。

随着步履渐次艰难，我们也步步逼近卫城之巅。先看到在卫城山脚下的酒神狄奥尼索斯剧场（Theatre of Dionysus Eleuthereus），这个剧场被认为是世界上的首个剧场，由于几经扩建，最原始的剧场建于何时很难确定。在其最完善的时期，剧院可以接纳17000位观众，被认为是希腊悲剧的诞生地。在剧院不远处是希罗德·阿提库斯剧场（Odeon of Herodes Atticus），比这个剧院建得晚，规模也较小，但却修缮保养得更好。

再往上走，便是更雄伟的建筑。我们先来到卫城山门（Propylaea），这是上山去卫城的必经之道，是在波斯战争结束后，大约公元前5世纪，由当时希腊的领袖伯里克利建造的。这座由大理石造的建筑，尽管已是断垣残壁，但是仍雄伟壮观。通过了山门，就可以见到伊瑞克提翁神庙（Erechtheion）。据说，这是为雅典娜女神和海神波塞冬而建，这里你可以见到著名的女像柱，六个女人头顶千钧，站立在那里。然后就是那座帕特农神庙（Parthenon），这是所有来卫城的人都必须参拜的。神庙在公元前477年开始建造，到公元前438年基本完工。

在西方文化中，这座神庙是古希腊、雅典民主和西方文明的永恒象征，也可以说是人类文明最重要的一个象征。但对于当时的建造者来说，这个以帕特农神庙为主的建筑群，是希腊人战胜波斯入侵的胜利标志，是对众神在战争中守护的谢意。眼前的这座帕特农神庙基本结构完好，远看是一个完整的建筑，但近看就难免有残缺的败象。这个建筑历经不同时期的蹂躏，曾被改造成基督教的教堂，献给了圣母玛利亚，又在奥斯曼帝国入侵时期，被当成了穆斯林的清真寺庙，后来还因军火弹药爆炸，受到严重毁坏。因此这个饱经风霜的建筑就一直在经历修缮，我们眼前就挺立着修缮用的吊车和脚手架。

在山顶上又看了几个遗迹后，我们下山去看卫城博物馆。这是一个现代化的博物馆，馆藏的物件都是从卫城山上收集来的。这里设备现代，馆藏物件珍贵，但就是没有我们想看的金面罩。走出博物馆，我们去找奥林匹亚宙斯神庙。问来问去，颇费周折，原因可能是英文名称的缘故。我们一开始问的是奥林匹亚（Olympia），那是一个小镇，远离雅典，去了就不可能及时返回游轮。另外一个是奥林匹亚宙斯神庙（Temple of Olympian Zeus），其英文简称是 Olympieion，和那个远离雅典，开过首届奥林匹克运动会的奥林匹亚发音很接近。而2004年的奥林匹克运动会是在雅典的帕纳辛奈科体育场召开的。由于我们自己没有说清楚，所以当地人提供的信息也完全不同。其实我们应该去的是雅典的奥林匹亚宙斯神庙。在几

蒙特雷随笔

经周折后,我们终于回到了等红绿灯时的车站,那就是神庙的所在地。这个著名的遗址居然就在大街旁。我们转到正门,买了门票,走进去一看,只有几个高高挺立的石柱。原来这个为供奉宙斯在公元前6世纪建造的神庙,在历次战争中被完全毁灭。罗马帝国灭亡后,神庙的石料又被大量运走,用到了其他建筑上。它极大的名气和凋敝的景象完全不对称。

我们在卫城博物馆中没有看到金面罩,忆平心有不甘,一定要去另外一个更大的博物馆。我和老陈兴致不高,但经不住忆平锲而不舍的坚持,便叫了个出租车去看希腊国家考古博物馆。我原来想,到了博物馆,让忆平和肃芳两人去看博物馆,我和老陈找个咖啡馆坐下来一面喝咖啡,一面蹭网。但是后来还是进去了。事后觉得,假如不进去,那就损失惨重了。

这个国家博物馆收藏了从史前时代一直到中世纪前后的珍贵文物,这些文物都是从希腊以及离希腊不很远的地方挖掘出来的,最早的有公元前6800—公元前3000年新石器时代的文物,还有大量青铜器时代的物品,比如忆平要看的阿伽门农的金面罩(Mask of Agamemnon)就收藏在这个博物馆内。这个被有些人称为"史前蒙娜丽莎"的面罩,在公元前1500年前后制成。还有一座海神波塞冬的青铜雕像,是1928年从希腊优卑亚岛海域打捞出来的,也被认为是镇馆之宝。整个博物馆有几十个展厅,历史最悠久的文物大都在第四、第五、第六厅。稀世珍宝比比皆是,比如一个不起眼的陶制小猪,仔细一看竟然是公元前3200年至公元前2000年的文物。

但文物是看不完的,特别对不在雅典过夜的游客来说,离开博物馆时总难免感到遗憾。由于时间紧迫,我们可能把不少如雷贯耳的宝物抛在身后了。不过,当离开雅典返回游轮时,我们不只有错过文物的遗憾,还多了一份对文明的思考。站在西方文明发源地的卫城山巅,看着当前人类民主面临的危机,就难免心有感慨。难道这悠久的传统将从此衰败?难道民主这种社会形态,已经走到了尽头?难道在西方行之有年,在其他地区也广为实践的民主体制将会被另一种模式取代?没错,民主正面临一个强大的对手,也许专制体制在短时间内,在一定范围里,在某些领域中,会战胜民主体制。但是在经过一阵低迷之后,在吸收了与专制竞争过程中积累的教训之后,在接纳了不同文明的优点之后,民主又会精神抖擞,再一次在人类文明的舞台上引人瞩目。因为说到底,以民主为代表的社会制度,使普通人能对自己的生活有较大的发言权。因此民主的原则是普世的,非普世的是民主的形式;民主的形式可以变换,民主的原则却永远不会被取代。只是民主不应该由西方专有,从卫城山顶上发源的文明属于全人类。

圣托里尼

一般情况下,游轮先到圣托里尼,然后才是雅典。但这次

蒙特雷随笔

船长把顺序调换了一下，因为按原计划，到圣托里尼那天会有好几艘游轮到访，上岛的游客将爆满。船长这么一换，我们那天上岛的游客就减少许多，拥挤的局面定会缓解。

而且这么一换还有另一个意想不到的好处。雅典先游，就和前面几个岛组成了一个古迹群，因为包括雅典在内的几个岛都是以厚重的历史著称，岛上的景点会把我们带到远古时代。但圣托里尼让我们放下了沉重的历史包袱，把目光投射到了海洋烘托出的氛围里。

说圣托里尼没有厚重的历史并不确切。在希腊其他地方争夺统治权的战争，在这里也不能幸免，希腊人、罗马人、拜占庭人、奥斯曼人之间的争斗都在这里上演过。但是大多数人来圣托里尼不是为了寻找这些历史遗踪，也不是来看火山遗址的，大家来这个岛的目的主要是欣赏岛上的风景，看白色的屋宇，蓝色的屋顶，深蓝的大海。没到过雅典就不能说到过希腊，这话赞同的人肯定很多，没到过圣托里尼就不能算到过希腊，赞同的人也不会太少。我有位同学竟三次造访圣托里尼，很难说他不会第四次上岛。有一对新婚夫妇居然三次到希腊，但三次上岛未果，留下无限遗憾。原来圣托里尼没有供大型游轮停靠的码头，所以只能停在海上，再将游客用渡船运上岛，所以出于安全考虑，一有风浪，渡轮就停止服务，结果不少计划来岛上观光的游客不得不败兴而归。但愿这对夫妇下一次上岛成功。

希腊行

圣托里尼的小镇都是建造在山上的，从游轮上远看，岛上那一条白色的建筑就是我们的目标。乘快艇上岛后，我们面临一个选择，是先坐缆车上山顶，然后乘汽车到岛另一端的伊亚小镇（Oia），还是先乘快艇，到伊亚小镇，然后乘汽车到费拉小镇（Fira），再坐缆车下山。我们选择先到伊亚小镇。其实论规模，圣托里尼的小镇也就相当于小村，而且不止这两个，小镇之间最佳交通工具还是汽车，但不管是哪个小镇，主要的看点不外乎是白墙小屋、蓝顶教堂、蓝色大海。在山上有限的空间，成百上千个白色建筑由白色的走道串联在一起，组成了令人赏心悦目的迷宫。有的游人在其间寻找最佳摄影点，留下浪漫的倩影，有的在面朝大海的餐厅用餐，品味当地的海鲜，有的则在狭窄的街道上购物，在熙熙攘攘中收获一份轻松。此时此刻，当你向迎面走来的陌生人微笑时，压得你喘不过气来的硅谷房贷早已忘得一干二净。圣托里尼是世外桃源，虽然它不可能帮你"避秦"，也不能助你躲债，但它确实能为你驱散心中的烦恼。尽管那只是片刻，可对现代人来说，片刻的安宁也是宝贵的。我们在山顶上徜徉，前一天希腊历史的恢宏画卷已经收起，大自然舒缓的乐章正在奏响。我终于明白，为什么我那位同学会三到圣托里尼。我甚至也想再来一次，但下次得住上几天。

希腊之行就这么结束了。当我们的游轮把这个历史悠久的国度抛在后面时，我突然想起了《纽约时报》2005年发表的一篇文章，题目是"从开封到纽约——辉煌如过眼烟云"，作者是该报驻京记者纪思道。他以开封为例，警示美国人不要骄傲自大。在指出世界城市你方唱罢我登场的历史后，纪思道提醒纽约人要谦虚谨慎。一千年前的开封是世界上最繁华的城市，一千年后的今天这个头衔让给了纽约，那么再一千年后呢？接着他话锋一转，从城市说到国家：美国是世界上唯一的超级大国，好像由它主宰全球倒也名正言顺。然而你若纵观历史，便会惊觉鼎盛繁华转瞬即逝，城市的兴衰更是弹指间的事。此刻我站在游轮船尾，目送着正消失在暮色中的希腊半岛，那里仍是游人如织，灯火辉煌，但作为一个国家，希腊已经黯然失色，在今日的民族之林中，早就失去了他当年的光芒。那些厮杀得你死我活的政治家们真应该来希腊半岛一游！

尾声

希腊之行在圣托里尼画上句号，但是游轮之旅还未结束，还有最后一站。船到意大利后我们和老陈他们分别活动，他们再去卡普里岛，我们则乘船去上次意大利之行漏掉的苏莲托（Sorrento）。这是意大利南部的一个靠海小镇，也和圣托里尼一样，主要景观都在山上。在意大利，要想找出一个没有历史故事的地方是不容易的，苏莲托也不例外，也有古迹，也有神庙。但是来苏莲托的游客大多是为了小城风光，还有就是街上琳琅满目的小店，几乎谁都会在那里挑上一两件东西带回去。我们在市内逛了一阵，再乘观光车看了一下小镇全貌，便匆匆回游轮去了。在巴哈马和希腊之行后，体力基本耗尽，到苏莲托时，我们已是强弩之末了。

　　游轮终于又来到了奇维塔韦基亚，我们在这里乘火车回罗马。老陈他们在途中和我们分手，他们还要在罗马逗留三天，我们则马上乘飞机回美国。和上次一样，还得在特拉斯泰韦雷转车。当我们穿过地下走道，去乘坐到罗马机场的火车时，我突然有了个奇怪的想法，那位曾在这个车站为我指路的小姑娘会不会再次出现？她若再出现，那可就坐实了合伙欺骗的指控，因为再次巧遇的概率几乎没有，除非车站是她"工作"的地方。她当然没有再出现。这虽然不能完全挥去我心头的疑云，但却是我期盼的结局，她的缺席使我心中毁誉的天平又向清白倾斜了一点，我几乎能坦然地在心中向这位小姑娘道谢了。还是让一趟难忘的旅程在感恩中结束吧！

（2019年6月26日）

台北印象拾零

我两次去台湾，时间都在夏季，每次都不算是游客，尽管也游过几个地方。

第一次在2005年夏天，我到师大的一个培训班讲课。时间仓促，又加上偏头痛发作，基本没机会在台北观光，倒是由周中天教授陪同，去了日月潭。同行的还有我的同事鲍川运和南京大学张柏然两位先生。曾在西湖不远处住过多年的我，没有对日月潭赞不绝口，但却陶醉于日月潭边凌晨的鸡叫声，还有那轻纱般的晨雾，让我想起了江南水乡的清晨和岸边洗衣的姑娘。第二次在2012年初夏，也是去讲课，先在台北，后到高雄，但在高雄待的时间更长。高雄的民风淳朴，文藻的同僚热情，都给我留下极佳的印象。但事后常想起的竟还是台北，谈不上魂牵梦绕，却让我长久记牢。

我是应台湾大学外文系的邀请去讲课的，顺便也分别到台湾师大和台北大学讲了一次。在台北期间，除到花莲去过一

台北印象拾零

趟，看了东岸绮丽的风光，吃了当地新做的麻糬，基本都待在台北。去过的地方也相当有限，游客挂在嘴边的地方我有一半没去，比如没去过"中正纪念堂"，没去过"国父纪念馆"，也没去过士林官邸，甚至连赫赫有名的士林夜市都没去。但台北仍然是我喜欢的地方，不是因景而爱，而是因在台北遇到的人，和人酿造出的那个温文尔雅的气氛。

这次台大之行主要由台大张嘉倩教授促成，具体邀请单位是外文系。第一次讲座时，外文系里对翻译感兴趣的几位老师都来了。课后大家到一个餐馆吃饭，做东的是书林出版社的董事长苏正隆先生。在台湾翻译界，正隆先生是赫赫有名的人物，他虽然身在商界，却与学术界保持着紧密的关系，好像还是几个大学的客座教授。饭后我们去一个咖啡馆喝咖啡，其间不知什么原因，我和苏先生在大街旁站了片刻。路边有不少草木，他便津津乐道地向我介绍起这些植物来，居然能把不同植物的普通名、学名、英文名都说出来，真是如数家珍。我想起几年前初次见到他的情景。也是夏天，天气已近炎热，我到他办公室小坐。出乎我意外，暑热蒸腾，办公室却无空调，只有电扇一台，这在台湾是很少见的。后来才知道，苏先生觉得热天用冷气对身体不好，十足的中式思维。已近黄昏，离吃晚饭还早，他带我去植物园闲逛。我们在园里散步，他见到什么花草树木都能叫上名来，令人折服。闲谈中，他谈到去拜会钱锺书先生的轶事。有人知道他要去拜会这位文化大师，就对他说，去求个墨宝吧，那可是贵重之物！苏先生不以为然，淡淡地对我说，人不能功利。我肃然起敬，同时也感到，这位儒雅的书商与现今这个不够儒雅的时代相距真远啊！

下午仍然是讲课。课毕，离晚餐仍有段时间，嘉倩陪我到台大校园转了一圈。在残阳斜照下，我站在椰林大道边，嘉倩为我拍了一张照片，背景是图书总馆，校园颇有气派。在台大接触的人不多，但那里的人温文尔雅，和大陆的知识界风格迥异。最近几年，北大在学术榜上的排名升得快，相比之下台大这一厢则冷清了些，但这两所具有优良传统的大学，似乎不该仅从一个角度比照，台大整体的人文气氛，学界的独立性格，应该不输给其他华人圈里的大学！

那天晚餐是在校园内的一家餐馆吃的，除中午的几人外，外文系主任梁欣荣教授也来了。一桌外文人，餐桌上好不活跃。梁主任很健谈，他的同事也喜欢和他聊天。我当时刚开始学格律诗，嘉倩就请梁主任给我看他的诗词。果不其然，梁先生拿出手机，把他的诗作找出来与我分享，其中几首他后来用邮件寄给了我，比如这首游广州的七律：

> 升火羊城夜妖娆，天河轻搂小蛮腰。
> 春江摆渡眸千转，珠泊提壶话几瓢。
> 少小未回家似岸，茂年初过岁如飙。
> 湖乡满地归情怯，我望并州路更迢。

台北印象拾零

一看就知道，这是懂平仄、知韵律、通意境的人写的；不像有些诗作，也弄个七字八行，却算不上是律诗。记不清梁先生的诗是否辑成一册，但他译的《鲁拜集》次年由书林出版。我后来写信去邮购，苏先生却赠我一册。那晚气氛非常融洽，言谈不断，海阔天空，就是没记住吃了什么。

我在台北的那几日，倒不是都躲在宾馆，也去看了一些地方，比如由台大奚永慧教授陪同，去游阳明山。永慧其实是台湾外语界的名人，因为他不是一个仅躲在书斋里的学者，而是个有粉丝无数的外语导师，他自己的经历就是学生的好榜样，从一个工科的学生，到最后在台大获得文学博士学位，和那所大学里多数学者的求学历程并不相同。那天，他开车从台大出发，把我们一直载上阳明山，一路上不时停下来为我们讲解景点背后的轶事；在游玩结束后，他还主动提出可在忆平返美时送她到机场，古道热肠，十分暖心。

离开台北去高雄的前一天晚上，台北大学的陈彦豪教授前来道别，我们又在校园内的同一家餐馆用餐。彦豪十多年前曾来蒙特雷国际研究学院当访问学者，当时相互不算熟悉，所以没有太多交往，但他返回台湾后，我们之间断断续续有些联系。他虽然身在学界，从事的又是商业谈判的翻译，但骨子里却是个宗教思想非常浓厚的人，餐桌上当然少不了宗教这个话题。那天他说神说得兴致勃勃，我也听得认认真真，没有想到，这样一位和商务谈判有密切联系的人，内心却稳稳地放着一尊神。台北的最后一晚,除了佳肴之外,席间居然还洋溢着浓厚的宗教情调,是我完全没有预料到的。

　　说台北印象,最后却只说了几个人,表面看像是有点跑题,其实不然。要描述圆山饭店自助餐如何精美,要感叹台北101大楼多么雄伟,或要说晚间鼎泰丰如何顾客盈门,甚至要对台北老城的破旧颇有微词,自有游客会发声,不缺我来唠叨。我选择说人,无意中冷落了人居住的城,主要还是因为我一向对城不敏感,说不出什么城的特征来。但城是由人组成的,社会民风的绮丽,景观商号的独特,都透着人的风貌与灵气。上面几位台北文化人的举手投足,都是那个城市的一个侧面,因此说人多少也在说城了!只是我接触的面太窄,没有机会与更多的台北人来往,虽没跑题,但说得太局限,只能算是印象拾零。台北是个说不完的地方,那就下次到访时再添笔墨吧!

(2018年5月18日追记)

也下扬州

大伏天，离开雨后的北京到热浪滚滚的扬州去。应江苏外办邀请，我和外文局培训处的赵状业先生乘高铁，到扬州为江苏省外事翻译人员讲课两天。

我没到过扬州，第一次听到扬州的名字是在初二年级。当时我在绍兴第二初中念书。在一堂历史课上，陶永铭老师讲到"扬州十日"和史可法殉国的故事。后来才知道，这位幽默的陶老师是名门之后，祖父陶成章是清末著名的历史人物。

从北京乘高铁先到镇江，然后驱车不到一个钟头，就是扬州。黄昏时分，扬州市外办的历洁女士到镇江来接我们。在去扬州的路上，我突然看到瓜洲的路标，遂想起王安石"春风又绿江南岸，明月何时照我还"的名句，厚重的文化与历史已在江南的空气里和我的胸中回荡。

前来听课的学员来自江苏各地。令我欣慰的是，学员几乎没有迟到的，大多数人都做笔记，足见求知心切。由于开场照例要有领导讲话,所以江苏外办和扬州外办的负责人都在场。结果在第一次休息前市外办邓主任也被"绑架"在下面听课。休息时,她走上前向我道歉,由于工作繁忙,只能退场。

在短暂的停留期间,我们忙里偷闲,由朱媛女士陪同去看了扬州历史博物馆。据说扬州在历史上有三次鼎盛,分别是西汉、隋唐、清代。我们一般说起扬州都难免想到隋唐大运河。当年的扬州是帝王盘旋的地方,那位穷奢极欲的隋炀帝就是被起义军在江都杀害的,古时的江都正是今日的扬州。说起扬州的历史人物,也会提到史可法,而提到他就一定会讲他抗清的故事。我们的历史观一般将史可法歌颂成英雄,把他宁死不屈的事迹说成是"殉国"。历史从远处看,总令人热血沸腾、心潮激荡,但从近处看,就会是另一番景象。民众的呻吟,百姓的血泪,这些被宏观历史大潮淹没的画面,都在微观的历史中清晰呈现。近看扬州屠城的画卷,我们看到的是血流成河,听到的是百姓哀叹,正是在这样的背景下,一个英雄诞生了。这让我想到另外一个历史人物,在电影《天国王朝》中的巴力安。影片的背景是12世纪的十字军。电影主人公巴力安为了保护城市的百姓,在和敌手谈判时,要求对手放过城中的百姓,以此作为投降的条件。这个选择和扬州守卫者的选择完全相反。我相信这是基于文化的选择。只是作为一介草民,我会希望自己的父母官能做出巴力安那样的抉择。扬州博物馆按年代编排,从春秋战国,历经秦汉、隋唐,再至宋元、明清,直

也下扬州

到今日的扬州，都由实体物、仿真件、画卷等，栩栩如生地展现给游人，参观后我虽不敢说对其历史烂熟于心，但说扬州我已略见一斑，大概是不过分的。

来扬州不能不说饮食。淮扬菜是中国四大菜系之一，是淮安、扬州、南通一带的地方菜。十多年前我住加州山景城，当时有家会做扬州狮子头的餐馆，我常光顾，后来生意不好关闭了。自那以后我就想知道，真正的扬州狮子头是个什么味道。市外办邓主任和徐静副主任第一天晚上陪我们吃饭。她不无抱歉地说，由于八项规定，菜饭从简，无酒可饮。其实这正合我意，因我从不喝酒。但当扬州狮子头上来时，我还是一阵激动。品尝后觉得确实非同一般，肉圆质地柔软，毫不油腻，入口即化。随后上桌的扬州炒饭也不辱名声，加州各地餐馆中号称的扬州炒饭就差远了。邓主任知道我不吃辣，尽量避免辛辣菜。见到一道清淡的菜，她马上对我说，这个肯定不辣，劝我多吃。我吃了一口，再没有去碰那道菜。几分钟之后，邓主任突然不停地咳嗽起来，并连声向我道歉，不知道这是辣菜，惹得席间大家一阵欢笑。我心想，老外事也有马失前蹄的时候啊！不过邓清主任待人接物温文尔雅，真是从事外事工作的好人选。

尽管不是游湖的时节，但既然到了扬州，怎能不去瘦西湖？于是我们顶着酷热去游湖。湖不大，和杭州的西湖相比，格局小多了。我们刻意不乘船，选择步行，想近距离感受一下湖畔的景物。我们从湖的一端入园，从西门出来，足足走了近一个小时。那几天刚好有荷花展，路畔摆满了荷花，可惜普通游客，分辨不出那些植物学上不同的荷花有什么区别。炎热的天气多少影响赏湖的心境。一入园，我就刻意引心入境，来品味这秀丽的风光，但火热的天气，总把勉强酝酿出的一点游湖心绪驱赶得无踪无影。

今日的扬州由于没有高铁，与其他周边通高铁的城市比，似乎矮了一截。据说，扬州的衰落与清末运河失宠、铁路得势有关。当年铁路本要修到扬州，可一群商贾富豪为了不让外界过多干扰他们的小天地，偏偏让铁路绕开扬州。这虽挡住了喧嚣，但也萎缩了繁华，扬州被排除在新的交通枢纽外后，春秋战国时就被称为"华夏九州之一"的扬州便慢慢衰败了。不过今日扬州小巧的格局，难道不恰是城市幸福指数居高的原因吗？任何一项进步，自然有它的正能量，但也难免会有不尽如人意的地方。

扬州绝对值得一去，因为它无闹市的喧嚣，因为它有独特的菜肴，还因为那精致的瘦西湖。但是下一次去扬州，应该是在烟花三月。

（2016年8月10日）

秦皇岛外

今年回国要办的事多,所以早就开始安排行程,要去的地方包括上海、杭州、绍兴以及回国的主要原因北京。可一切安排好后,却突然收到清华大学出版社屈海燕的邮件,问我愿不愿意去一趟秦皇岛,为辽宁省翻译协会的年会讲点什么。我问讲什么,回答是什么都行,只要和翻译有关。

说来惭愧,我很少外出,近年来虽然每年回国,但只去北京,其他地方几乎都没去过,秦皇岛自然没去过。所以我决定去秦皇岛,借说点什么之名,行看点什么之实。

从北京去秦皇岛的火车历时近三小时,到达时天却下了雨。我刚迈出车站,就见到一位文静的女士手拿一张写着我名字的纸牌,显然是接我的。原来她就是和我通过无数次信件的编辑屈海燕。我突然不假思索地蹦出一句后来觉得不该问的话:"你和屈原有没有关系?"她停了几秒钟后打趣地说:"也许有点儿吧,我是湖北人。"

蒙特雷随笔

会议就如同任何一个会议，讲演也如同任何一次讲演。完成了正经事儿，我便开始把注意力集中到秦皇岛这个地方。在八月的中国，从上海来到秦皇岛，谁都知道这意味着什么。此前逗留上海时，朋友说气温因我来而降，但我却仍然觉得是难以忍受的暑热。多年未到上海，可是天太热，我便躲在朋友家里聊家常，不愿意在八月的上海闲逛。而雨后的秦皇岛清新爽快，完全是另一派气象，漫步在燕山大学的校园里，对一位来自江南的游客不能说不是一种享受。

海燕说得去外面看看，便和出版社的同事张阳商量游玩的景点。我们先去了一个海滩，看到海滩上有人在晒太阳，有人在海中游泳，扑面而来的是一股海腥味儿，不远的海上停泊着几艘渔船。其实去海边城市，海和沙滩不是吸引人的唯一原因，因为海水五洲四海相同，沙滩天涯海角一样。海滨城市的人文痕迹才是让人向往的。由于我们时间有限，所以就按辽宁翻译协会一位同事的建议，从秦皇岛沿海的公路直奔北戴河。

果然是一条景观迭起的路线。一个个海滨游泳场，除度假的本国人外，不少俄罗斯游客也来这儿游泳。听说一到夏天大批俄罗斯人会来北戴河和秦皇岛避暑。这使我想起90年代，当时不少中国人见到俄罗斯姑娘为了生计不得不来中国的北方城市，到酒吧当服务员，甚至陪酒。可见俄罗斯在经过政治改革的阵痛后已经慢慢从艰难中走出困境，来到了北戴河和秦皇岛，也能接受一下我们的服务了。

秦皇岛外

在海滨走了一圈后，大家有了食欲，于是我们进了一家不错的餐馆吃饭。海燕再三选择用餐的地方，她想让我少受干扰，最后找了一个包厢。那餐饭不奢侈，却吃得很舒坦。夜幕将临时，我们乘特快列车，离开秦皇岛，直奔北京。

在车上，我又想到了"萧瑟秋风今又是，换了人间"的句子。写这首诗的人也许没有想到他当年指点的江山今日变化会如此之大。渔村已不再只是晒网打鱼，渔民也不只闲话父老桑麻。岸的一边已经高楼林立，商气逼人，即便是来此躲避商业繁华的游客，也不时得抵挡商业无孔不入的诱惑，比如劝你买一对漂亮的耳环，拉你吃一顿丰盛的午餐。只有海岸外浩瀚的空间，永远不变，大海仍然一片汪洋，渔船依旧随波荡漾，拍岸的浪花，还在诉说已越千年的往事。千年以后，它仍将不急不缓地诉说今日的进步，只是那时高楼已是废墟，商气也已消停，今日的繁华又化作了尘封的往事。

再见了，秦皇岛外亘古如斯的大海。

（2007年8月25日）

广西速记

一

七月去广西南宁，为自治区外办组织的活动讲课。说实话，要是没有桂林山水，我还未必愿意走这一趟，因为南宁是个抽象的地理符号，在我心中一直以来都与边陲、落后、蛮荒连在一起。但这次短暂停留南宁，所遇到的人把我对南宁的刻板印象给修正了。

由于来前就根本没想看南宁，所以除了讲课外，也就根本没有留下熟悉南宁的时间。于是，外办翻译室副主任沈菲女士为我安排了一餐独特的晚宴，做东的是钟远山先生。我本不熟悉钟先生，后来才知道，远山先生经营着几家公司，其中包括一家翻译公司，是远近知名的商人。言谈间觉得他与一般商人不同，商人气并不浓重，称他为儒商也不为过。我们到得早了一会儿，沈菲就建议去附近的邕州阁看看。这座唐代建筑风格的阁楼是我唯一参观的景点，为我短暂的停留增添了内容，否则我在南宁可真是什么都没看了。

南宁这个城市整洁干净，人物热情洋溢，还有向我招手的青秀山、孔庙、广西民族博物馆等诸多景点，因此就算只是浮光掠影，就算自然风光比不上桂林，南宁仍然吸引我再访。你看，生长在江南水乡的沈菲姑娘，不就被南宁吸引住了？她卷起铺盖离开了水乡，来南国落户了。

可惜此刻我只能按原计划离开南宁，去桂林看那甲天下的山水了。

二

从南宁乘高铁去桂林很方便，两个多钟头就到。我在一家桂林外办推荐的榕湖酒店住了一晚，第二天没去看桂林周边的山水，而是直奔阳朔，打算从阳朔回来再看桂林。

都说去阳朔得走水路，我便听从了劝告。确实，一路上风光绮丽，名不虚传，是到桂林必不可少的经历。只是游人太多，会破坏欣赏的心境。两岸是形状奇特的山峰，游船沿江漂流，偶尔远处山脚下有一间农舍，船上的小伙子唱几句山歌，这种农耕社会的意境，无情地被漓江上数十条游船的马达声给解构了。船游漓江，是去阳朔的巅峰，这个仍是亮点，不能贬低，但是我更向往的却是宽阔江上星星点点的几艘渔舟：你坐在舟中，望两岸的青山徐徐而过，舟中的你已无缝融入了自然。我们乘坐的船上只可用"热闹"一词来形容。人们都涌到船的顶层，竞相争得一景，摆出各种姿势，于是单反、苹果、华为、三星，各显神通，把愉快欢乐的神态都记录下来了。我没有理由扫人家的兴，更不用故作清高，还是自己也跟着来几张吧！

刚一到阳朔就花了好长时间找旅馆。我住的是长丰秀水假日酒店，可是找了一圈，旅馆名中有假日两个字的有好几个，而我又记不住"长丰秀水"这一长串字。似乎"假日"两字有商业效果，能与著名的假日酒店沾上边儿，所以大家都在旅馆名中加上"假日"两字。

三

到阳朔的那天我先去看了银子岩。看桂林山水是不能不看溶洞的。洞中的钟乳石晶莹剔透、洁白无瑕，但映入眼帘的景象并不是纯粹的自然风光，而是人为的打扮，各种彩色的灯光，把本是黑暗的洞穴映照得五光十色。这炫目的景观一半是人为的巧思，一半是造化的功劳。不过游人实在太多，挤得不能动弹。于是在狭路相逢中，为了保护自己的孙儿，一位年长的老奶奶推促走在前面的小姑娘，那女孩估计都不上十岁。孙子、奶奶、女孩似乎都是需要得到照顾的人，但在拥挤的环境里，应受照顾的次序还真很难理性地给出一个答案，于是人的恶习便占了上风。一位近70岁的老奶奶，竟然去推挤八九岁的瘦弱小姑娘，这该怎么评断才对呢？

从银子岩回来后，我去遇龙河景区。和另外一个不相识的小伙子同租一个竹筏，我们沿河而下，是这次阳朔行的高潮。不像从桂林到阳朔的那段行程，都是机械驱动的轮船，遇龙河上漂浮的是竹筏，少了一份现代的干扰，多了一点农耕的味道。撑船的那位手拿竹竿，划着筏子前行，一会儿缓行，一会儿快走，岸上偶尔会有两三农舍，青山也离得更近了。快到目的地时，江上下起了雨，雨中的遇龙河是另一番景观。一路上"船老大"不停地抱怨，说政策不好，使得他们赚不到多少钱；我真希望他闭嘴，游客好不容易来一次，希望沉浸在自然风光中，而他的言谈却打破了自然的寂静，夹杂了社会的干扰。不过我还是什么都没说。竹筏靠岸，我们和他礼貌地说了声"谢谢"，却没有得到他的任何回应。我一开始感到纳闷，经人提醒，才恍然大悟，我们没有给他点额外的报酬，但我根本就没有意识到这个"潜规则"。

四

我一直纠结到底要不要去看《印象·刘三姐》。不少人都劝我不要去看这个演出，还不如去仔细逛逛晚上的西街。我思量再三,还是决定舍弃晚游西街,去看张艺谋导演的这个经典节目。我不知道为什么有些人对这个节目有很负面的评论,我得去看个究竟。在经过旅游公司一番安排后,我总算搭上了去演出现场的车,中间的曲折略去不谈。表演快开始那一刻,下起了阵雨,好在露天剧场备有雨衣,而且雨也不大,一会儿就停了。灯光打在背景的山上,舞台上出现了渔人,出现了舟筏,园林中的草木时而紫色,时而绿色,又来了一队跳舞的姑娘,又来了一弯月亮,不远处是撑着竹筏的渔民,这场面难道不是离喧嚣最遥远的地方吗?一个被阳朔街上的机车震得心情烦躁,被导游催得马不停蹄的人,不正需要到这样一个幽静的去处吗?既然真实的阳朔无法给你这份安静,那么我们不妨到舞台上的阳朔来度上片刻,艺术的世界也能让你放松的!我推荐游客把《印象·刘三姐》放到自己的行程中去。

五

第三天回桂林的车傍晚出发。我不想再去新的旅游点,便决定利用白天的时间逛西街。这是阳朔市内的一条800米长的步行街,是阳朔最古老的街道,有1400多年的历史,也是当地著名的旅游景点。游西街本该在晚上,但是白天也并非是空街,大部分的店铺都开着,游人也有不少。几乎每个朋友都和我说,到了阳朔一定得吃啤酒鱼。我于是在西街上走来走去，寻找一家吃啤酒鱼的餐馆。街上做啤酒鱼的饭店不少，但我问了几家，都说一个人吃一条大鱼太多，但他们不愿意为我单做一份，显然并没有流露出商家的巴结与热情。不过我后来找到一家很气派的餐馆，居然愿意为我一人做一份啤酒鱼，不要求我一定得吃一整条大鱼。那鱼做得很好，但根本没有啤酒味儿了。我猜想啤酒鱼每家做得都差不多，并无特殊配方，烹饪技巧的要求也并不高，啤酒鱼鲜嫩可口的主因还是漓江鲜活的鱼。

黄昏降临时，我乘车离开了这座被誉为"甲桂林"的山间小城。尽管小镇因旅游业而繁荣，但阳朔已不再是个幽静的去处，它作为农耕社会的文化符号也已不复存在。可是我仍然强烈推荐人们来阳朔一游，小城独特的自然山水是无法由其他景观取代的。

六

我又回到了桂林，住在原来住过的酒店，第二天要玩桂林了。其实玩过阳朔，这一地区的主要景点也就玩过不少了。但我总得去看一下象鼻山吧！清晨，桂林外办的碧蓝来陪我玩桂林，她前几天刚刚在南宁听我讲课。我们先在旅馆四周逛了一圈，据说这一圈中就包含几个知名的去处，但我已经记不得了。我们好像是步行去象鼻山的。买了门票，一进门就见到了大名鼎鼎的象鼻山。我们选址拍照，然后环视四周，却没有发现什么可观赏的景致。我问碧蓝，还有什么？她说象鼻山看到了，就这些。原来这么快就"阅毕"了这如雷贯耳的景点。再去看什么呢？我记得读书时就知道桂林的芦笛岩，都说是游桂林必到的景点。这个知名的溶洞在桂林市西北的桃花江畔，离市区比较近。碧蓝问我，是否在阳朔看过溶洞，我说去过银子岩，她于是说，那就未必要去芦笛岩了。溶洞其实千篇一律，也都是用五颜六色的灯光映照的自然奇观，看了一个就未必需要再看第二个了。

我们又去逛了几个人文景点，有些历史人物的头像并排而立，但我已记不清是什么地方了。突然间，我觉得找不到可去的景点了。这怎么可能？在甲天下的旅游胜地，怎么可能找不到造访的名胜？其实就景点来说，肯定有应去而未到的地方。但是那天天气真是热得出奇，有些地方我实在不愿顶着酷暑前往。加之，回北京的飞机在下午三点左右，而我无论干什么都要留有余地，不想走得太远，怕误了飞机。结果，我们决定去看新建的桂林市图书馆。去那儿一来是为了避暑，二来是为了休息。在旅游胜地桂林，我竟然在图书馆内舒舒服服地睡了一会儿。这样做真对不起桂林的山水，而如此游客，也许是后不见来者的！

广西之行纯属意外，因为去讲课是临时安排，结果顺便的旅游也没有什么攻略。其实再著名的旅游景点去一次也就够了，很难激起再去看桂林、游阳朔的兴致。可是由于认识了一些人，再去南宁的愿望反倒并不薄弱，更何况离南宁不远处，还有那么一块面朝大海的地方，那里的风光和海鲜总在向我召唤！

（2019年4月追记）

域外哲言

每一个社会群体都有自己的慧语哲言。但域外的哲言同样能拨动我们的心弦，因为虽隔着社会文化，隔着万水千山，不同社会的人感受是相通的，都有过激情，都经历挫败，都被名声所累，或为灾难所迫，都向往着黄金国，都会在启程时饮一杯威士忌壮行，也都会在生活的路上常有彻悟。

读讣告的彻悟

苏珊娜·莱文

我生命中有一段时间，黎明与我无缘。我那时根本不愿起早。一提到日出，就只令我想起远程飞行的经历，常常是在跨越几个时区后，抵达了目的地，客房却偏偏尚未腾出，于是只好拖着疲倦的步伐，在陌生的城市内漫无目的地游逛。后来，我有了孩子，第一道曙光便有了新的意义。有时孩子发烧，整晚不得安宁，于是黎明是在我的一声叹息中迎来的。有时恰恰相反，精力充沛的三岁孩子迫不及待地要开始一天的生活，黎明于是在孩子欢快的叫喊声中到来。后来，孩子上学了，于是清晨就是在送孩子上学的忙乱中度过的。正是在这忙乱的时刻，我突然发现从夜晚过渡到白昼竟何其短促，那一瞬间却又无比宁静。那么，不妨少睡十五分钟，就可以喝咖啡，看报纸，享受十五分钟独处的宁静。由于可以支配的时间有限，我便养成了利用这片刻随便翻阅报纸的习惯，这一习惯马上又演变成一种查看讣告的仪式,每日总是定时地偷偷地查阅报上的讣告。

　　起初,我以为这是因为年岁渐增的缘故(当时我刚四十岁),于是我不无悲哀地认为这是一种病态心理。可令我不解的是,为什么我竟对这个秘密的仪式感到如此振奋?我就是以这种方式年复一年地度过清晨那片刻的时光,直到有一天我突然明白过来,我如此喜欢读讣告并非迷恋死亡,而意在探索生命,真正的生命。讣告捕捉一生中的重要时刻,却不对事件进行评断。人生中突出的事件当然容易在讣告中发现,普利策奖得主不无诙谐地说,一得奖他们就知道自己讣告的标题是什么。然而我读讣告,却专心在字里行间捕捉生命中的失败,人生中平淡无华的时刻,莫可名状的心意改变和命运的曲折逆转,人生中的赌博和事与愿违的结局,还有那未了的心愿⋯⋯

　　反复阅读讣告得到的感悟是,虽然有时人一生的发展一步接一步符合逻辑,但总体来说,人生却是曲折、难料的。每一本传记、每一则讣告都毫无例外地印证,人生就是在你忙于制订计划时意外发生的事情。

(From "My Secret Predawn Rite" by Suzanne B. Levine)

我看威士忌

诺亚·斯韦特

各位朋友,我没打算在这一特殊的时刻讨论这一有争议的话题。然而,我不躲避争议。相反,任何时候我都会对任何议题表明立场,不在乎这样会引起争议。你们问我对威士忌持何立场,好,那就听我说来。

假如说,你眼中的威士忌是那魔鬼之饮、酿灾之鸩、嗜血之魔,喝下它便纯真不再,理性全无,倾家荡产,穷困苦痛,活生生地将面包从孩童的嘴边夺走;假如你眼中的威士忌是把信基督的男男女女从正义、蒙恩的巅峰推入落魄、绝望、羞辱、无助、无望的无底深渊,那么我坚决反对。

但是,假如你眼中的威士忌促人谈锋健旺,让人看透人生的坎坷,让相聚的伙伴心中歌声荡漾,嘴边笑声飞扬,眼中闪烁着知足常乐的光芒;假如你眼中的威士忌唤起圣诞的欢声笑语,让冷冽霜晨中的那位老人精神抖擞、步履健朗;假如你眼中的威士忌让人更觉快乐，更感幸福，忘掉人间的辛酸痛苦，哪怕那仅是片刻；假如你眼中的威士忌能换来国库中无尽的钱财，让钱财用来照顾残疾的孩童、失明者、聋哑人、可怜的老人和弱者，还能用来建公路、造医院、办学校，那么我完全赞同。

这就是我的立场。我不会在这个立场上退却，我不会在这个问题上妥协。

（"If-by-whiskey" by Noah Sweat Jr.）

［注］本篇是美国密西西比州议员诺亚·斯韦特在1952年发表的一篇演讲。斯韦特后来当了律师和法官。但写本演讲稿时，他是密州的议员。当时在美国不少州贩酒仍属违法，但人们已经开始对禁酒展开辩论，结果群众见到一位政治人物总要问他对禁酒的立场，斯韦特非常不喜欢这样的"逼问"，于是就写了这个演讲稿。结果在宣读时，念完前半部分，一部分人拍手称快，讲完第二部分，另一部分热烈鼓掌，因为他在演讲中采取了一个没有立场的立场，博得了双方的赞赏。斯韦特原本是个没有全国知名度的政治人物，但后来因为这篇演讲出了名。据说他花了两个半月的时间写就这篇演讲。

为激情而活

伯特兰·罗素

三种激情,三种纯朴但却极为强烈的激情,一直主宰着我的生活:对爱的渴望、对知识的追求和对人类苦难揪心的同情。这三种情感,犹如狂风,将我吹得恰如蓬转,茫无既定路线,把我吹过深不可测的苦海,吹到绝望的边缘。

我追求爱,首先是因为爱带给我极致的喜悦,这喜悦堪称极致,我甚至常常愿意牺牲我的生命,换取几小时这种快乐。我追求爱,还因为爱能驱散我的孤独,那可怕的孤独,孤独中一个颤抖的灵魂在世界的边缘,直视那寒冷的、深不可测的、没有生命的深渊。我追求爱,最后是因为在爱的结合中,我在一个神秘的小天地里,预先见到了天堂,那个圣人和诗人想象中存在的天堂。这就是我所追求的。尽管这个追求对人来说似乎可望而不可即,它却是我最终寻到的。

带着同样的激情,我追求知识。我希望了解人心,我想要知道星星为何发光，我试图了解数字定律亘古不变的力量。这方面我略有收获，但成绩微薄。

爱和知识常能把我引向通往天堂之路。但同情却把我带回地上。痛苦的呻吟在我的心中回荡。饥饿的孩童，被压迫的受难者，成为子女累赘的无助老人，以及无尽的孤独、贫困与痛苦，真是对理想人生的极大讽刺。我渴望减少邪恶，但我不能，因此我也跟着受难。

这就是我的生活。我觉得它值得一活。如果我有机会再活一遍，我乐意将这人生再走一遭。

（"What I Have Lived For" by Bertrand Russell）

黄金国

罗伯特·路易斯·斯蒂文森

人在世上好像真可大有作为，因为世间有那么多联姻婚嫁、决战厮杀，因为我们每日都按时急匆匆、乐滋滋地将食物一去不返地放入自己的皮囊。而且乍一看，在这你争我斗的人生里，唯一的目标仿佛真是获取利益，多多益善。可是从精神层面看人生，此种观点却只触及表相。正因为不停地追求进取，人才感到幸福，一件事完成后，另一件随之而来，如此永无止境。对于朝前看的人，眼前永远有新的地平线。虽然我们生活在一个小小的星球上，为尘世的琐事日夜奔忙，加之生命又极其短暂，可是造化使我们永难企及希望，恰如天上的繁星，无法摘取；希望和生命似同枝连理，希望会延伸至生命的尽头。真正的幸福是启程时的欣喜，而非抵达处的欢乐；真正的幸福源于想有而没有的渴望，而非一切到手的满足。渴望是一种永恒的喜悦，一笔如地产般稳固的财产，一份取之不尽的财富，正因我们热望满怀，才能年复一年参与令人欣喜的世事。一个人如有很多渴望，就是精神的富豪。

人生只是一出枯燥的戏文，编导得又十分拙劣，要想让人生不乏味，我们就得对这出戏文兴致勃勃。一个人若无艺术爱好，又缺科学头脑，世界便只是五颜六色的机械组合，或可比为崎岖的旅程，让人历尽坎坷。但正因有了欲望和好奇，人才能永远耐心地活下去，才能见物而喜，遇人而乐，才能在晨起时重新激起想工作、要欢乐的冲动。欲望和好奇是两只眼睛，人通过它们观看世界，世界于是也色彩纷呈。正因有了欲望和好奇，女人才能美得倾国倾城，岩石竟会让人兴趣盎然。人可倾家荡产，沦为乞丐，可只要有这两样财宝，他就仍可能有无限的欢乐。假如一个人可以饱食一餐，便不再饥肠辘辘，看上一眼就饱览大千，消解求知的欲望，假如万事皆能这样一劳永逸，是否那人便再难有乐趣兴致可言？

一个人徒步旅行，行囊中仅一册书，他有意细读慢品，时而止步沉思，时而放下书本，去看周遭的景物或客栈墙上的名画，生怕走到兴致的尽头，在旅途的最后一程无书陪伴。一位年轻人最近读完了托马斯·卡莱尔的作品，若我记得没错，他读毕《腓特烈大帝》时的笔记已有十本。这位年轻人惊异地哀叹："怎么？再没有卡莱尔了？难道我只能每天去读报纸？"名人也一样，亚历山大因再无天下可征服，居然嘶声痛哭；吉朋写完《罗马帝国兴亡史》后快乐的心绪仅续片刻，封笔脱稿

黄金国

那一瞬间心中尽是"清冷的悲哀"。

我们弯弓射月，纵然徒劳，却射得乐此不疲；我们将希望设在那无法企及的"黄金国"；于是此生前行的路就永无止境。兴致与希望恰如芥菜收种不断，循环不息。你也许认为，孩子降生，麻烦就此结束。但新的焦虑却刚刚开始：孩子要成长，要念书，最后还要结婚，哪一步不牵动你的心？每日都有新的惶恐，都有新的焦虑不安，孙辈的健康让你担心，不亚于你担心自己的健康。你和妻子步入婚姻殿堂，本以为那是人生巅峰，从峰上下来的路定能走得轻松。但那只是结束了恋爱，开始了婚姻。坠入爱河、赢得芳心对于高傲自大的人并非易事，可要让爱情常驻也是要事一桩，为此夫妻彼此都要相敬如宾。真正的爱情始于圣坛，一路上夫妻两人做一场绝妙的竞争，看谁更智慧，看谁更大度，他们一生都在朝不可企及的目标奋进。不可企及？没错，是不可企及，因为夫妻毕竟是两人而非一体。

"著书之事，永无止境。"传道者不无抱怨地说，没有意识到他把文字生涯看得那么高尚。确实著书没有止境，试验、游历、聚财也没有止境。一个问题引出另一个问题。我们尽可以读书不倦，但仍不能饱学如愿。我们竖起的雕像，总比不上梦中那座更令人向往。我们发现了一个大陆，跨越了一片峻岭，却看见横在眼前的是又一块大陆，又一片汪洋。在这个无穷的宇宙中，最勤勉的人也大有进步的空间。这不同于卡莱尔的著作可以读完。即便是在宇宙的一隅,在幽幽的庭园里,独立的村落旁,仍可见时序更迭气候万千,就算一生漫步其间,新事仍可层出不穷,我们仍会惊喜不断。

地球上只有一个愿望可以实现,那个能圆满实现的愿望便是死亡。死亡的例子众多各异,但却无人告诉我们死亡是否为一值得实现的理想。

我们向那子虚乌有的理想挺进,一路上绘一幅非比寻常的自画像,画中的探索者不停地前行,孜孜得不愿歇息,不屈不挠,勇往直前。不错,我们永远不会达到目标,甚至可能根本就没有那个目标。假若人寿数百年,还赋有神力无边,我们仍会发现,期盼中的终点和现在一样遥远。啊,凡人劳苦的双手!不倦的双腿,却不知道旅途走向何方!你似乎感到,马上就要登临峰顶一览四野,但衬着夕阳,在不远处,你却又见黄金国里楼宇的尖顶。你不知道自己是何其多福,因为满怀希望向前远比抵达目标更美好,而真正的成功恰在于辛劳。

("El Dorado" by Robert Louis Stevenson)

生活的道路

威廉·萨默塞特·毛姆

　　大多数人的生活是由环境决定的。他们在命运的拨弄面前，不仅逆来顺受，甚至还能随遇而安。这些人犹如街上的有轨电车，满足于在自己的轨道上奔跑；而对于那些不时出没于繁忙的车流或欢快地奔驰在旷野上的小汽车却不屑一顾。我尊重这些人：他们是守法的公民，尽职的丈夫，慈爱的父亲。可是，我并不觉得他们令人振奋。另有些人把生活掌握在自己手中，似乎在按照自己的意愿创造生活。尽管这样的人确实为数不多，但他们却深深地吸引了我。自由意志这玩意儿对我们来说也许纯属子虚乌有。但不管怎么说，它确实存在于我们的幻想之中。每逢站在十字街口，我们真好像能在左右两条路中任选一条。可一旦选定之后，却又很难认识到，那实际是世界历史的整个进程左右了我们的转折点。
　　我从未见到过比美赫尤更有意思的人了。他是底特律的一名律师，为人能干，事业上也很成功。三十五岁时就客户不断，收入可观，家底已相当丰厚，前途非常看好。他头脑灵敏，性格招人喜欢，为人又很正直，在这个国家里不变得有钱有势才怪呢。一天晚上，他与朋友在俱乐部聚会。喝了些酒后，他们也许有些醉意，头脑不够清醒（或者说反倒更清醒了）。其中一人刚从意大利回来，跟大家谈起了在卡普里岛看到的一幢房子。那是一幢坐落在小山上的房屋，还有个绿树成荫的大花园，从屋里望出去，那不勒斯湾尽收眼底。他把地中海上这个最美的岛屿夸了一番。

"听起来倒真不错！"美赫尤说，"那房子卖不卖？"
"在意大利什么东西都卖。"
"我们发个电报，出个价把房子买下来。"
"天哪！你买卡普里的房子干什么用啊？"
"住呗！"美赫尤说。

他叫人取来一张电报单，填好后就发了出去。没过几个小时，回电来了，买卖成交。

美赫尤绝非表里不一。他毫不隐讳地承认，如果当时头脑清醒的话，他决不会做出如此轻率的事。但此刻他清醒了，也并不反悔。他不是个易冲动的人，也不多愁善感。他为人十分正直、诚恳。无论干什么，只要意识到所做并不明智，他就会

生活的道路

马上停下来，从不会因一时逞能而蛮干下去。但他决心不折不扣地实践自己之所言。美赫尤并不在乎钱财。他有的是钱，足够在意大利花的。他想使生活过得更有价值，不愿再把这年华浪费在调停芸芸众生因区区小事引起的吵闹中。他没有明确的计划，只是想离开这已给了他一切的生活。我想他的朋友们一定以为他疯了。有些人肯定是费尽口舌劝他千万别这么做。可是他安排好手头的事务，把家具装了箱，毅然上路了。

卡普里岛是一块朴实无华的荒凉的岩石，沐浴在深蓝色的海洋里。但是岛上葱绿的葡萄园仿佛在向人微笑，使这个海岛增添了几分令人舒爽、温柔宁静的姿色。卡普里岛远离尘嚣，但却景色宜人，令人倍感亲切。我真感到奇怪，美赫尤怎么会找这么一个可爱的海岛定居，因为我实在不相信还会有谁比他对美更无动于衷的了。我不知道他到那儿去想追求什么，是寻幸福，求自由，或者只是为了优游岁月。但我知道他找到了什么。在这个岛上，人本来可以尽情地追求感官的享受，而他却过上了纯精神的生活。因为这个岛上尽是能唤起你联想的历史遗迹，总叫你想到提比里厄斯大帝的神秘故事。他站在窗前就能俯视那不勒斯海湾。每当日移光变，维苏威火山的雄姿也随之变换色泽。此时，他凭窗远望，看到上百处残踪遗迹，因而联想起当年的罗马人和希腊人。古代的历史萦绕着他。过去他从没到过国外，现在第一次开了眼界，什么都使他神驰遐想，脑海中创造性的想象联翩浮来。他是个精力充沛的人，立刻就决定要笔耕史学。他花了一些时间寻找题目，最终选定了罗马帝国的第二世纪。这个题目鲜为人知。美赫尤觉得帝国当时存在的问题与当今社会的情况颇有相似之处。

他开始收集有关著作，不久就有了大量藏书。学法律时受的训练教会了他如何快速阅读。他着手工作了。起初，他惯于在黄昏时分到市场附近的一个小酒店去和聚在那里的画家、作家等文化人共同消磨一段时光，但不久他就深居简出了，因为研究工作日趋紧张，使他抽不出时间。一开始他也常常到平静的海中去游泳，不时在可爱的葡萄园之间散步。但由于舍不得时间，他渐渐不再游泳，也不散步了。他干得要比在底特律卖力得多，常常是正午开始工作，彻夜不眠，待到汽笛一鸣，才恍然意识到已是清晨五点，从卡普里到那不勒斯的船只正要起锚出航，该是睡觉的时候了。他的主题在他面前展开，涉及的内容越来越广泛，意义越来越重大。他在遐想，一旦巨著完成，他将跻身于历代伟大的史学家之列，永垂史册。时间一年年过去，人们很少看到他与外界来往，只有一场棋赛或一次辩论才能诱使他走出家门。他就是爱与人斗智。现在他已博览群书，不仅读了历史，还读了哲学与科学。他能争善辩，思路敏捷，说理逻辑严密，批判尖锐辛辣。但他心地却是善良的。当然，每逢胜利他也免不了满腔欢欣与快乐，这是人之常情。不过他并不沾沾自喜，而让别人下不了台。

当他初到海岛时，个子高大结实，一头浓密的黑发和一把黑胡须，是一个身强力壮的人。但渐渐地他的皮肤日见苍白，人也瘦弱了。尽管他是一个坚定不移的，甚至近于偏激的唯物论者，却偏偏蔑视肉体。这在一位最讲究逻辑的人身上，可真是自相矛盾得叫人不可思议。他把肉体视为微不足道的工具，认为他可以驱使肉体去完成精神赋予的使命。病魔和疲劳都不能使他停止工作。整整十四年，他埋头苦干，锲而不舍，做了千万条注释，又把这些注释分门别类整理有序。他对主题了如指掌，终于万事俱备，他坐下来要写他那皇皇巨著了。然而他死了。

这位唯物论者曾极度蔑视肉体，如今肉体对他进行了报复。那长年累月积累起来的知识也随着他的死而化为乌有。他曾想与吉朋和蒙森齐名，这雄心不可小觑。然而如今只是一场空。几个朋友还怀念着他。可叹的是，随着岁月的流逝，记得他的人也越来越少。在这个世界上，他死后默默无闻，就像他生前无人知晓一样。

然而，在我看来，他的一生是成功的。他的生活道路是完美的，因为他做了他想做的事。当目标在望时，他离开了人世，因而也就幸免了达到目标后的苦涩。

（"Mayhew" by William Somerset Maugham）

赞 秋

艾伦·亚历山大·米尔恩

昨晚服务员将芹菜和奶酪端上了桌，我便知夏季真的逝去了。其他秋季来临的迹象可能也有，比如树叶的丹红，晨风的清冷，黄昏的迷蒙，但是这些都不能使我确信已经入秋，七月也会有清冷的早晨，干旱年树叶也会提早飞红。芹菜一上桌，夏季就真结束了。

我知道夏季不会永无尽头。早在四月我就说，冬天马上就要来临。可不知怎的，近来似乎总感到奇迹会发生，夏季也许会一月月地持续下去——一个终极的颠覆，让美好的一年画上完美的句号。芹菜终止了这一切。昨晚秋芹上了餐桌，秋天也随之降临。

芹菜的清脆正是十月精华之所在，恰似酷热后一场甘霖那样清新。吃芹菜时清脆爽口，还常听说芹菜能养颜。坊间当然不乏养颜偏方，但芹菜绝对列在各方之首。夏日骄阳留在脸上

赞 秋

的斑痕，总得有个去法。若此时手边有芹菜一碟，那该多好！

一周前——"服务员，再加点奶酪。"——一周前，我哀叹即将逝去的夏季。我真不知道该怎样熬过这等待的时光——五月再来前还有足足八个月。心想也罢，思绪中没有了板球场、乡间别墅的诱惑与干扰，我在冬季能多出活儿，但是这自我安慰并未奏效。我于是又想，那就每天懒在床上，而这同样无济于事。甚至早餐后火炉前抽一斗烟的想法都激不起我的热情。但现在，突然间，我却与秋天握手言和。我懂了，好事总有尽头。夏季确实灿烂，但却也灿烂得太久。今晨我享受空气中那一丝寒意，今晨我见落叶而起了欢心，今晨我对自己说："啊，午餐当然吃芹菜。"（"服务员，再来点儿面包。"）

"雾气氤氲，瓜果香醇"是济慈写秋的诗句，他未洋洋洒洒独赞秋芹，而是把它融入秋的祝福中。他不把这珍贵的秋芹独赞，真是错失良机。苹果、葡萄、坚果、西葫，济慈一一提及，这一组秋实选得真不高明。苹果、葡萄时时都有，比比皆是，而西葫也不值一提，正经数落各季果实时，是断不能上榜的。至于坚果，一首老少皆熟的歌不是已把它唱得很清楚："五月我们一起去收坚果"？雾气氤氲，秋芹鲜脆，就这样吧！秋树下一点奶油，一块奶酪，一块面包——还有你。

一层层掰开的秋芹嫩尖多么鲜脆。掰到最里面，菜心色泽白嫩，口感微甜。芹菜当是最后一个仪式，让一顿饭尽善尽美，然后我们就可以直奔烟斗了。吃芹菜后可叼烟斗，却不宜抽雪茄。这食物最好不在家中食用，而是在小旅店或伦敦的酒吧独享。没错，吃芹菜时不应有伴，因为吃芹菜的人想听到自己咀嚼时的清脆声响。加之，结伴而餐的话还得照顾别人的需求。芹菜不是与人分享的食物。若独自在乡野的旅店用餐，不妨要一碟秋芹；但聪明人切记，其他旅人千万不能逛进屋来。务必听我这过来人的忠告。一天，我在一旅店独自用午餐，正吃着压轴的奶酪和芹菜。一个游客也进来用餐。我们没说话——我正忙于吃芹菜。他隔着餐桌要拿我在吃的奶酪。这当然无可非议，奶酪是共享的。可他却同时还要拿我的芹菜——那可是我花钱买的。你知道人有时就是这样，我竟傻傻地将甜脆的芹菜嫩尖留到最后，想让吃前的向往足够诱惑！看着自己心爱之物被陌生人劫走，很不是滋味。他后来意识到夺人之爱的不是，深感抱歉，但此时抱歉又有何益？当然这悲剧最后倒也不无益处，我现在吃芹菜时会记得把门锁上。

然而，我现在能坦然面对冬季了。想必我以前是忘了冬季除萧瑟外仍有景观，总认为冬天潮湿得可怕，那枯燥无聊的时光只能消磨在看职业足球赛上。现在我却能看到冬天的另一番景象——晴朗的白天，宜人的长夜，欢快的炉火。今年冬季当出佳作。生活会更美好！夏季的结束并非世界的终了。为十月干杯！对了，服务员，再添些芹菜。

（"A Word for Autumn" by Alan Alexander Milne）

启　程

舍伍德·安德森

凌晨四点，年轻的乔治·威拉德就起了床。正是四月天，树叶嫩芽初放。温斯堡民宅区的大街上一排排的枫树沿街而立，树籽飘絮扬花，当空飞舞，落在脚下恰似一层地毯。

乔治提着一个棕色的皮袋，从楼上下来，走进旅店的办公室。他行李箱塞得满满的，正要上路。凌晨两点他就醒了，想着眼前即将开始的行程，想着行程尽头可能会面对的一切。在办公室过夜的伙计睡在门旁的一张便床上。他张着嘴，鼾声响亮。乔治轻轻绕过床铺，走出办公室，来到仍无人迹的寂静的主街上。东方晨曦微现，道道霞光已爬上天际，天上残星数点。

从温斯堡楚宁公路旁最后一幢房子向外望去，是一片开阔农地。地的主人是一群农人，他们住在镇里，晚间坐着吱吱作响的轻便篷车沿楚宁公路回家。那片开阔地里种着浆果和其他小水果。酷夏傍晚时分公路上和田野里满是尘土，大平原的盆地上悬浮着尘埃。要想望穿这尘雾就像是要瞭望大海彼岸那样难。春天的大地却是一片绿色，景观截然不同，大地成了一张宽阔的绿色台球桌，远远看去，人犹如昆虫在上面辛勤劳作，周而复始。

从小到大乔治·威拉德就习惯在楚宁公路行走。冬日的晚上，他会独自来到那片空地的中央，披着月光，独自行走在茫茫的雪地上。秋日寒风萧瑟，夏日昆虫鸣唱，空地上都会有他的身影。四月的那天清晨，他又想到那里去，默默地在空地上再走一回。他真的走到了那条路上，在溪水旁的一个下坡处停下来，此时离小镇已有两英里了，他默默地向回走。当他走到小镇主街时，店铺的伙计们都在清扫各自门前的街道。"嗨，乔治。要走了，心里是个啥滋味？"大家问乔治。

西行的火车早上七点四十五分离开温斯堡。汤姆·立杜尔是列车长。他这趟列车从克利夫兰出发，与一大干线铁路相连，终点在芝加哥和纽约。铁路圈的人都说，他跑的那种路段是"悠闲的美差"。每晚他都回家。秋天和春天他每星期天都在伊利湖钓鱼。汤姆有一张红红的圆脸，一对小蓝眼睛。他很熟悉沿铁路线上小镇的居民，远胜过城里人熟悉公寓楼中的住户。

七点钟乔治从新威拉德客栈沿坡下来，汤姆·威拉德为他提着箱子。儿子已比父亲长得高了。

启　程

在站台上，大家与这位年轻人握手道别。十多个人在那里等着，相互聊着家常。连懒惰的维尔·汉德森都起床了，他平时要睡到九点钟。乔治感到很过意不去。温斯堡邮局的格特鲁德·威尔莫特也来了，这位瘦高个儿的女人已年过半百。她以往从来没有关注过乔治。今天她也停下脚，与乔治握手道别。她急促地对乔治说了声"好运"，然后便离开了。在这两个字里，有她与乡亲们的祝福。

火车进了站，乔治松了口气。他急匆匆跳上车。海伦·怀特沿主街跑来，希望和乔治说声"再见"，但是他已找到座位坐下，没有看见海伦。火车开动了，汤姆·立杜尔为他检票，还朝他一笑。他虽然熟悉乔治，也知道他此行举足轻重，可是他没说话。汤姆见过千百个像乔治这样的年轻人离开家乡到大城市闯荡。对于汤姆这已司空见惯。在吸烟车厢里，有人刚邀请汤姆去桑达斯基湾钓鱼。他准备接受邀请，再谈些细节。

乔治打量了一下车厢的环境，确信无人在看他，就拿出钱包数起钱来。他心想千万别露怯。他父亲千叮咛万嘱咐，叫他到城里后言谈举止务必小心。"警觉点儿，"汤姆·威拉德对儿子说，"当心你的钱。保持警惕。这是车票。别让人知道你初来乍到。"

乔治数完钱后，向窗外望了一眼，惊奇地发现原来车还在温斯堡。

这位年轻人正要离开家乡，去迎接生活的险境。但他此刻想的都不是什么非同寻常的大事。母亲的离世，告别温斯堡，未来难以预料的城市生活，这些生活中严肃的大问题他完全没有想到。

他想的是微不足道的事，比如清晨特科·斯莫利特推着一车木板急匆匆走过小镇的主街，一位穿戴漂亮、个头高大的妇人在他家旅馆住宿，点灯人布奇·惠勒在夏日晚上手持火炬匆匆行走在温斯堡街道上，还有海伦·怀特站在温斯堡邮局窗前把邮票贴在信封上。

这位年轻人浮想联翩，脑海里充满着梦幻。他看上去并不显得特别机灵聪慧。此刻他脑海里被这些微不足道的事占据着，他于是合上眼，靠在座位上，就那么一动不动地坐了好长时间。当他从沉思中回到现实，再一次望向车外时，小镇温斯堡已经消失，现在温斯堡的生活只是一个背景，他将在这个背景上绘出他成年人的梦想。

（"Departure" by Sherwood Anderson）

论灾难

耶利米是《旧约》中的一位先知，受尽苦难。他是个好人，但他深爱的耶路撒冷，却如他自己预言，被巴比伦人毁于一旦。他们捣毁神殿，俘虏国王，杀害儿童，砸坏房屋。

伦勃朗在1630年的一幅画中把耶利米听到耶路撒冷蒙难后的表情刻画得惟妙惟肖。但见他低首沉思，欲解世道乖张之惑，为何好人竟遭厄运？但他知道，世间之事未必总有答案。我们是被更强大的神秘之力玩弄于股掌之上，只能认命，别无选择。但接受现实又谈何容易？惨事为何发生？谁是罪魁祸首？我们四处求解。此时极易将遭遇的苦难转化成胸中的怨恨，在愤恨中求复仇。我们可能被淹没在无尽的悔恨之中，要是这事没发生就好了，要是情况不同就好了，要是当初我没那么做就好了，要是有人对即将来临的危险更警觉就好了，如此等等，悔恨交加。我们会陷于沮丧之深潭，甚至自寻短见，此情此境求死岂不顺理成章。

耶利米是位圣人，他绝不让愤怒左右自己，而在那种境遇下，愤怒虽无济于事，但是完全可以理解。有时我们仅是小病微恙，却感到切肤剧痛，这时想想耶利米会大有补益，而伦勃朗的画正可助你冷静释怀。要是灾难如雷霆压顶真的来临，那就更要记住这个启示。2001年底"9·11"后的美国多么需要伦勃朗的那幅画啊！

这一逢难不惊的启示非常重要，因为我们知道，当糟糕的事情发生时，我们极易感到怨恨，变得残忍，怒火中烧。伦勃朗的画并不意在粉饰灾难、以求心安，并非让你无视坏事的发生。那幅画只是教我们在哀悼悲伤时做得恰如其分。伦勃朗的画把悲痛升华了。它让我们意识到，人世间惨痛之事无法避免，总会侵入我们的生活。但它也为我们呈现了一个面对大灾大难的好榜样：与其肆意发泄愤怒绝望，还不如尽力接受现实。

（选自 The School of Life 网站，作者未署名）

谈出名

时下人人都想出名。于是就招来一片责难声,什么人太愚蠢啊,太浅薄啊,太自恋啊。

这样说并没说到点子上。人们嘴上说要出名,可最终想要的远非出名可满足,他们脆弱无助需人怜悯:他们是想让这个世界对他们多点善良。

当下的时代想出名倒也并非不符逻辑,因为很不幸,你不出名世界就不会善待你。这现象危害严重,而且是一个极大的政治问题。

尊严与善良越是仅赐予极少数人,人们就越要躲避平凡普通。芸芸众生的基本尊严和安全越被剥夺,不着边际求出名寻富贵的梦想就越会泛滥,就像是一种补偿。

人们把"名人文化"归罪于现代人性格中的瑕疵,但那脉可没号准。名人文化的真病根并非浅薄自恋,真正的毛病恰在于我们的政治和经济生活中缺乏善良。

一个社会中若人人都想出名，那就说明这个社会中，因各种政治原因，平凡普通不能受到那点应有的尊重，所以不能满足一个人对尊严的基本需求。

现代世界只要对名人着迷，那么我们所处的时代就是个不够善良的时代，而并非浅薄的时代。名声已经成为达到目的之手段，是求尊重的最佳捷径，而为了赢得这种尊重，人们用尽其他不那么依靠名人的手段，百般努力，却总是绝望。比如，若不在才艺竞赛中一夜成名，仅凭不懈努力的人，没几个能出人头地赢得尊重。

如果想要在成名的欲望上浇冷水，那么就不要一下子对名人新闻嗤之以鼻，也不要设法限制消息，而应该想方设法，用公平民主的方式，让更多人感受到仁爱、耐心、关注，特别是年轻人。

（选自 The School of Life 网站，作者未署名）

谢挫败

我们其实很喜欢看到名人倒霉，只是不总承认罢了。昨天他们还在走红毯，粉丝朋友一大堆，现在却卷入了一场丢人的离婚案，双方恶言恶语、锱铢必较（尽管现金无数），一切都被暴露在光天化日之下；或者名人吸毒遭控告，戒除毒瘾的可怜相都被我们知道了；或者外遇曝光，说谎被揭。看他们过的也是上等人的生活，得，这下子全完了。

欣赏这类新闻的人似乎心理很阴暗，别人在大庭广众前搞得灰头土脸，我们却看得津津乐道，这也够邪恶的了。但事实是我们喜欢幸灾乐祸。要是我们不感兴趣，世上也就不会有成百上千的名人轶事此起彼伏了。不过也许那并不是因为我们残酷无情，也许有一种完全不同的心态在起作用，而且与我们更相关。

我们确实看得如痴如醉，但那是因为我们喜欢与人热络亲密。和人真接近时，你看到的就不只是好的一面，你把他里里外外看个透，看到了他遭灾受难，他们情况不对劲时你都在场。朋友一亲密，你就会听到离婚呀，酗酒呀这类糟事儿。

但大多数情况下，这类事儿我们不知道。我们听到的都是些几经编辑、多有粉饰的表面新闻。我们说喜欢正能量，欣赏成功，那话不假，但是弱点和失败反倒会把我们与喜欢之人的距离拉得更近。

当一个人不那么顺风顺水时，我们反倒会感到与那人更接近。

乍一看，这还真有点怪，人们的瑕疵被我们知道后，他们反而变得更可爱。他们原来和我们好像也差不多。我们一般怕底细被人知晓，因为我们怕失宠。要是人们知道我们发怒、烂醉、苦闷时的丑态，看到我们对人破口大骂时的德行，我们会成为人家眼中的魔鬼。但其实不愿为人所见的一面或多或少谁都有，所以知道他人生活中的糟事儿反倒让我们释怀，岂非好事一桩。乐见他人倒霉并不说明我们心地残酷，倒恰是因为我们需要知道我们自己原来也正常，我们的麻烦并非唯我独有的顽疾，原来这些事儿也发生在他人身上，而这些人似乎拥有我们所缺乏的一切。

我们对许多名人心底里总有一种追求完美的期待，要是他们的烹调高人一等，要是他们能在热片中出演，要是他们财富丰赡，要是那样的话，人们最终就会喜欢他们了。

但怪的是，努力后失败的名人可能更可爱。他们求成反败的结局要比完美无缺更重要。他们是在公众面前预演着我们每个人都需要做的事：设法在生活中与自己要不得的缺陷、弱点以及见不得人的可悲之处共存。

如果我们的视野中都是优雅和成功的典范，我们结果反而会和自己过不去。我们会觉得自己的生活弊端丛生不可接受，极不正常。有关他人的信息若是有限，我们获得的画面就不真实。所以让人们看到生活中搞砸了的一面是正常的，是件令人宽慰、使人高兴、让人欢迎的事。

读名人轶事心里乐滋滋时，大可不必觉得羞愧。我们其实正在把握一个重要的心态，虽然我们还没有把这个心态完全端正。但就此停下来不是办法，我们该做的是把这既乐滋滋又羞愧的心态进一步完善。

与不雅和平共处可以有两层意义。名人当众丢脸，我们从中受益。所以我们也应该有来有往，向他们送上我们的同情，那份同情不正是我们自己求之不得的吗？

（选自 The School of Life 网站，作者未署名）